KB093710

묵향 36
부활의 장

티투스 대사막의 암운

묵향 36
부활의 장

초판 1쇄 인쇄일 · 2021년 06월 25일
초판 1쇄 발행일 · 2021년 06월 30일

지은이 · 전동조
펴낸이 · 유용열
기　획 · 김병준
편　집 · 김은희, 유지원, 윤찬미
펴낸곳 · 도서출판 스카이미디어

주소 · 서울시 동대문구 용두동 234-35번지 대명빌딩 201호
전화 · (02)922-7466
팩스 · (02)924-4633
E-mail · skymedia62@hanmail.net
출판등록 · 제6-711호

값 9,000원

ISBN · 979-11-312-6988-6　04810
ISBN · 978-89-92133-00-5　(세트)

DARK STORY SERIES IV

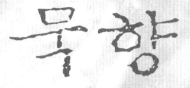

묵향

부활의 장

전동조 장편 판타지 소설

36

티투스 대사막의 암운

스카이BOOK

차례
티투스 대사막의 암운

•

•

•

차례
티투스 대사막의 암운

이런 날강도 같은 놈!

36

티투스 대사막의 암운

나이는 대략 마흔 정도 되었을까? 단정하게 콧수염을 다듬은 잘생긴 얼굴이긴 했지만, 매부리코와 얄팍한 입술 탓에 왠지 야비한 느낌을 주는 사내였다. 그런 사내가 자신을 바라보며 옅은 미소를 짓고 있으니, 왠지 자신을 깔보는 듯한 느낌이 들어 박스터는 기분이 썩 유쾌하지 않았다.

　하지만 그는 감히 발작하지 못했다. 미친개가 누구던가? 샐러맨더 파의 돌격대장으로, 싸움이 벌어지면 제일 먼저 적진을 향해 앞장서 달려가는 단순 무식한 놈이었다. 온몸이 피범벅이 되었음에도 또 다른 싸움 상대를 찾아 두 눈을 희번덕거리는 그 모습에, 오죽했으면 샐러맨더 파의 조직원들조차 미친개라며 그를 경원시했겠는가.

　그런 그가 마치 비에 젖은 강아지처럼 축 처져서 찌그러져 앉아있다니. 게다가 미친개의 얼굴은 얼마나 처맞았는지 온통 울긋불긋했다. 미친개를 저렇게 만든 게 누군지는 안 봐도 뻔한 사실. 그런 위험한 사내의 인상이 좀 더럽고 야비하다는 느낌 하나만으로 성질을 부릴 만큼 박스터가 음지에서 구른 시간이 적지는 않았다. 그저 양손을 공손하게 앞으로 가지런히 모은 채 고개를 팍 숙였을 뿐이다.

박스터가 조심스럽게 눈치를 살피고 있을 때, 문득 사내가 입을 열었다. 그는 자신의 신분을 밝히지도 않고, 다짜고짜 예상치도 못한 질문 하나를 던졌다.

"자네…, 혹시 마인 테큘러라는 이름을 들어본 적이 있나?"

약간 찢어지는 음색의 상당히 껄끄러운 목소리였기에 귀에 거슬릴 법도 했지만, 박스터는 그런 사소한 건 신경조차 쓰지 않고 사내가 물은 마인 테큘러라는 이름을 떠올리며 머리를 맹렬하게 굴렸다.

'마인 테큘러? 이 바닥에 그런 놈이 있었나?'

아무리 머리를 쥐어짜도 떠오르는 사람이 없었다. 설마 자신들의 패거리에게 산적질 당했던 마인 테큘러라는 놈이 저 사내에게 복수라도 의뢰한 것일까? 하지만 그럴 가능성은 거의 없었다. 자신들이 지금껏 털어먹은 밀수업자들은 그야말로 잔챙이들뿐이었으니까. 즉, 뒤탈이 없을 만한 놈들만 골라서 털어먹었다는 소리다.

긴장한 얼굴로 연신 고개를 갸웃거리며 머리를 굴리고 있는 박스터를 보는 사내의 얼굴에 점점 비릿한 조소가 떠오르기 시작한다.

"뒤끝 더럽기로 소문난 그 개자식의 성질을 건드려놓고, 자신이 무슨 짓을 저질렀는지 정말 모르고 있다는 말이지?"

사내의 말을 도무지 이해할 수 없었던 박스터는 결국 궁금증을 참지 못하고 조심스럽게 질문을 던졌다.

"저…, 그게 무슨 말씀인지 도무지 알 수가……?"

그러자 사내는 안쓰럽다는 듯 혀까지 차며 중얼거렸다.

"쯧쯧, 하긴 이해는 해. 이런 촌구석에까지 마인 테귤러라는 악명이 알려지지는 않았을 테니까. 노예상인 놈이 제아무리 유명해져 봤자, 그쪽 계열 놈들만 인정하고 알아주겠지. 쓰레기 같은 놈을 내가 너무 과대평가한 모양이군."

테귤러란 사람을 가차 없이 쓰레기라고 비하하는 사내. 그 말이 박스터를 더욱 혼란스럽게 만들었다. 생판 들어본 적도 없는 쓰레기를 왜 자신에게 묻는단 말인가?

"아, 찾는 분이 노예상인이었습니까? 하지만 저는 테귤러라는 분을 알지도, 본 적도 없는데……."

박스터의 말은 귓등으로 흘려버렸는지 신경도 쓰지 않고, 또다시 사내는 씁쓸한 표정으로 계속 혼잣말을 중얼거렸다.

"그 빌어먹을 놈이 하는 짓이 거의 다 쓰레기 짓이긴 한데, 유일하게 쓸 만한 재주를 하나 가지고 있단 말이야. 그게 뭐냐 하면, 나이 어린 여자 노예들에게 뭘 가르치는 건 정말 잘해. 그중에서도 잠자리 훈련은 정말 끝내줘. 거시기 달린 사내라면 모두 이거 좋아하잖아?"

사내는 성행위를 뜻하는 손동작을 하며 익살스럽게 웃었다. 하지만 사내가 발산하고 있는 공포 분위기에 이미 잔뜩 겁을 집어먹은 박스터로서는 그저 어색한 웃음을 흘릴 수밖에 없었다.

"몸에 좋다는 건 잔뜩 처먹은 놈들이 그런 전문적인 훈련을 받은 년에게 걸리면 마치 거미줄에 걸린 벌레처럼 헤어 나올 수가 없지. 문제는 그놈이 그렇게 자신이 교육시킨 노예들을 이용해 각계각층의 높으신 분들을 포섭해 놨다는 사실이야. 한번 생각해 봐. 그놈의 사주를 받은 노예가 잠자리에서 간드러지는 목소리로 자신의 주인에게 테귤러의 부탁을 좀 들어주라고 애교를 떨면 어떻게 될 거 같나?"

사내의 말을 들을수록 박스터는 테귤러라는 놈이 가진 재능이 무척 부러웠다. 만약 자신에게 그런 재능이 있었다면 허접한 놈들이나 털어먹으며 겨우 입에 풀칠하는 게 아닌, 음지의 지배자로서 부귀와 영화를 누리며 살고 있었을 테니까.

공손한 태도로 사내의 말을 듣고 있던 박스터는 다시 고개를 갸웃하지 않을 수 없었다. 사내의 말을 듣다 보니 테귤러라는 놈이 어떤 잡놈인지 충분히 알 수 있었다. 그런데 그런 잡놈의 얘기를 왜 자신에게 한단 말인가?

"저…, 말씀 중에 죄송합니다만, 좀 전에도 말씀드렸다시피 전 테귤러라는 분을 알지도, 본 적도 없다니까요."

그제야 사내는 박스터의 말에 비릿하게 웃으며 반응했다.

"알아. 하지만 연관이 있어. 그러니 내가 널 이렇게 친히 찾아온 거고."

"제가 몇 번이나 말씀드렸지만, 저는 마인 테귤러라는 사람을 전혀 모릅니다. 그리고 노예 상인이라고는 지금껏 단 한 번도 만나본 적도 없고요. 뭔가 착오가 있으신 건 아니신지……?"

다급하게 박스터가 그런 사람은 정말 모른다며 고개를 내젓자 사내는 피식 비웃음을 흘리다 갑자기 딱딱한 어조로 바꿔 이

죽거렸다.

"너야 그놈을 만나본 적도, 알지도 못하겠지. 그런데 문제는 여기서 계집장사를 하고 있던 칼릭스라는 잡놈이 테귤러와 오랫동안 거래를 하고 있었다는 점이야. 이제 이해가 가냐? 내가 왜 너 같은 잡놈을 손봐주려고 이 망할 시골구석까지 왕림하게 된 건지?"

이 눈앞의 무시무시한 사내가 자신을 왜 찾아온 것인지 박스터는 그제서야 눈치챌 수 있었다. 이젠 죽었구나 싶어 삶을 포기해야 하나 고민하던 박스터에게 사내가 마치 들으라는 듯 큰소리로 혼잣말을 중얼거렸다.

"자, 이제 어떻게 할까나?"

비릿하게 웃으며 혼잣말을 중얼거리는 사내의 눈빛에 박스터는 순간 심장이 오그라드는 줄 알았다. 광기도, 살기도 아닌 그저 벌레를 보는 듯한 무심한 그의 눈빛에 오히려 무시무시한 공포심을 느꼈기 때문이다.

산적질을 하기 위해 산맥 안을 뛰어다니다 보면 뜻하지 않게 몬스터와 맞부딪치는 경우도 가끔 있었다. 조심해서 움직인다고는 하나 아차 하면 몬스터와 조우할 만큼 산맥 안은 몬스터들이 득시글거렸다. 그중에는 흉폭하기로 유명한 몬스터들도 있었지만, 지금 눈앞에 앉아있는 사내만큼의 공포심을 그에게 안겨주지는 못했었다. 도대체 저 사내의 정체가 무엇이기에?

삶을 체념하려던 박스터는 뭔가 본능을 간질거리는 느낌에 정신이 번쩍 들었다. 저 정도 되는 실력자가 설마 자신의 방심을 이끌어 내기 위해 헛소리를 주절거린다? 이건 당연히 말이 안된다. 그냥 손 한 번 휘두르면 자신의 목이 뎅겅 날아갈 테니 말이다. 그렇다면 자신에게 뭔가 원하는 게 있을지도 모른다는 생각이 들자 박스터는 사력을 다해 사내에게 물었다.

"호…, 혹시 저에게 원하시는 게 있다면 말씀해 주십시오."

"흐흐, 역시 뒷골목에서 살아가는 놈답게 눈치 하나는 무척 빠르군. 사실 나로서는 네놈 머리를 잘라 테귤러에게 던져주는 쪽이 훨씬 편하긴 하지만, 테귤러가 원하는 건 네놈의 쓸모없는 머리통이 아니라 이거거든."

말을 하던 사내는 손가락을 오므려 동그랗게 만든 뒤 박스터를 향해 잘 보라는 듯 흔들기 시작했다. 돈을 원한다는 손짓이었다. 그 순간 박스터는 안도의 한숨을 내쉬었다. 어쨌거나 협상의 여지가 있다는 뜻이었으니까.

"어, 얼마를 드리면 절 살려주시겠습니까?"

"삼천 골드."

심드렁하게 내뱉는 사내의 대답에 박스터는 일순 자신의 귀를 의심해야 했다.

"사…, 삼천 골드요!?"

"허~, 겨우 삼천 골드 가지고 뭘 그렇게 놀라나? 설마 자네의 목숨이 그 정도 가치도 없는 싸구려라는 말은 아니겠지? 만약 그 돈조차 지불하지 못할 싸구려 목숨이라면 난 절대 참지 못할 걸세. 내가 사는 세상에 쓰레기들이 득시글거리는 걸 두고 볼 만큼 내 성격이 그다지 좋은 건 아니라서 말이야."

히죽거리며 말하던 사내는 고개를 푹 숙이고 앉아있는 미친 개의 어깨를 몇 차례 다독여준 뒤 다시 입을 열었다.

"이 형제에게 들으니 자네가 그동안 꿍쳐놓은 재산이 꽤나 두둑하다고 하던데……."

사실, 테귤러가 배상받기를 원했던 금액은 1천 골드였다. 1골드 금화가 3.5g의 순금으로 제작되는 만큼, 1천 골드라면 순금으로만 따져도 거의 3.5kg이나 되는 양이다. 그야말로 엄청난 금액이었지만 사내가 이곳에 와서 보니 그의 예상보다 훨씬 더 짙게 돈 냄새가 풍겼던 건 확실히 의외였다.

아무 생각 없이 길을 걷다 금덩어리를 발견한 듯한 기분. 그렇기에 사내는 번거로웠지만, 이 시골 촌놈들에게 자신의 수고 비용을 청구하려는 것이다. 명분은 당연히 네놈들 때문에 내가 이런 촌구석까지 와야 했으니, 그 출장비를 목 위의 물건 대신 현금으로 지불해도 괜찮다는 거였고.

사내는 벌써 미친개로부터 5천 골드 상당을 뜯어낸 상태였다. 지역 유지들을 상대로 장사를 하던 놈들이라 그런지 자금이 생각보다 풍부해서 깜짝 놀랄 정도였다. 수금을 위해 미친개를 족쳤던 사내는 아주 솔깃한 말을 들을 수 있었다. 지금 눈앞에 있는 이 허우대만 멀쩡한 깡패놈이 그동안 꼬불쳐 놓은 재산이 상당히 많다는 것을 말이다.

박스터는 마음 같아서는 당장이라도 사내가 원하는 걸 다 주고라도 살고 싶었다. 그러면 뒤도 안 돌아보고 이곳을 떠나 아주 먼 곳으로 튈 생각이었으니까. 그만큼 눈앞의 사내에게서 느껴지는 위압감이 대단했다. 이 정도의 실력자를 난생처음 만나 봤기도 했지만, 사내에게서 느껴지는 살기는 지금껏 만났던 깡 패들과는 그 차원이 달랐다.

"처…, 천 골드 정도라면 제가 어떻게든 마련해 볼 수 있습니 다만, 삼천 골드는 정말 불가능합니다. 왜냐하면 얼마 전에 저 희 파의 본거지와 상점이 강탈당했거든요. 보관하고 있던 현물 이고 돈이고 남아 있는 게 거의 없습니다. 마침, 저희 본거지와 상점을 탈탈 털어 간 당사자가 여기 앉아있으니 제 말이 거짓이 아니라는 걸 지금 당장 확인하실 수 있으실 겁니다."

사내는 피식 웃은 뒤 미친개를 바라보며 머리를 툭툭 치다 박 스터에게 이죽거리듯 말했다.

"호오, 설마하니 날 어리숙한 멍청이로 생각하고 있는 건 아 니겠지? 만약 그랬다가는 그 착각의 댓가는 아주 비싸게 치러 야 할 거야. 여기 이 형제가 내게 여기까지 와주서서 감사하다 며 성의 표시를 할 때 그러더군. 네놈의 상점과 본거지에 쳐들 어갔을 때, 고가의 물품들은 눈을 씻고 찾아봐도 없었다고 말이 야. 물론, 처리하기 짜증 날 정도로 싸구려 물품들은 많았지만 말이지. 자, 이번에는 잘 생각하고 대답을 해야 할 거야. 내 인 내심은 그리 깊지 않거든. 빼돌린 물건들은 어디에 꿍쳐뒀지?"

사내의 말에 박스터는 입술을 질끈 깨물지 않을 수 없었다. 고가의 물품들은 습격이 있기 전 당연히 은밀한 곳으로 빼돌려 놓았다. 아니, 아예 상점에는 진열조차 하지 않았다. 왜냐하면 그런 비싼 물품들은 찾는 사람이 거의 없었기에 제값 받고 팔기가 아주 힘들다. 특히나 이런 시골구석에서는…….

그리고 또 하나의 이유가 있었으니 그건 이곳이 밀수업자들이 득실거리는 주 통로였기에 고가의 물품들을 팔겠다고 내놓는 건 자신들이 산적질 한 거라는 걸 시인하는 거나 다름없는 짓이라는 것이다. 재수 없으면 그때 털린 진짜 주인이 「이건 내 거야」 하면서 나타날 수도 있는 노릇이다.

만약 사내가 이런 사정을 몰랐다면 당연히 시치미를 뗐을 것이다. 그건 박스터가 가진 마지막 보루였으니까. 하지만 미친개가 이미 모든 걸 불었는데 없다고 우겨봐야 자칫 자신의 목이 날아갈 수도 있음을 짐작한 박스터는 허탈한 표정을 애써 감추며 순순히 입을 열었다.

"무…, 물론 아직 팔아치우지 않고 보관 중인 게 몇 개 있습니다만, 이런 시골 촌구석에서 좋은 물건을 내놔봐야 사겠다는 사람을 찾기 힘들다는 게 문제죠. 그렇기에 큰 영지에서 팔리는 가격의 절반만이라도 받을 수 있다면 잘 받는 건데, 제가 보관 중인 물건들을 다 팔아봐야 말씀하신 그 돈은 도저히 지불하기 힘듭니다."

사내는 이해한다는 듯 고개를 끄덕이며 능청스레 말했다.

"그건 정말 안타까운 일이군. 그럼 이렇게 하세. 자네는 보관 중인 물건들을 가져오기만 해. 그럼 내가 큰 영지에서 팔리는 가격으로 셈을 해서 받아주지. 이렇게까지 내가 자네를 배려해 주는데 날 실망시키지는 않겠지?"

즉, 현금만이 아니라 현물도 받아준다는 얘기다.

'이, 이런 날강도 같은 놈······.'

적당한 수준이라면 목숨값이라고 자위하며 내놓겠지만 이건 아예 조직의 밑바닥까지 박박 긁어먹겠다는 소리였기에 박스터는 하마터면 발작을 일으킬 뻔했다. 물론 얼굴에 온통 검붉은 멍투성이가 되어 쭈그리고 앉아있는 미친개를 보고 힘겹게 참아야 했지만.

박스터는 내심 이를 갈다 문득 떠오르는 사람 하나가 있었다. 그건 바로 잭이었다. 회견장으로 오기 전에 잭에게 이곳으로 뒤따라오라 시킨 게 떠오른 것이다. 물론 저 무시무시한 사내를 상대로 잭이 승리를 거둔다는 헛된 희망을 꿈꾸는 건 아니었다. 그저 자신이 튈 수 있는 시간 정도만 벌 수 있도록 사내의 발목을 잡아줬으면 하는 바램이었다. 다른 건 몰라도 튀는 것 하나만큼은 자신 있었으니까.

박스터는 길게 심호흡을 하며 애써 마음을 진정시킨 후, 억지로 미소를 지은 뒤 입을 열었다.

"후~, 알겠습니다. 그럼 가격이 어느 정도 될지는 모르겠지만, 보관하고 있던 물품들 모두를 넘겨드리겠습니다."

사내는 그럴 줄 알았다는 듯 입꼬리를 길게 올리며 씨익 웃었다. 박스터는 그런 사내의 표정을 보자 하마터면 발작할 뻔했다. 자신을 마치 하찮은 벌레로 보는 듯한 사내의 표정이 너무나도 얄미웠으니까.

"흐흐, 상황 판단이 무척 빠른 형제군. 아주 마음에 들어."

사내의 칭찬에 박스터는 애써 입꼬리를 끌어 올렸다. 설마 웃는 낮에 침 뱉을까 싶어서였다. 만년 2인자에서 이제야 겨우 보스 자리에 앉았다. 그런데 해보고 싶은 건 아직 하나도 해보지도 못하고 목이 달아나게 생겼다. 협상장에 보스인 자신이 직접 찾아온 게 가장 큰 실수였던 것이다. 이럴 줄 알았다면 부하를 보냈을 텐데……

후회로 범벅이 된 마음을 애써 달래며 박스터는 씁쓸한 말투로 말했다.

"잠시만 기다려 주십쇼."

박스터는 사내에게 양해를 구한 후, 뒤쪽에 대기하고 있는 부하들에게로 걸어갔다. 그는 힐끔 사내의 눈치를 살핀 후, 부하의 귀에 대고 낮고 빠른 어조로 속삭였다.

"지금쯤 알리가 잭을 데리고 이 근처까지 왔을 거다. 잭에게 이 상황을 잘 설명하고 도움을 청해라. 상대가 무시무시한 실력자니 준비를 단단히 하고 와야 할 거라고 전해. 필요한 게 있다면 뭐든지 다 구해주고. 뒤에서 우리 대화 내용을 다 들었을 것 아니야?"

부하가 알아들었다는 듯 고개를 끄덕이자 박스터는 재빨리 말을 이었다.

"혹시 모르니 만일의 경우를 대비해 창고에서 저 치가 원하는 거 몽땅 다 가져와."

"그럼 창고 안의 물품들 거의 다 가져와야 할 텐데요?"

"어쩔 수 없잖아."

잭이 패한다면 그때는 모든 걸 포기해야만 했다. 물론 잭과 사내가 싸울 때 튈까도 생각해 보았지만, 자칫 일이 어그러져 붙잡히게 되면 싸늘한 시체가 되어 땅바닥에 나뒹굴게 될 확률이 컸다. 일단 살아있어야 조직을 재건하든 노후를 설계하든 하지 않겠는가. 그러려면 아까워도 사내가 원하는 것을 주는 수밖에.

"알겠습니다."

"엉뚱한 생각 말고, 내가 시키는 대로만 해! 어서, 서둘러!"

"옛."

부하들이 밖으로 뛰쳐나가자 박스터는 어색한 미소를 지으며 사내를 향해 말했다.

"잠시만 기다려 주십시오. 샐러맨더 파의 습격에 대비해 물건들을 분산해서 여기저기에 숨겨놓은 만큼, 전부 가져오려면 시간이 조금 걸릴 겁니다."

사내는 느긋한 표정으로 양손을 활짝 벌리며 이죽거렸다.

"흐흐, 내 그 정도는 기다려 줄 아량은 베풀어야겠지. 만약 헛짓거리를 생각하고 있다면 그렇게 해도 돼. 오랜만에 싱싱한 사냥감을 쫓는 것도 무척 기대되니까 말이야. 어차피 테귤러에게는 네놈의 머리통만 던져줘도 좋아할 테니까."

자신을 사냥하겠노라 태연히 말하는 사내에게서 짙은 피비린내가 풍기는 것 같아 일순 진저리를 친 박스터는 곧바로 비굴한 미소를 지어 보이며 손으로 술을 마시는 시늉을 하였다.

"기다리기 지루하실 텐데 그동안 술이나 한잔 하시는 건 어떠십니까? 마침 이곳에 상당히 좋은 술이 들어왔다고 하던데……."

박스터의 제안에 사내는 흥미롭다는 표정으로 금방 반응했다. 좋은 술이라는 말에 솔깃한 모양이다.

"그럴까?"

박스터의 짐작대로 사내는 자신을 아예 적으로 취급하지도 않고 있었다. 밖으로 뛰쳐나간 부하들이 조직원들을 모두 규합해 기습하러 온다 할지라도 신경조차 쓰지 않는다는 태도였다. 그만큼 자신이 있는 것이리라.

박스터는 내심 잭을 불러들이는 게 잘못된 결정은 아닐까 하는 걱정이 되기 시작했다. 물론 잭이 눈앞의 이 무시무시한 사내를 처치해 줄 거라고는 아예 기대하지도 않았다. 하지만 그틈을 타 도망치거나, 혹시라도 사내가 부상이라도 입는다면 쪽수로 밀어붙여 볼 생각을 했던 것이다. 뒷골목에서 쪽수에 장사가 없다는 건 거의 진리와 마찬가지였으니까. 하지만 얼마든지 헛짓거리를 해도 상관없다는 듯 태연한 사내의 모습을 보니 미친개를 개박살 낼 정도의 엄청난 실력자가 분명했다. 그렇기에 미친개가 쥐 죽은 듯 꼬리를 말고 있는 게 아닌가.

결국 조직의 살림살이를 다 거덜 내더라도 목숨만은 지키자 결심한 박스터는 애써 비굴한 미소를 지으며 점원 아가씨를 향해 호기롭게 외쳤다.

"이봐, 여기 지배인 불러. 그리고 이 집에서 가장 비싸고 좋다는 술은 싸그리 다 가져와. 거, 귀족들이나 마신다는 술 있잖나? 참, 안주도 최고급으로 신경 쓰고 이곳 에이스 아가씨들까지 모두 다 불러!"

어차피 뺏길 돈, 박스터가 살아남기 위해 배짱 좋게 크게 지르자, 사내는 그런 박스터의 아부성 호기가 제법 마음에 든 듯 크게 흡족해했다.

"호오, 자네 제법 눈치가 있군. 여기 이 형제는 대가리에 근육만 들어차 있어서 눈치 없이 내게 까불다 이렇게 됐지. 그나마 죽으려고 마음먹기 전에 정신을 차려서 이러고 있는 거지만 말이야."

사내는 그러면서 미친개의 머리를 툭툭 쳤다. 그러자 미친개는 사내에게 얼마나 혹독하게 얻어맞았는지 진저리를 치며 사내의 손을 피해 몸을 한껏 움츠렸다. 미친개의 그런 모습에서 자신 역시 저럴 수 있다는 공포에 박스터는 얼른 두 손을 열심히 비비며 입을 놀려댔다.

"흐흐, 아마 마음에 드실 겁니다. 비록 이곳이 촌구석이긴 합니다만, 그래도 밀수업자들이 자주 들락거리는 통로들 중 하나이기에 제법 풍요로운 편이죠. 그리고 그런 밀수업자들이 위에 상납하기 위해 접대하는 장소로 쓰이는 가게다 보니 그럭저럭 어르신의 입맛을 더럽히지는 않을 겁니다."

"흠, 제법 혓바닥이 잘 굴러가는 친구로군. 아주 마음에 들어. 자네, 이런 촌동네에서 썩기에는 아까운 친구인 거 같은데, 내 밑으로 와서 일해 볼 생각은 없나?"

박스터는 아부성 짙은 미소를 한껏 지으며 입을 열었다.

"형님 같으신 훌륭한 분 밑에서 일을 할 수만 있다면 저로서도 영광이죠. 하지만 저도 작지만 나름 조직의 보스인데 형님이 어디의 누구신지 정도는 알아야 부하들을 설득할 수 있지 않겠습니까? 그동안 닦아 왔던 삶의 터전을 버리고 새로 옮기는 게 그리 쉬운 게 아닌 만큼, 아무리 부하들이라고 해도 막무가내로 명령을 내릴 수는 없는 노릇이거든요."

어느새 사내에 대한 호칭이 어르신에서 「형님」으로 슬그머니 바뀌어 있었다. 그건 박스터가 까다롭기 짝이 없던 제리코 두목 밑에서 오랜 세월 살아남을 수 있었던 삶의 지혜이자 재능이었을 것이다.

"허긴, 아무리 허접한 놈들이라도 조직을 이루려면 그런 놈들이 필요하긴 하지. 내 이름은 아론 워커라고 하네."

미녀들에 둘러싸여 고급술을 마시는 것에 대단히 만족했는지 아론 워커는 흔쾌히 박스터의 말에 자신의 본명을 가르쳐 주었다. 박스터는 그 후로도 계속 술을 권하며 사내의 본명뿐만이 아니라, 그의 뒷배경에 대한 탐색을 시작했다.

그것만이 자신이 살아남을 수 있는 유일한 길임을 잘 알고 있었기에.

한 놈만 적당히 손 좀 봐주시죠

36

티투스 대사막의 암운

라이가 알리와 함께 요새도시 델카의 정문을 통과하자마자 블루썬더 파 조직원 두 명이 급하게 다가와 인사를 건네 왔다. 산속에서 오랫동안 혼자 지내 온 라이는 그야말로 거지꼴을 하고 있었다. 원래 색이 어떤 건지 알아보기도 힘들 만큼 거무죽죽하게 때가 탄 옷에서는 지독한 악취가 풍기고 있었고, 길게 자라 산발이 된 머리카락은 노끈으로 대충 질끈 묶어놨다.

라이는 블루썬더 패거리들과 별로 접점도 없었을뿐더러 현재 거지꼴을 하고 있었기에 그들이 라이를 한눈에 알아본다는 것은 거의 불가능했다. 그런데도 그들이 라이를 알아볼 수 있었던 것은 옆에 알리가 있었고, 무엇보다 마주 보면 죽을 것만 같은 살벌한 기세를 뿜어내고 있었기 때문이다.

"어서 오십시오, 잭 어르신."

"우리를 기다리고 있느라 고생했다. 두목께 잭 어르신과 함께 도착했고, 예정대로 상점으로 갈 거라 전해라."

"알겠습니다, 조장님."

원래 예정은 릴리가 일하고 있다는 상점으로 가는 것이었지만, 가던 도중에 일정이 틀어졌다.

"두목께서 잭 어르신을 급히 모시고 오라십니다."

그러면서 달려온 조직원은 두목이 현재 무시무시한 사내에게 붙잡혀 있다는 것을 알려줬다. 심드렁한 표정으로 조직원의 말을 듣고 있던 라이의 눈가에 일순 떠오른 것은 묘한 기대감이었다. 꿈속의 검법을 익힌 이래, 그는 지금껏 제대로 된 적을 단 한 번도 만나보지 못했다. 아니, 그의 공격을 제대로 막는 인물조차 만나본 적이 없었다.

산맥 안으로 들어가 수많은 몬스터를 상대로 검술을 갈고 닦긴 했지만, 그의 검에 대한 갈증은 더욱 커지고 있었다. 몬스터라는 게 덩치가 큰 만큼 방어력은 엄청날지 몰라도 제대로 된 공격은 전혀 보여주지 못했기 때문이다. 과거 그에게 극악의 공포심을 안겨줬었던 트롤조차 단숨에 고깃덩이로 만들어 버릴 수 있을 정도였으니, 다른 몬스터들은 안중에도 없었던 것이다.

하지만 이번에는 내 공격을 막아낼 수 있는 놈일지도 몰라. 아니, 어쩌면 제대로 된 반격을 받을 수 있을지도 모르지. 만약 그렇다면 어떻게 응수를 해야 할까? 두목조차 겁에 질릴 정도의 실력자라면 기대를 걸어도 괜찮지 않을까? 하는 생각에서였다.

"두목께서 준비를 단단히 하고 오라고 하셨습니다. 상대가 보통 실력자가 아니라고 하시면서요. 혹시, 필요하신 장비가 있으십니까?"

그가 봤을 때, 라이는 전투에 필요한 장비를 전부 다 새로 바꿔야 할 거라 생각했다. 라이가 가지고 있는 거라고는 허리에 차고 있는 낡아빠진 싸구려 장검 한 자루가 전부였으니 말이다.

"아니, 여기서 이럴 게 아니라 일단 무기점부터 가시죠. 마침, 요새 내에서 제일 좋은 무기류를 취급하는 대장간이 그리 멀지 않습니다."

검을 쓰는 사람이라면 좋은 검에 대한 열망이 없을 수가 없다. 하지만 라이는 전혀 그러고 싶은 생각이 없었다. 오히려 제대로 된 적수에 대한 생각에 이리저리 결투 장면을 그려보고 있던 자신을 방해하는 조직원의 목소리가 성가시게만 느껴졌다.

사실, 라이는 좋은 검의 필요성을 전혀 느끼지 못하고 있었다. 현재 가지고 있는 검은 오랫동안 다뤄온 만큼, 길이와 무게감에 익숙해져 있는 상태였다. 이 검을 가지고 꿈속의 검법을 구사하는 데 지금껏 아무런 문제도 느끼지 못했다. 그리고 오히려 이런 보잘것없는 검을 가지고 있을 때의 이점도 있었다. 상대가 자신의 허름한 모습을 보고 방심할 가능성이 크지 않겠는가?

여기까지 생각한 라이는 두목의 명을 전하기 위해 달려온 조직원을 향해 입을 열었다.

"무기는 됐으니까, 두목이 있다는 곳으로 안내해."

"저…, 검도 검이지만 어느 정도 방어구라도 입으시는 게 좋을 거 같은데요. 두목께서는 잭 어르신이 준비를 단단히 제대로 갖춰서……."

"됐고! 빨리 안내하기나 해!"

*　　*　　*

"이곳인가?"

안내를 받으며 들어오는 허름한 사내. 영락없는 뒷골목 거렁 뱅이의 모습이었지만, 똘마니에게 반말을 지껄이며 들어오는 걸 보면 귀중품을 은밀히 운반하기 위해 변장한 것일 가능성이 커 보였다. 아론 워커는 사내의 허름한 모습보다 손에 아무것도 들고 있지 않다는 사실에 고개를 갸웃하며 중얼거렸다.

"보석인가? 아니면 마법 도구?"

척 봐도 사내의 무장은 허리에 차고 있는 싸구려 검밖에 없었다. 게다가 손에 아무것도 들고 있지 않은 걸 보면 품속에 넣고 왔을 거라고 생각하는 것이 이치에 맞았다. 그렇다면 아주 작은 크기에 값비싼 가치를 지닌 물품일 테니, 보석 아니면 마법 도구라고 생각하는 게 맞을 것이다.

여기까지 추론한 워커의 입가에는 옅은 미소가 피어올랐다. 이곳에 올 때까지만 해도 귀찮은 일을 떠안았다 생각했었는데, 생각지도 않게 한몫 두둑이 챙길 수 있었으니 만족스럽지 않을 수 없었던 것이다.

이때였다. 옆에서 풀이 죽어 앉아있던 미친개가 별안간 후다닥 일어나 손짓으로 거렁뱅이를 가리키며 소리친 것은.

"저놈입니다. 저놈이 바로 여왕벌의 둥지를 박살 낸 빌어먹을 그놈입니다."

미친개가 당시 현장에 있었거나 그 장면을 직접 본 것은 아니었다. 하지만 부하들의 증언과 루크라는 녀석의 증언이 일치하고 있었다. 바로 저놈의 생김새와⋯⋯.

미친개의 외침에 아론 워커의 시선이 빠르게 라이를 향해 꽂혔다. 하지만 다음 순간 워커는 고개를 갸웃하지 않을 수 없었다. 전사(戰士)라고 보기에는 덩치가 너무 왜소하고 삐쩍 말랐다. '혹시 여자가 남장이라도 한 것인가?' 라는 생각에 다시 한 번 자세히 살펴봤지만 아무리 봐도 사내놈인 게 분명했다. 그것도 솜털도 아직 제대로 벗지 못한 애송이. 아무래도 미친개 녀석이 착각한 게 분명하다.

'이 망할 놈이 몇 대 처맞고 돈을 게워내더니 돌았나? 저런 애송이가 여왕벌의 둥지를 박살 낸 놈이라는 헛소리를 지껄이는 걸 보면……'

워커는 미친개를 향해 살기를 담은 낮은 목소리로 으르렁거렸다.

"헛소리하지 말고, 주둥이 다물고 있어라."

찔끔한 미친개가 눈치를 살피자 워커는 박스터를 향해 고개를 돌리며 어이가 없다는 듯 말했다.

"미안하네. 이 멍청한 놈이 소란스럽게 해서 말이야. 부하가 온 모양인데, 이쪽으로 오라고 하게. 동생이 날 위해 뭘 준비했는지 무척 궁금하군."

하지만 박스터의 입에서 흘러나온 대답은 워커가 기대했던 것이 아니었다. 박스터는 멋쩍은 미소를 지으며 조심스럽게 입을 열었다. 예상대로라면 잭이 패배할 게 분명하니 이 상황에서 어떻게 주둥이를 털어야 할지 열심히 머리를 굴리며 눈치를 살핀 것이다.

"헤헤, 형님께 죄송한 말이지만 한 놈만 적당히 손 좀 봐주시지 않겠습니까? 제가 평생을 바쳐 일궈왔고 나름 이 지역을 주름잡던 조직입니다. 저야 한눈에 형님의 실력을 알아봤으니 이렇게 머리를 조아리지만 저 아랫것들이 어디 그런 눈썰미가 있겠습니까? 그러니 저놈들의 눈이 번쩍 뜨이도록 형님의 실력을 조금만 보여주셨으면 하고 부탁드리는 겁니다."

박스터의 말이 나름 일리가 있다고 생각했는지 워커는 씨익 웃으며 고개를 끄덕였다.

"하기야…, 반항 한 번 안 하고 항복을 한다면 부하놈들이 두목을 신뢰할 수 없겠지. 동생은 날 따라가겠지만 이곳을 관리할 놈들도 필요하고……."

뒷골목의 생리상 약점을 보이거나 부하들의 신뢰를 잃으면 살아남을 수가 없다. 곧바로 부하들 중 누군가가 두목의 뒤통수를 쳐 배반을 하는 게 자연스러운 수순이다. 박스터 역시 그런 방식으로 두목의 자리를 차지한 거였고.

"좋아. 이번에는 처음이니 동생의 말을 들어주지. 하지만 또다시 나를 시험하는 듯한 이런 짓을 한다면, 그때는 살아있는 걸 후회하게 될 거야. 알겠나? 동생."

박스터는 입가에 걸리는 웃음을 감추기 위해 얼른 고개를 숙였다.

"헤헤, 이해해 주셔서 감사합니다, 형님."

워커는 거만한 표정으로 자리에서 일어선 뒤 라이에게 말했다.

"따라와라. 여기서 피를 볼 수는 없는 노릇이니까."

라이의 곁을 스쳐 지나갈 때 풍기는 코를 찌르는 악취에 워커는 눈살을 찡그리지 않을 수 없었다. 아무리 봐도 저건 변장이 아니었다. 진짜 거지였던 것이다. 자신의 실력을 확인하기 위해 데려왔을 정도면 그래도 나름 조직 내에서 실력이 있으니 뽑혀왔을 텐데, 그게 저 거지놈이라면 조직을 통째로 삼키는 건 다시 한 번 고려해 봐야 하지 않을까 하는 생각이 든 것이다.

가볍게 손을 봐주겠다는 마음으로 거지놈을 식당 뒤쪽 공터로 데리고 나온 것까지는 좋았는데, 막상 대치를 하게 되자 워커는 뭔가 잘못되었다는 것을 깨달았다.

지저분하게만 보였던 거지놈에게서 풍기는 기운이 범상치 않았던 것이다. 자신과 같은 실력자를 앞에 두고도 차분하게 호흡을 고르고 있는 거지놈. 그리고 호흡을 고르면 고를수록 뭔가 보이지 않는 무형의 방벽이 더욱더 튼튼하게 거지놈 주위에 형성되고 있는 듯한 느낌이 들었다.

'술을 너무 마셔서 감각이 흐트러진 건가?'

하지만 단순히 술에 취해 이상하다 느꼈다고 그냥 넘기기엔 뭔가 찜찜했다. 취할 만큼 술을 마신 것도 아니었고. 이때, 워커의 머릿속을 번쩍하고 스쳐 지나가는 것이 있었다.

샐러맨더 파의 수뇌부를 누군가가 단신으로 쳐들어와 잔인하게 학살해 버렸다는 미친개의 헛소리. 그리고 박스터 녀석은 이놈만 손봐주면 다른 조직원들이 납득하고 따를 거라는 식으로 말하지 않았던가?

아무리 시골 촌구석의 뒷골목 조직이라지만 밀수꾼들을 사냥하는 거친 놈들이다. 그런 놈들이 납득하고 따를 정도라면 어느정도 실력은 있다고 보는 게 맞을 거다.

'실력자라 보기에는 진짜 거지새끼가 분명한데…, 게다가 나이도 어려 보이고……? 헛!'

이리저리 라이를 살펴보던 워커는 문득 떠오른 생각에 주춤 뒤로 한발 물러섰다.

'혹시 변장을? 아무리 봐도 거지새끼로 밖에는 보이지 않는데 말이야. 설마하니 저런 모습으로 상대의 방심을 유도하다니……. 대단한 놈이군. 흐흐, 그런 얄팍한 수법에 내가 넘어갈 거라고 생각했나?'

하마터면 놈의 잔꾀에 속아 넘어가, 제대로 실력 발휘도 못해보고 칼침을 맞을 뻔하지 않았는가. 그의 스승은 기회가 될 때마다 제자들을 앉혀 놓고 당부했었다.

세상에 나가거든 늙은이와 여자, 그리고 어린아이를 조심하라고. 한순간의 판단 착오로 허무하게 목숨을 잃은 그들의 사형이 한둘이 아니라며…….

그렇다면 미친개의 말처럼 저 거지새끼가 여왕벌의 둥지의 학살극을 벌인 당사자일 가능성이 컸다. 그리고 그게 사실이라면 저놈이 애송이일 수가 없다. 아마도 애송이처럼 보이도록 변장한 놈일 가능성이 컸다. 어쩌면 년일지도 모르고…….

하지만 놈의 잔꾀를 눈치챈 이상, 목 없는 시체가 되어 땅바닥에 나뒹굴게 되는 건 저 얍삽한 놈이 되리라.

스르릉.

경쾌한 소리와 함께 워커의 애검이 그 모습을 드러냈다. 이름 있는 장인이 만든 건 아니지만 오랜 세월 그와 함께해 온 애검이었다. 워커는 천천히 검을 들어 상대를 겨눴다. 언제나 그러했듯 저 녀석도 애검의 먹이가 될 것을 그는 믿어 의심치 않았다.

근육질 여검사의 정체

36

티투스 대사막의 암운

월터 일행은 아침 해가 뜰 때까지 밤새 이동했다. 밤하늘은 너무나도 맑고 깨끗해서 수없이 많은 별들이 금방이라도 쏟아질 듯 반짝이고 있었지만, 밤하늘을 바라보며 즐길 마음의 여유가 없었다. 앞서가고 있는 지부장에게 불의의 사태가 일어나지는 않는지 경계하는 것만으로도 쉬운 일이 아니었는데, 자신들의 뒤를 일정 거리를 유지하며 뒤따라오고 있는 정체불명의 패거리에게도 주의를 게을리 할 수 없었기 때문이다. 게다가 맨 앞에서 따라오고 있는 사람은 근육질의 여검사였는데 가끔 이쪽을 쳐다보는 게 느껴졌다.

'앞뒤를 모두 신경 쓰면서 가는 건 너무 힘들어. 더군다나 상대가 저런 인물이어서야……'

곧바로 공격해오지 않고 일정 거리를 유지하며 뒤쫓아 온다는 건, 최적의 상황이 오기를 기다리고 있다는 뜻일 것이다. 일대일의 상황에서 지형지물의 유불리를 따지는 건 그다지 의미가 없다. 기습당하는 게 아니라면 상호 동일한 조건에서 싸워야 할 테니까.

그렇다면 가장 현실성 있는 추론은 동료들을 기다리는 것일 것이다. 어쩌면 한 명일 수도 있고, 예전에 그가 기습당했듯 수십 명을 상회할 수도 있다.

저 멀리 앞쪽 어딘가에서 수십 명에 달하는 마법사 및 기사들이 만전을 다한 상태로 함정을 파고 있을 거라고 생각하면 천하의 월터로서도 걱정이 되지 않을 수 없었다.

'상대도 두 번 다시 실수하지 않도록 최선을 다할 게 분명해. 그렇다면 이런 상황에서 방법은 단 하나뿐이야. 함정에 들어가기 전에 내가 먼저 기습을 해서 적들의 수를 줄여나가는 것! 그렇다면 뒤를 따라오는 놈을 해치움과 동시에 앞으로 달려가 방심하고 있을 매복조를 기습해야겠군.'

월터가 내심 기습하기로 마음을 정했을 때, 옆에서 걷던 파벨이 말을 걸어왔다.

"머지않아 해가 뜰 겁니다. 해가 뜬 후로는 급속도로 기온이 높아진다고 하니, 이제부터 적당히 쉴 곳을 찾는 게 좋지 않을까요?"

"좋은 생각이야."

'녀석들도 똑같은 생각을 하고 있겠지? 흐흐…….'

사막에 들어선 첫날, 이쪽에서 기습 공격을 가해올 거라고는 생각도 하지 못할 것이다. 더군다나 지금은 생활 패턴의 급격한 변화로 가장 피곤할 때다. 지금까지는 낮에 활동하고 밤에 잠을 잤었는데, 날밤을 꼬박 새웠지 않은가. 거기에 밤새 이동까지 해야 했으니 피곤이 가중되지 않을 수 없으리라.

물론 월터도 저 엄청난 근육질을 지닌 여자 같지도 않은 여자가 피곤을 느낄 거라는 기대는 조금도 하지 않았다. 월터 자신 역시 피곤하다는 생각은 아예 하지 않고 있었으니까.

하지만 그녀와 동행하고 있는 마법사들은 다를 것이다. 옆에 있는 파벨처럼, 강인하지 못한 그들의 육체는 지금쯤 극심한 피로를 느끼고 있을 게 뻔했다. 저 근육질의 여자와 달리, 동행하는 마법사들은 이쪽의 동태를 끊임없이 살펴보기 위해 마법을 지속적으로 써야 했을 것이고, 그것이 더욱더 정신적인 피로를 부채질했을 게 틀림없다. 어쩌면 지금쯤 꾸벅꾸벅 졸면서 낙타를 타고 있을지도 모른다. 물론 이 모든 예상은 월터의 그랬으면 좋겠다는 바램일 뿐이었지만.

"파벨."

"예?"

자신을 바라보는 파벨에게 월터는 낙타의 고삐를 건네주며 지시했다.

"너는 여기서 기다리고 있어라."

"예? 그게 무슨 말씀……."

월터는 대답하지 않았지만, 곧이어 파벨은 그가 한 말의 뜻을 이해할 수 있었다. 월터는 낙타 안장 위로 훌쩍 뛰어오르더니 그대로 날아오르듯 도약했다. 낙타 안장에서 뛰어오른 것만으로 20여 미터나 건너뛸 수 있다니! 그것도 마법의 도움을 받지 않고서 말이다. 파벨로서는 상상조차 해본 적이 없는 장면이었다.

월터는 발이 땅에 닿자마자 전속력으로 질주해 순식간에 멀어졌다. 그제서야 파벨은 자신과 함께 여행하고 있었던 사내의 진정한 정체를 비로소 파악할 수 있었다. 놀랍게도 그는 마법사가 아닌, 그래듀에이트였던 것이다.

파벨은 급히 주문을 외웠다.

"클레어보이언스(Clairvoyance;천리안)!"

순간, 그녀의 시야가 확 밝아지며 월터가 달려가는 그 앞쪽 정경이 눈앞으로 다가오듯 확대되어 보였다. 저쪽은 아직 월터의 움직임을 눈치채지 못한⋯⋯.

아니, 그게 아니었다. 모두 눈치채지 못한 듯했지만, 맨 앞에 있던 덩치 큰 사내가 안장에서 묵직해 보이는 커다란 검을 끌러드는 게 보였다. 덩치와는 다르게 귀여운 외모의 사내 입가에는 가소롭다는 듯한 비웃음이 떠올라 있었다.

"눈치챘나?"

다음 순간, 월터와 덩치 큰 여자와의 격전이 시작됐다.

콰콰콰쾅!

검과 검이 맞부딪치며 무시무시한 충격파가 주위를 휩쓸며 사방으로 퍼져나갔다. 덩치 큰 여자의 동료들이 싸움에 가세할 엄두조차 내지 못하고 충격파를 피해 급히 몸을 날려 뒤로 물러나는 게 보이는가 싶더니 곧이어 주위를 자욱하게 뒤덮는 짙은 모래 먼지! 먼지로 인해 시야가 앞을 가려 전황이 어떻게 흘러가는지 전혀 알 수가 없었다.

파벨은 자신도 모르게 욕지거리를 흘리며 주위를 둘러봤다. 다행히도 주변에 다른 적의 움직임은 보이지 않았지만, 저쪽 상황을 알 수가 없다는 게 문제였다. 하지만 한 가지는 확실했다.

자신이 끼어봐야 아무런 도움이 안 된다는 것.

그렇다고 여기서 아무것도 하지 않고 손 놓고 있는 것도 문제다. 월터의 승리를 기원하며 멍하니 기다려야 하나, 아니면 잽싸게 도망쳐야 하나? 파벨로서는 고민되지 않을 수 없었다.

언제 또 다른 적이 나타날지 알 수 없는 만큼, 미지의 적을 단숨에 제압하는 게 최선이었다. 그래서 월터는 처음부터 자신이 가진 전력을 다해 기습할 작정이었다. 상대가 설혹 알카사스 최강의 검객이라 해도 자신이 어떻게 죽는지도 모르고, 반 토막이 날 것을 월터는 믿어 의심치 않았다.

하지만…, 놀랍게도 여인은 전격적으로 기습을 감행한 월터의 공격을 수월하게 막아냈다. 아니, 월터가 달리기 시작하고 얼마 지나지도 않았는데 안장에서 검을 뽑아 든 것으로 봤을 때, 여인은 월터의 움직임을 예의 주시하고 있었다고 봐야 옳았다.

'젠장. 내 딴에는 기습이라고 생각했는데, 오히려 내가 상대의 함정에 빠진 건가?'

그도 그럴 게 지금 여인에게서 느껴지는 존재감이 처음에 저 여인을 포착했을 때와는 비교도 안 될 정도로 옅어져 있었기 때문이다. 그렇다면 처음 봤을 때의 존재감은 자신이 뒤를 따르고 있다는 걸 월터에게 알리기 위해 일부러 강하게 흘렸다고 보는 게 맞으리라.

함정에 빠지지 않기 위해 기습 공격을 감행한 것이었는데…, 오히려 그게 상대가 파놓은 함정을 향해 달려든 것일 줄이야.

순간 등줄기가 서늘해진다. 월터는 검을 휘두르면서도 재빨리 주위를 살펴봤다. 하지만 덩치 큰 근육질 여자 외에 다른 사람들은 그저 멀뚱히 싸움을 바라보고 있을 뿐이었다. 도대체 이 여자의 뭘 믿고 저런 태평한 얼굴들인 건지, 아니면 또 어떤 함정이 도사리고 있는 것인지 짐작조차 되지 않았다.

'그래. 이럴 때는 하나하나 적을 확실하게 없애는 게 최선의 방법이지.'

하지만 곧 월터는 경악하지 않을 수 없었다. 근육질 여인 뒤쪽의 마법사가 싸움에 가담하기 전에 일단 이 여인부터 먼저 처리하려던 월터는 한두 차례 검을 맞부딪쳐 보는 것만으로도 여인이 사용한 검법이 뭔지를 알아챈 것이다. 워낙 유명한 검법이었으니 월터 같은 경험 많은 고수가 그걸 몰라볼 수가 없었다.

월터는 후속타를 가하는 대신 재빨리 뒤로 후퇴했다. 이때, 여인이 뒤쫓으며 공격을 퍼부었으면 난감한 상황이 되었겠지만, 다행히도 그런 일은 벌어지지 않았다.

근육질 여인 역시 월터와 검을 섞은 후, 그의 신분을 눈치챈 듯 놀란 표정을 감추지 못하고 있었기 때문이다. 근육질 여인은 월터의 뒤를 쫓아 반격을 하지 않고 제자리에 멍하니 서서 이해할 수 없다는 듯 중얼거렸다.

"코린트의 기사가 왜 나를……?"

사내 찜쪄먹을 만큼 단단하고 우람한 덩치! 저 두툼한 팔뚝만 해도 웬만한 사내들보다 훨씬 굵었다. 힘에 자신 있는 사내가 아니라면 아예 들고 다닐 엄두도 내지 못한다는 중검(重劍)의 대명사 바스타드 소드를 한 손으로 가볍게 휘두르고 있다. 그리고 무엇보다 크라레스의 정통검법. 이 모든 게 합쳐지면 떠오르는 크라레스의 유명한 무가(武家)가 있다. 바로 치레아 공국을 다스리고 있는 치레아 대공가였다.

치레아 대공가의 여자는 둘. 모녀 다 우람한 덩치를 지니고 있다고 들었다. 치레아 대공과 그 부인은 둘 다 소드 마스터인 만큼, 월터로서는 상대 자체가 불가능하다. 그런데, 상대는 월터와 거의 호각의 실력을 지니고 있었다. 그렇다면 이 상황에 딱 들어맞는 인물은 단 한 명으로 좁혀진다.

"잠깐만! 더 이상 싸울 생각이 없습니다."

월터는 말이 끝나기가 무섭게 검을 검집에 집어넣고 손을 들어 싸울 의사가 없음을 분명히 했다. 그리고 다급히 상대를 향해 입을 열었다.

"혹시…, 다이아……?"

"잠깐!"

근육질 여인은 월터의 말을 막으며 고개를 뒤를 향해 돌렸다. 그러자 그녀의 뒤쪽에서 지원을 위해 주문을 외우고 있는 여 마법사가 보였다. 근육질 여인은 여 마법사에게 손짓을 하며 명령했다.

"괜찮아. 주문 해제해."

여 마법사는 이해하기 힘들다는 듯 되물었다.

"괜찮겠습니까?"

"괜찮다고 했잖아!"

근육질 여인의 일갈에 여 마법사는 잠시 망설이다 고개를 숙였다.

"레이디의 뜻이 그러하시다면……."

여 마법사는 주문을 취소하며 지금껏 모은 마나 덩어리를 공중을 향해 발산해 버렸다. 공중을 향해 날아가는 엄청난 빛 덩어리가 그녀가 얼마나 강력한 공격마법을 준비 중이었는지를 보여주었다. 근육질 여인은 낙타 안장에 매여 있는 검집에 자신의 바스타드 소드를 집어넣으며 잠시 주위를 둘러보았다. 그리고는 월터에게 다가와 조용하게 말했다.

"여기는 보는 눈이 많군요."

월터는 금방 그녀가 원하는 바를 파악했다. 자신을 쏘아보는 여 마법사와 달리, 저쪽에서 긴장한 표정으로 바라보고 있는 상인 둘과 그의 호위 둘은 일행이 아닌 모양이다.

"이쪽으로 오시지요."

두 사람은 함께 다른 사람들의 이목이 닿지 않는 곳으로 걸어갔다. 슬쩍 주위를 둘러본 월터는 목소리를 낮춰 근육질 여인에게 물었다.

"혹시, 다이아나 폰 치레아 공작 영애십니까?"

근육질 여인이 살짝 고개를 끄덕이는 것을 확인한 월터는 깊숙이 고개를 조아렸다.

"레이디 다이아나, 적으로 착각하고 다짜고짜 공격부터 한 점 진심으로 사죄드립니다."

다이아나는 별것 아니라는 듯 어깨를 으쓱하며 생긴 것만큼

이나 털털한 어조로 말했다.

"뭐, 살다 보면 실수를 할 수도 있죠. 그런데 코린트의 기사가 이 황량한 사막에는 어쩐 일로 오신 거죠?"

월터가 그녀의 검술이 크라레스의 것임을 알아봤듯, 다이아 나 역시 월터의 검술이 코린트의 것임을 알아본 모양이다. 그렇 다면 자신의 정체를 대충은 짐작하고 있을 게 분명하기에 월터 는 솔직하게 자신의 소속과 신분을 밝혔다.

"인사가 늦었습니다. 저는 코린트 제국 제2근위대에 소속되 어 있는 월터 드 페레즈 백작이라고 합니다."

"페레즈 백작이셨군요. 이런 먼 타국까지 와서 코린트의 기사 분을 만날 거라고는 짐작도 하지 못했네요."

"저 또한 이런 곳에서 레이디 다이아나를 만나 뵙게 될 줄은 상상도 못 했습니다. 변명 같지만 얼마 전에 알카사스에서 큰 곤경을 당한 후였기에, 이번에는 당할 수 없다는 생각에 선제공 격을 가한 것이었는데……."

월터가 굳이 알카사스에서 있었던 일에 대해 타국의 귀족에 게 대략이나마 설명해줄 수밖에 없었던 것은, 말도 없이 선제공 격을 가한 것에 대한 해명을 해야만 했기 때문이다. 다이아나는 그만한 신분을 지닌 고위 귀족이었으니까.

크라레스라면 코린트와 거의 쌍벽을 이루는 강국이다. 물론 전체 국력으로 따진다면 코린트가 월등했지만, 크라레스는 드 래곤의 비호를 받고 있다. 드래곤과의 인연은 초대 치레아 대공 의 업적이었고, 그로 인해 크라레스의 양대 공작가라 할 수 있는 스바시에 공작가와 치레아 공작가 중에서 치레아를 한 수 위로 꼽고 있었다. 더군다나 치레아 공작가는 공작은 물론이고 공작 부인까지 둘 다 소드 마스터였고, 웬만한 군소국가의 전력보다도 강한 독립기사단까지 보유하고 있는 전무후무한 가문이었다. 그런 가문의 영애라면 왕족이나 다름없다.

그렇기에 그녀 정도의 신분이라면 아무리 월터가 코린트의 근위기사지만 하대를 해도 전혀 이상할 게 없었다. 게다가 적인 줄 알고 기습 공격까지 했으니, 다이아나가 뭐라 한들 할 말이 없었다. 그걸 잘 알고 있는 월터였기에 격의 없는 다이아나의 언행에 상당한 호감을 느꼈다.

월터의 대략적인 설명을 들은 다이아나는 이해하겠다는 듯 고개를 주억거리며 말했다.

"내가 만약 페레즈 백작이었다고 해도 이런 상황이라면 불문곡직하고 기습공격을 가했겠네요."

"그런 사유로 인해서 송구하지만, 레이디께서 호위도 거느리지 않고 몰래 암행하시는 이유를 말해주실 수 있겠습니까?"

다이아나 일행이 여섯이긴 했지만, 실질적인 수행원은 여 마법사 하나뿐이었다. 다이아나와 같은 고위 귀족 영애의 호위로는 턱도 없이 적다. 게다가 다이아나의 말투로 봐서는 다른 사람들은 그녀의 정체를 전혀 모르고 있는 듯했다.

월터의 말에 다이아나는 떨떠름한 표정으로 대꾸했다.

"아직까지도 나를 의심하는 모양이군요?"

월터는 급히 고개를 숙이며 사과했지만, 다시 단호한 어조로 말했다.

"용서하십시오. 레이디 같으신 분께서 이런 오지에, 그것도 호위도 제대로 거느리지 않고 와 계시다는 것만으로도 의심을 사기에 충분하다는 점 이해해 주시길 바랍니다. 그것도 그냥 오지도 아니고, 최근 끊임없이 수상쩍은 일들이 벌어지고 있는 티투스 대사막에서 말이지요."

다이아나는 피식 미소 지으며 물었다.

"내가 대답하지 않겠다면?"

그러자 월터는 난처한 듯한 표정으로 말했다.

"공식적인 외교 사절을 파견해 귀국을 추궁할 수밖에 없습니다. 이곳에서 벌어지고 있는 일이 귀국과 연관이 있는 게 아니냐고 말이지요."

외교 사절을 파견해 추궁한다는 말에 순간 다이아나의 미소가 짙어졌다. 미소의 의미는 뻔했다. 가소로운 것이다.

"호오, 감히 나를 추궁하시겠다? 과연 백작께 그만한 권한이 있는지 모르겠군요. 오히려 내가 묻겠어요. 백작께서 이곳에 있는 이유를 밝혀주세요. 안 그러면 아버지를 통해 귀국의 로체스터 공작께 공식적으로 항의를 할 수밖에 없으니까요. 덧붙여 백작께서 아무런 경고도 하지 않고 날 기습했다는 것도 포함되어야 하겠죠."

다이아나의 지적에 월터는 자신이 졌다는 것을 깨달았다. 어쨌거나 실수한 쪽은 자신이었으니까.

헐레벌떡 달려온 파벨이 두 사람에게 도착한 건 그때쯤이었다. 파벨은 모래 먼지가 어느 정도 가라앉자 월터가 근육질 검사와 뭔가 얘기를 나누고 있는 걸 볼 수 있었다. 상황이 어떤 방향으로 급변할지 모르기에 만일의 사태를 대비해서 월터를 지원하기 위해 공격마법 주문을 외우며 달려온 것이다. 그녀가 공격 목표로 잡은 건 우람한 덩치의 근육질 검사가 아닌, 뒤쪽에 서 있는 여 마법사였다.

파벨이 도착했을 때, 그녀의 예상과 달리 두 사람은 계속 대화를 하고 있었다. 문제는 이미 불덩이가 완성되어 버린 상태라는 점이다. 상황이 어떻게 바뀔지를 모르니 이걸 애초 생각대로 저쪽 여 마법사를 향해 날려버릴 수도, 그렇다고 이 상태를 유지하고 있는 것도 쉬운 노릇이 아니기에 당혹스러워하고 있을 때였다. 그때, 월터의 목소리가 들려왔다.

"저는 최근 사막에서 일어나고 있는 이상 기류에 대해 조사해 보라는 근위대장님의 지시를 받고 움직이고 있던 차였습니다."

월터의 말에 우람한 덩치의 근육질 검사는 고개를 끄떡이며 대꾸했다. 검사의 목소리를 듣고 나서야 파벨은 그가 남자가 아니라 여자라는 것을 눈치챌 수 있었다. 마법주문 외우랴, 공격 목표인 여 마법사의 행동을 살피랴 정신도 없었지만, 그만큼 여자라고 믿기 힘들 정도로 그녀의 덩치가 크고 거대했기 때문이다.

"과연, 코린트 쪽에서도 이 상황을 예의 주시하고 있었던 모양이군요. 나도 사실 아버지의 명에 따라 그걸 조사하기 위해 온 거예요."

"레이디 다이아나께서 직접 말씀이십니까?"

레이디 다이아나……? 저 오크만한 덩치의 여자가 귀족 영애라는 말에 경악한 파벨은 하마터면 마법제어에 실패해 폭사할 뻔했다. 그녀는 서둘러 불덩이를 하늘 위로 날려버렸다. 이대로 계속 마법을 유지하기가 너무 힘들었기 때문이다.

파벨 혼자서 화염 마법으로 쇼를 한 셈이었지만, 어느 누구도 그녀에게 신경 쓰는 사람은 없었다. 그만큼 사람들의 이목은 대화를 주고받는 두 사람에게로 쏠려 있었기 때문이다. 파벨은 어이가 없다는 듯 근육질 여검사의 얼굴을 자세히 살펴봤다. 오밀조밀한 이목구비가 그리 못생긴 얼굴은 아니다. 아니, 어쩌면 나름 귀여운 축에 들어가는 얼굴일 수도. 하지만 시선을 조금만 얼굴 아래로 내리면 사내 못지않은 굴강한 육체와 섞여 강인한 인상으로 바뀌어 버린다.

파벨은 작금의 현실을 도저히 믿을 수가 없었다. 지금껏 그녀가 머릿속에 그리고 있던 귀족 영애의 모습은 아름다운 드레스를 입고 무도회에서 춤추는 가녀리고 예쁜, 사내의 보호 본능을 자극하는 그런 여자였지, 오크조차 맨주먹으로 때려잡을 수 있을 듯한 근육질의 여자가 아니었기 때문이다.

다이아나는 사내 못지않은 털털한 어조로 대답했다.

"나는 그리 나약한 사람이 아니에요. 그리고 사막지대에 그리 대단한 적수가 있을 거라는 생각도 하지 않았고 말이죠. 방금 전에 검을 나눠봤으니 백작께서도 잘 아실 텐데요?"

백작……? 뭐, 윗사람으로부터 하늘 같은 신분을 가진 분이라는 얘기는 들었으니 월터가 귀족이라는 것이 그리 놀랍지는 않앗다. 하지만 저 사내 같은 귀족 영애의 신분이 뭣이기에 자신에게조차 숨기고 있던 신분을 밝힌 것인지 파벨로서는 흥미가 동할 수밖에 없었다. 처음과 달리 파벨은 귀를 바짝 기울여 둘 간의 대화를 엿듣기 시작했다.

월터는 그녀의 오해를 사지 않도록 조심스럽게 말했다.

"레이디 다이아나의 실력을 제가 어찌 의심하겠습니까. 하지만 지금껏 사막 저 안쪽으로 정탐을 나섰던 저희 쪽 요원이 단 한 명도 살아서 나오지 못했으니 걱정이 될 수밖에 없었습니다. 그중에는 오너도 있었거든요."

다이아나? 오크처럼 커다란 덩치에 근육질 여자의 이름으로는 너무나도 여성스럽고 예쁜 이름이었다. 그런데 어쩐 일인지 그 이름이 그다지 낯설지 않았다. 커다란 덩치와 여성스러운 이름, 이런 절묘한 대비를 보이는 인물이 있다는 얘기를 어디선가 들었던 기억이 있었는데……. 그게 언제였더라? 곧이어 파벨은 기억 한구석에서 예전에 첩보원 과정을 이수할 때 각국의 중요 인물에 대한 인적사항을 교육 받았던 것을 떠올릴 수 있었다.

"히익!"

파벨은 급히 손을 들어 자신의 입을 틀어막았다. 다이아나 폰 치레아 공작 영애. 그 사람임에 틀림없다. 대코린트 제국의 백작이 고개를 숙여야 할 만큼 높은 지위를 지닌 영애는. 순간 오랜 시간 정보를 다뤄온 요원으로서 파벨의 눈은 더욱더 호기심으로 불타올랐다.

타이탄을 보유한 기사조차 살아서 돌아오지 못했다는 건 다이아나로서도 의외였던 모양이다.

"아, 그래서 제2근위대가 투입된 거로군요?"

다이아나의 신분도 충격이었지만, 월터의 신분은 파벨에게 더욱 큰 충격을 안겨주었다. 물론 백작이 고위 귀족은 맞지만, 제국에 속해 있는 백작의 수는 생각 외로 많았다. 하지만 제2근위기사는 다르다. 제국 최고의 정예라는 황제 직속의 근위기사. 기습을 하기 위해 달려가던 모습과 경천동지할 정도의 충돌 장면을 보고 실력이 범상치 않은 기사라고는 생각했지만, 설마 그 이름도 드높은 근위기사일 줄이야…….

"저야 원래 이런 험한 일을 수행해 왔던 사람입니다만, 레이디 같은 고귀한 분께서 호위기사 하나 거느리지 않고 저곳으로 들어가신다는 건 너무나도 위험하다고 사료됩니다만…….."

그러면서 월터는 다이아나 뒤쪽에 난감한 표정으로 서 있는 여 마법사에게로 시선을 돌려 물었다.

"그쪽은 그렇게 생각하지 않으십니까?"

여 마법사는 월터의 물음에 답하는 대신, 다이아나에게 바짝 다가서서 낮지만 빠른 어조로 속삭였다.

"페레즈 백작의 지적이 옳습니다. 최소한 본국에서 호위기사라도 몇 명 불러들이신 후에 움직이시는 것이…….."

하지만 다이아나는 전혀 그럴 생각이 없는 듯했다. 그녀의 표정에는 자신감이 넘쳤다.

"그러고 있을 시간이 어디 있어?"

공간이동 마법을 쓸 수 없는 만큼 호위기사들이 도착하려면 얼마나 많은 시간이 걸릴지 알 수가 없다. 그리고 혹시라도 이곳의 위험성을 안 부모님이 호위기사를 보내지 않고 곧장 되돌아오라는 명령을 내릴 수도 있었다. 그걸 잘 알고 있는 다이아나는 여 마법사에게 퉁명스레 대꾸해 입을 틀어막은 후, 월터에게로 시선을 돌려 제안했다.

"서로가 같은 목적을 가지고 여기로 왔으니, 함께 동행하는 것은 어떨까요? 페레즈 백작이시라면 내 뒤를 맡길만하다고 생각되기에 드리는 제안이에요."

월터로서는 다이아나의 제안이 솔깃한 게 사실이었다. 실력도 상당히 뛰어날 뿐만 아니라, 잠시 얘기를 나눠보니 심성도 꽤 괜찮아 보였기 때문이다.

"그렇다면 한 가지 조건이 있습니다."

예의상 깍듯이 존대를 해주고 있긴 했지만, 상대가 감히 자신에게 조건을 거론한다는 것에 재미있어하며 다이아나가 물었다.

"뭔가요?"

"신분이 노출되지 않도록 앞으로는 월터라고 불러주십시오. 그리고 제 일행은 파벨이라 합니다. 좀 어리숙해 보이긴 합니다만, 정보부에서 오랜 시간 일해 왔던 만큼 서쪽 대륙 사정에 아주 밝습니다. 게다가 사막 부족의 언어나 서쪽 대륙 언어도 조금 알고 말이죠."

"좋아요. 그렇다면 나는 「셀리나」라고 불러주세요. 여기서는 모두들 그렇게 부르고 있으니까요. 다이아나라고 하면 내 신분을 알아차릴 사람이 꽤나 많기에……."

다이아나는 파벨을 손짓으로 가리키며 말을 이었다.

"파벨도 어느 정도 내 신분을 눈치챈 것 같지 않나요?"

뒤를 돌아볼 필요도 없이 월터는 그녀의 말이 맞다는 걸 짐작하고 있었다. 오크만한 근육질 몸매를 지닌 여성에게 코린트 제국의 백작인 자신이 고개를 숙일 만한 사람이 그리 흔한 건 아니니까.

"그렇게 하도록 하겠습니다."

"그리고 이쪽은 제 동료 라디아 콜린스예요."

제2근위대가 특수작전을 주로 하는 만큼, 주요 국가들의 상층부 인물들에 대한 인적사항은 언제나 숙지하고 있었다. 언제 전장에서 만나게 될지 알 수 없기 때문이다.

라디아 콜린스. 정확하게는 라디아 폰 콜린스 백작. 치레아 기사단의 정규 멤버로, 궁정마법사급의 실력을 지니고 있다고 월터는 알고 있었다.

다이아나 뒤쪽에 서 있던 여 마법사가 쌀쌀맞은 표정으로 살짝 고개를 숙였다.

"라디아라고 불러주세요."

다이아나는 저 멀리서 이쪽을 바라보고 있는 자신의 동행들을 가리키며 말했다.

"저들은 내 신분을 몰라요. 상인들은 통역을 위해 함께 가고 있던 중이었고, 두 명의 호위는 그들이 알카사스의 길드에서 고용한 용병들이에요. 그러니 말조심해 주길 바래요."

"걱정 마십시오. 셀리나 님의 신분이 드러나지 않도록 각별히 조심하도록 하겠습니다.”

월터가 살짝 고개 숙이며 깍듯이 말했지만, 다이아나는 고개를 가로저으며 단호히 말했다.

“월터가 조건을 먼저 달았으니, 나도 조건을 걸겠어. 신분 노출을 방지할 목적이라면 나에게 존댓말을 쓰는 것도 이상하지 않아? 앞으로는 셀리나 님이 아닌, 셀리나라고 불러. 그게 안 된다면 따로 움직여.”

잠시 망설였지만, 월터는 한숨을 푹 내쉰 후 다이아나의 조건을 받아들였다.

“알았어, 셀리나.”

“파벨은?”

“그…, 저…….”

월터조차도 잠시 주저했을 정도로 다이아나의 신분은 범상치 않았다. 그런 그녀에게 평민 신분인 파벨이 반말을 한다는 건 정말 무리한 요구였다. 그것도 파벨처럼 새가슴의 여자로서는 더더욱.

보다 못한 월터가 슬쩍 끼어들었다.

“파벨이 좀 낯을 가려서 말이야.”

대답을 하지 못하고 우물쭈물거리고 있는 파벨의 어깨를 토닥이며 월터가 설득했다.

“괜찮아. 셀리나에게 말을 놓는다고 네가 불이익을 받을 일은 없으니까. 오히려 이런 경우는 반말을 하지 않는 게 문제지. 자, 한 번 이름을 불러 봐. 못한다면 너를 돌려보낼 수밖에 없다는 걸 명심하고."

파벨은 난처하기 짝이 없었지만, 월터의 은근한 압박에 간신히 입을 열었다.

"아, 알았어, 셀리나."

다이아나는 잇몸이 훤히 드러나도록 크게 웃으며 말했다.

"파벨, 한동안 잘 지내보도록 하자."

"……."

제대로 대답을 할 수 없었던 파벨은 애써 웃는 모습으로 응답하려 했지만, 그녀의 얼굴은 이미 딱딱하게 굳어 있었다.

뒷골목에 있을 놈이 아닌데

36

티투스 대사막의 암운

아론 워커는 기습을 좋아한다. 직업상 자신보다 실력은 떨어지지만, 숫자는 많은 적을 상대하는 일이 비일비재 했기에 생긴 습성이었다. 하지만 이번에는 기습을 하는 게…, 아니 적의 사거리 안으로 몸을 완전히 밀어 넣어 정면대결을 벌이는 것이 망설여졌다. 미친개의 증언도 그렇고, 이런 생활을 해오며 터득한 육감이랄까? 하여튼 뭔가 찜찜했던 것이다.

결국 워커는 기습이 아닌, 정석대로 싸우는 걸 택했다. 애송이 거지놈을 상대로 뭐 하는 짓인지, 하는 자괴감도 들었지만 적당히 찔러보며 상대의 실력을 확실히 파악한 뒤 상대하는 게 최선이라는 생각이 들었던 것이다.

워커가 조심스럽게 움직이며 상대와의 거리를 좁혀나갈 때였다. 간 크게도 거지놈이 먼저 움직였다.

팟!

도약했다 싶은 순간, 놀랍게도 거지놈이 워커의 바로 코앞에 있었다. 그것만 해도 기절초풍할 정도로 놀랐는데, 곧 이어지는 놀라운 검격! 거지놈의 검이 움직임과 동시에 미약하긴 하지만 붉은 빛이 보인 건 그의 착시였을까? 하지만 워커는 그게 착시가 아니라는 것을 금방 알았다. 거지놈의 검에서 뿜어져 나오는 저 엄청난 압력! 저건 눈속임일 수가 없었다.

콰콰콰콰!!

그저 검을 휘둘렀을 뿐인데, 마치 마법이라도 발휘한 듯 무시무시한 기운이 뿜어져 나오는 것을 보고 워커는 경악하지 않을 수 없었다.

"헉!"

워커가 검의 공격권 밖으로 간신히 몸을 피할 수 있었던 것은 여차하면 뒤로 빠질 준비를 하고 있었던 덕분이었다.

'이, 이런 젠장!!'

검에 내재된 위력을 느끼자마자 워커는 황급히 뒤로 빠졌는데 그게 그의 목숨을 살려줬다. 안 그랬다면 지금껏 라이의 검 앞에 섰던 사람들이 다 그랬듯, 그 또한 피떡이 되어버렸을 것이다. 그만큼 라이가 시전한 검술의 위력은 절대적이었으니까.

뒤로 물러선 워커는 경악감을 감추기 힘들었다. 이건 뒷골목 출신이 실전경험을 쌓으며 스스로를 단련하고 또 단련한다고 해서 도달할 수 있는 경지가 절대로 아니었기 때문이다. 거지놈이 뿜어낸 검세(劍勢)의 위력은 그가 익힌 검술이 지닌 순수한 힘이었다. 대제국에서도 손가락에 꼽힐 정도의 위치에 올라서 있는 무가(武家)의 적통들에게만 익히는 것이 허락된다는 최강의 검술. 아마 그것들 중 하나이리라.

'저런 놈이 어째서 이런 촌구석에 있는 거야?! 하고 있는 꼬라지를 봐서는 대충 짐작이 가긴 하지만, 그렇다 해도 이런 뒷

골목에 있을 놈이 아닌데?'

저 정도 실력이라면 설혹 반역죄에 연루되어 가문이 망했다 해도, 다른 나라로 탈출할 수만 있어도 어디서든지 환영받을 수 있기 때문이다. 그런데 왜 그런 실력자가 이런 뒷골목에서 허접한 놈들과 함께 거지꼴로 지내고 있는지 의문이었다. 정규 기사단에 입단할 정도의 실력이기에 마음만 먹는다면 충분히 부귀를 누리며 살 수도 있는데 말이다.

순간 놀라긴 했지만 워커는 절망하지 않았다. 오히려 그의 얼굴에는 희미한 미소가 떠오르고 있었다. 목숨을 건 수없이 많은 아수라장을 헤쳐 온 워커였기에 상대방이 새파란 초짜라는 사실을 금방 눈치챌 수 있었다. 지고한 검술을 배운 건 맞지만, 실전경험은 거의 없다는 것을.

왜냐하면, 단숨에 돌진해 들어와 듣도 보도 못한 무시무시한 검술을 전개해 공격했지만, 그것뿐이었다. 자신이 익힌 검술을 단순히 구사하기만 했을 뿐, 적의 움직임에 대응한 추가적인 공격은 전혀 하지 않았다. 만약 그렇지 않았다면 자신이 이렇듯 손쉽게 녀석의 공세권에서 빠져나올 수 있었을 턱이 없었다.

'정말 대단한 일격이야. 느낌이 이상해서 조심하고 있었기 망정이지, 놈을 얕잡아 보고 맞받아쳤다면 내가 오히려 즉사를 면키 힘들었을지도……'

재능이 떨어져 스승으로부터 그리 많은 걸 전수받지는 못했지만, 자신을 안쓰럽게 여긴 스승의 배려로 고수를 상대하는 비기 몇 가지는 배울 수가 있었다.

상대를 고수로 판정한 순간, 워커의 움직임이 바뀌었다. 우선 그는 상대의 공격을 회피하는 데 중점을 뒀다. 물론, 그건 쉬운 일은 아니다. 충분히 거리를 벌려놨음에도 상대의 도약력은 엄청났고, 단숨에 거리를 좁혀오며 무시무시한 공격을 퍼부었으니까. 하지만 초식의 전반부만 회피하는 데 성공하면 그다음에 이어지는 상대의 공격은 일정한 패턴에 의해 진행된다. 즉, 멍청할 정도로 정직하게 초식에 따라 움직인다는 말이었다.

물론, 검술은 수십 개의 초식으로 이뤄져 있고, 각 초식마다 또 상황별로 사용할 수 있는 변초들이 더해지기에 한순간 만난 적의 검술을 꿰뚫어 본다는 건 사실상 불가능에 가까웠다. 하지만 라이가 사용할 수 있는 초식은 몇 개 되지도 않았고, 변초 따위의 응용은 전혀 없었다. 똑같은 초식이 몇 번이나 반복되어 사용되고 있으니, 워커 같은 노련한 고수가 그 약점을 놓칠 수가 없는 것이다.

"허억!"

자신이 검술을 펼치자 살짝 옆으로 피하며 찔러 들어오는 워커의 검. 그 방향이 실로 절묘했다. 이대로 계속 초식을 펼치면 그의 검에 자신의 팔을 가져가 대주는 고약한 상황! 기겁한 라이는 지금껏 단 한 번도 해보지 않은 짓을 시도할 수밖에 없었다. 전개하던 검식을 억지로 멈추고 뒤로 빠지려고 했던 것이다.

적의 공격을 피하기 위해 본능적으로 그런 시도를 했던 것이었지만, 곧이어 그는 검식을 멈출 수가 없다는 것을 깨달았다. 고급검술은 검만 움직이는 게 아니라, 몸 전체의 마나가 초식의 묘리에 따라 함께 움직이게 된다. 그렇기 때문에 그토록 가공스런 위력을 발휘할 수 있었던 것이고. 단순히 근육만을 사용해 검을 휘두른 것이었다면 멈추는 게 쉬웠겠지만, 일단 움직이기 시작한 마나의 움직임을 임의로 급작스럽게 멈추는 건 거의 불가능에 가까운 일인 것이다.

"젠장!!"

하마터면 팔에 커다란 상처를 입을 뻔했지만, 다행히도 라이는 초인적인 의지로 움직임을 멈출 수 있었다. 눈뜨고 뻔히 칼을 맞을 수는 없었으니까. 하지만 물 흐르듯 흐르던 마나를 억지로 멈춰 세운 그 대가는 곧바로 나타났다.

"우윽⋯⋯."

갑자기 하늘이 빙빙 도는 것만 같은 어지러움과 함께 찝찔한 피 냄새가 느껴졌다. 거기다 구토까지 치밀어 오른다. 하지만 적을 코앞에 두고 구토를 할 수는 없는 노릇. 라이는 억지로 그걸 꿀꺽 삼켰다.

'도대체 왜 이러지?'

라이가 고급검술을 익힌 뒤로 이런 일을 당해보는 건 처음이었다. 몸 상태가 갑자기 엉망이 됐다는 건 알았지만, 그렇다고 상대에게 다음에 싸우자고 할 수도 없는 노릇이다. 당황한 라이가 아직 마음을 추스르기도 전에 적의 공격이 시작됐다.

"타앗!"

공격해오니 대응할 수밖에 없다. 라이는 억지로 몸에 마나를 끌어올렸다. 평소 그렇게 쉽게 움직이던 마나였는데, 무리하게 움직이려 하니 몸이 찢어지는 것만 같았다. 하지만 라이는 그 고통을 이를 악물고 참았다. 최대한 빨리 적을 박살 내 버리고 쉬고 싶은 마음뿐이었다. 그렇기에 라이는 자신이 할 수 있는 전력을 다해 초식을 전개했다.

하지만 라이가 검식을 전개하자마자 적은 지금껏 그래왔듯 황급히 뒤로 물러나 버렸다. 기왕에 검식을 전개한 상태였기에 보법을 밟으며 적을 향해 돌진하며 이어지는 검식을 계속 전개해 나갔다. 그런데, 그게 오히려 더욱 안 좋은 결과를 만들었다. 적이 살짝 피하면서 또다시 초식의 빈틈을 향해 검을 들이밀었기 때문이다. 이럴 줄 알았다면 달려 들어가지 말 것을.

"크윽!"

또다시 강제적으로 초식을 멈추고 뒤로 후퇴할 수밖에 없게 된 라이. 두 번째는 훨씬 더 깊은 내상을 그에게 안겨줬다.

"우우욱!!"

라이는 도저히 참지 못하고 검붉은 피를 왈칵 토하고야 말았다. 그걸 보며 워커는 비릿한 미소를 지었다. 역시 스승님의 가르침은 하나도 틀린 게 없었다. 저토록 무시무시한 고수가 그저 검로를 조금 방해받은 것만으로 토혈을 할 정도의 내상을 입다니.

워커는 토혈하고 있는 라이를 향해 부드러운 어조로 입을 열었다.

"이런 뒷골목에서 썩기에는 너무 아까운 실력이군. 어때, 내 밑에서 일해 볼 생각은 없나?"

"……."

"내가 모시고 있는 보스는 상류층 귀족과의 인맥이 아주 두터우시지. 자네가 어떤 사정으로 인해 이런 밑바닥까지 떨어진 건지는 모르겠지만, 그 모든 걸 깨끗하게 지워줄 수도 있어. 어때? 나하고 함께 가지 않겠나?"

하지만 라이는 그 제안을 받아들일 생각이 없었다. 하기야 제안을 받는 쪽이 워커였다고 해도 이런 상황에서 그런 제안을 받아들이는 건 힘들었으리라. 상대에 대한 그 어떤 정보도 가지고 있지 않았으니 신뢰할 수 없는 게 당연하다.

라이가 검을 꽉 움켜쥐며 다시금 일격을 준비하는 것을 보며 워커는 안타까움에 한숨을 내쉬지 않을 수 없었다. 또다시 살벌한 공격을 피하는 건 문제가 아니었다. 이젠 검로가 어느 정도 눈에 익어 피하는 건 쉬웠으니까. 단지 워커는 저 애송이 거지 놈을 죽이고 싶지 않았다. 그만큼 저 어린 애송이의 검에 대한 재능이 아까웠던 것이다.

"내 제안을 받아들이는 게 좋을 텐데……."

"개소리하지 마, 새꺄. 너 같으면 그러겠냐?"

말을 할 때마다 쿨럭이며 연신 검붉은 피를 토해내는 모습을 보니 애송이의 싸울 의지도 이제 거의 끝난 거나 다름없다는 생각이 들었다. 겉으로 봤을 때는 그저 피를 토해내는 정도였지만, 일반적인 상처와 달리 생명의 근원인 마나 회로가 타격을 받은 것은 웬만한 회복마법조차 도움이 되지 않을 정도로 치명적이다. 그건 검술의 위력이 강하면 강할수록 그 반동으로 피해는 더욱 크다고 배웠다. 지금 저 애송이 녀석은 서 있기도 힘들 것이다.

하지만 그럼에도 불구하고 애송이 녀석은 모든 힘을 쥐어짜서 또다시 공격을 가해왔다.

"타핫!"

워커는 지금까지의 회피 위주의 접전방식에서 벗어나 이번에는 자신이 가진 모든 기량을 다해 공격을 퍼붓기 시작했다. 칼과 칼이 부딪치며 요란한 불꽃이 튀었다. 접전이 지속될수록 워커의 얼굴은 점차 안타까움에 사납게 일그러지고 있었다. 이런식으로 마나 회로가 계속 타격을 받는다면 애송이의 내상은 더욱 심해질 것이고, 결국에는 그 어떤 신관이나 마법사가 와도 회복 불가능한 상태가 될 게 뻔했다. 그렇게 되면 검사로서의 생명 또한 끝나게 되는 것이다.

에송이의 검에서 뿜어지던 그 놀라운 기운은 어느 순간 느껴지지 않았다. 그와 동시에 서서히 공격의 주도권이 워커 쪽으로 넘어오기 시작했다. 워커는 바로 지금이라는 느낌을 받았다. 더 이상 쓸데없는 이 대결을 계속할 생각이 없었다. 몸에 상처를 조금 남기는 한이 있더라도, 최대한 빨리 이 대결을 종료시키는 것만이 최선이라 생각한 것이다. 그게 저 애송이가 폐인이 되는 걸 막는 유일한 길이었으니까.

챙!

워커의 검이 내뿜는 강력한 압력을 이기지 못하고 라이의 검이 부서지며 상반신을 고스란히 드러냈다. 가죽갑옷을 입고 있긴 했지만, 저런 싸구려 가죽갑옷 따위는 마나가 실린 검 앞에는 없는 거나 다름없었다. 설혹 판금갑옷으로 몸을 감싸고 있다고 해도 갑옷 채로 몸뚱아리가 썰려버릴 정도였으니까.

팟!

"크윽!"

반동으로 튕겨 나가며 벽에 처박혀버리는 애송이. 워커는 황급히 검을 거두고 애송이에게로 달려갔다. 적당히 제압할 생각이었는데, 격렬한 저항을 뚫다 보니 의도한 것보다 검이 깊게 들어갔다. 길게 잘려 나간 가죽갑옷 틈새로 펑펑 뿜어져 나오는 검붉은 핏줄기!

상처를 조심스레 살펴보던 워커는 이내 안도의 한숨을 내쉬었다. 겉보기보다 상처가 깊지 않다는 것을 확인했던 것이다.

"다행히 깊게 들어가지 않았구만. 정말 다행이야……."

워커는 고개를 돌려 자신의 부하들에게 지시했다.

"이 녀석 데리고 가서 치료 좀 해줘. 아니, 그것보다는 신전에 가서 신관을 데려오는 게 더 빠르겠군. 돈은 달라는 대로 줄 거라고 하고 어서 데려와!"

"옛."

혹시나 하며 기대하고 있던 박스터는 라이가 쓰러지는 것을 보자마자 황급히 바닥에 납죽 엎드렸다. 그리고 그런 두목의 모습을 본 부하들 역시 바닥에 납죽 엎드리며 고개를 팍 숙였다.

'이런 젠장! 괜히 잭을 불렀네. 역시 여왕벌의 둥지를 박살 낸 건 운이 좋아서일 거야.'

박스터는 내심 라이를 욕하면서도 이후 어떻게 처신을 할 건가를 맹렬히 고민하기 시작했다. 부상당해 쓰러진 잭을 치료하겠다는 걸 보면 아직 희망이 있을 수도 있었다. 박스터는 슬그머니 고개를 들며 아부성 발언을 내뱉었다.

"역시 굉장한 실력이었습니다, 형님."

"뭘, 이 정도 가지고……. 어쨌거나 저 애송이를 이기면 조직 전체가 날 따르겠다고 동생이 승부수를 걸 만도 했어. 나 정도 되는 사람을 일순 당황하게 만들었으니 말이야. 하지만……."

워커의 말은 더 이상 이어지지 못했다. 그는 지금 자신의 눈을 의심하고 있었다. 내상을 입어 빈사 상태에 놓여 있어야 할 애송이가 누구의 부축도 받지 않고 몸을 일으키고 있었던 것이다.

"저 정도 부상이면 정신을 잃고 쓰러지는 게……?"

워커가 기겁을 하며 놀란 것은 애송이가 온 힘을 다 짜내서 간신히 몸을 일으키고 있는 게 아니라는 것을 알아봤기 때문이다. 아무런 표정 없이 천천히 몸을 일으키고 있는 애송이의 모습에 워커는 일순 소름이 돋았다. 주위에 흩뿌려진 진득한 피들만 아니라면 방금 전에 심각한 부상을 입은 녀석이 맞는지 의심이 들 정도였다.

박스터는 물론이고 그 부하들까지도 멍한 시선으로 라이를 바라보고 있었다. 또다시 싸우려는 건가? 저러고도 아직 덤벼들려고 하는 그 투지가 놀랍다. 박스터는 짐짓 성난 표정으로 잭을 향해 소리쳤다.

"잭, 져서 속상한 건 알겠지만 더 이상 형님께 무례하……?"

박스터는 말을 채 끝맺지 못하고 놀라움에 그저 입만 떠억 벌렸다. 벌어진 가죽갑옷 틈으로 보이던 피를 콸콸 쏟아내고 있던 상처가 순식간에 사라져버리는 것을 봤기 때문이다. 그 모습을 같이 지켜보고 있던 워커는 자신도 모르게 재빨리 방어자세를 취했다. 왠지 모를 섬뜩함에 몸이 자연스럽게 반응을 한 것이다.

하지만 천천히 몸을 일으킨 애송이는 워커는 쳐다보지도 않고 갑자기 전력을 다해 어디론가 달아나 버렸다. 전혀 예상하지 못한 상황에 워커와 그 부하들, 그리고 박스터와 부하들까지 그저 입만 떠억 벌린 채 그 모습을 바라보고만 있었다. 게다가 도망치는 속도가 너무 빨라 추격한다고 해도 따라잡을 수 있을지 의구심이 들 정도였다. 워커 역시 온몸의 마나를 끌어 올려 만일의 사태에 대비해 방어에 집중하고 있다 보니 이 갑작스러운 변화에 도저히 대처할 수가 없었다.

애송이는 놀라운 몸놀림으로 옆에 있는 상점의 지붕 위로 도약하더니, 그대로 내달려 지붕과 지붕을 건너뛰며 순식간에 시야에서 사라져 버렸다.

"어떻게 저럴 수가 있지?"

라이가 사라진 방향을 멍하니 바라보던 워커는 고개를 휙 돌려 박스터를 향해 여러 가지 의미가 함축된 질문을 던졌다. 그러나 박스터와 그 부하들 역시 황당한 표정으로 라이가 사라진 곳을 멍하니 바라보고 있을 뿐이었다.

'뭔가 상처를 치료하는 마법도구라도 가지고 있는 건가? 하지만 이렇게 빠른 속도로 치료를 해주는 게 있다는 얘기는 들어본 적도 없는데……'

박스터가 혼란에 빠져 대답을 못하자 워커는 음산한 미소를 지으며 이죽거렸다.

"동생, 현 상황을 내가 납득할 수 있도록 자세한 설명이 있어야 할 거야. 동생도 잘 알다시피 이 바닥에서 믿을 수 없는 놈을 어떻게 처리하는지는 모를 리 없을 테니 말이야."

워커의 말속에서 진득한 살기를 느낀 박스터는 소름이 쭉 끼치지 않을 수 없었다. 그는 재빨리 품속에 간직하고 있던 마법 아티펙트와 보석들을 꺼내 워커의 앞에 내밀며 애원했다.

"제발 살려만 주십쇼, 형님."

"이런, 눈치 빠른 동생이 내가 알고 싶은 게 어떤 건지 모를 리가 없을 텐데? 자꾸 이렇게 날 실망시킬 건가?"

그제서야 박스터는 워커가 잭에 대한 정보를 알고 싶어 한다는 걸 눈치챘다. 하지만 그걸 이 자리에서 얘기하기는 부하들 때문에 곤란했다. 박스터가 뒤쪽의 부하들을 힐끔거리자 워커는 피식 웃으며 가게 안쪽의 밀실을 향해 걸어갔다.

"날 따라와. 동생과 이런저런 얘기를 나누고 싶으니 말이야. 참, 동생 부하들도 적당히 술을 마실 수 있도록 조치하는 게 좋겠지."

그러면서 워커는 자신의 부하들을 향해 슬쩍 눈짓을 했다. 애송이를 추적하라는 신호였다. 그러자 부하들 중 반은 밖으로 나가 라이의 흔적을 찾아 추적하기 시작했고, 나머지 반은 가게의 문을 틀어막고 아무도 나가지 못하게 했다. 혹시라도 박스터의 부하들이 애송이의 도망을 돕지 못하게 하려는 조치였던 것이다.

워커에게 이제 삼천 골드나 박스터의 조직 같은 건 아무런 관심이 없었다. 어떻게든 절대 무가의 검술을 구사하는 잭이라는 자를 포섭하고 싶을 뿐이다. 그러기 위해서는 애송이의 정확한 정보가 필요했고, 그 정보는 박스터가 알고 있을 확률이 높다. 그렇기에 박스터를 살살 구슬려 그 정보를 토해내게 할 생각이었다. 뭐, 필요하면 적당한 협박과 고문까지도…….

라이는 당혹스런 마음에 정신을 차릴 수 없었다.

"이게 어떻게 된 일이지?"

근래 그는 무적이었다. 수많은 사람을 학살하며 살인의 광기에 젖어보기도 했고, 산맥 안에 들어앉아서는 그때의 깨달음을 토대로 몬스터들을 상대로 검술을 갈고 닦았다. 그 과정에서 과거 자신에게 절망을 안겨줬었던 숲의 유령, 트롤까지 단칼에 산산조각 내버리는 기염을 토하기도 했다.

하지만 오늘, 라이는 자신이 우물 안의 개구리였다는 사실을 깨달았다. 자신에게 무적이라는 자신감을 안겨줬던 검술은 그 사내에게는 전혀 먹혀들어 가지 않았던 것이다. 결국 죽음을 각오해야만 하는 최악의 상황으로까지 내몰렸었다. 적을 죽이지 못하면 자신이 죽을 수밖에 없는 세상이었으니까.

하지만 또다시 자신은 살아났다. 무엇보다 꿈을 꾼 게 아니라는 건 자신이 입고 있는 옷이 말해주고 있었다. 가죽갑옷은 물론이고, 그 안쪽에 입고 있던 옷까지 섬뜩하게 잘려있었으니까. 그리고 그 주위를 흠뻑 적시고 있는 검붉은 피는 아직 채 마르지도 않은 상태였다. 하지만 이해할 수 없는 건 옷이 잘린 부위의 피부에도 피가 흠뻑 묻어있긴 했지만 상처 하나 없이 매끈하다는 점이다.

"이걸 어떻게 이해해야 하지?"

그러고 보니 예전에도 지금과 비슷한 상황이 있었다는 게 문득 떠올랐다. 광기에 찬 눈빛으로 떼 지어 달려들던 키메라들! 라이는 그놈들과 목숨을 건 처절한 접전을 벌였었다. 그리고 정신을 잃었는지 자신이 눈을 떴을 때, 키메라는 단 한 마리도 보이지 않고 혼자 숲속에 벌거벗은 채 누워있지 않았던가.

온몸에 잘게 찢긴 키메라의 살점과 검붉은 피, 그리고 뭔지 모를 오물들을 흠뻑 뒤집어쓴 것만 봐도 얼마나 치열한 전투가 벌어졌었는지 충분히 짐작할 수 있었다. 하지만 당시에도 이해할 수 없었던 건 그토록 치열한 격전을 벌였던 기억이 어느 한 순간을 기점으로 전혀 남아있는 게 없었고, 지금과 마찬가지로 몇 번이고 치명적인 상처를 입은 것 같은데 눈을 떴을 때는 작은 상처 하나 없이 멀쩡했다는 점이다. 그토록 무시무시했던 키메라들을 상대로 말이다.

그때는 다급히 도망치는 것에 정신이 팔려 깊이 생각하지 않고 그냥 넘겼었는데, 또다시 같은 일이 반복되다 보니 의아함을 느낄 수밖에 없는 것이다. 문득 떠오른 생각에 라이는 풀이 죽은 음성으로 중얼거렸다.

"나…, 설마…, 사람이 아닌 건 아니겠지?"

기억하지는 못하지만 어머니가 있었다고 했고, 여행을 떠나기 전까지 함께 살았었던 아버지에 대한 기억은 아직까지도 생생했다. 자신이 알기로 아버지가 사람이 아닌 흡혈귀나 늑대인간 같은 인간형 몬스터는 분명히 아니었다. 혹시 친자식이 아니라 어딘가에서 주워다가 기른 양자였을까? 그럴 가능성도 거의 없었다. 촌장(?)을 따라 이주해 온 주위 이웃들이 어머니를 분명하게 기억하고 있었고, 그 어머니로부터 자신이 태어났음을 증언하고 있었으니까.

"아냐. 그건 아닐 거야. 어릴 적 기억을 떠올려 봐도 내가 주워온 자식이거나 아버지가 이상한 몬스터가 아님은 분명해. 그렇다면 남은 가능성은 하나밖에 없는데……."

당시의 기억을 떠올리는 것만으로도 온몸에 소름이 돋았다. 죽을 정도의 치명적인 상처를 입혀도 곧바로 재생하며 살아나던 키메라들! 어쩌면 그놈들을 죽이는 과정에서 튄 핏방울 중 하나가 입으로 들어와 자신도 키메라화 되었을 수도 있지 않을까? 물론, 겨우 피 몇 방울을 먹었다고 해서 키메라가 될 가능성은 거의 없다고 생각하지만, 당시 봤었던 키메라들과 같은 무시무시한 재생력이 자신의 몸에서도 일어나고 있는 건 어떻게 설명해야 할까?

라이는 날카롭게 베어져 나간 가죽갑옷을 바라보며 힘없이 중얼거렸다.

"나…, 키메라가 되어버린 건가?"

아무리 생각해도 그것 외에는 납득할 만한 이유가 없었다.

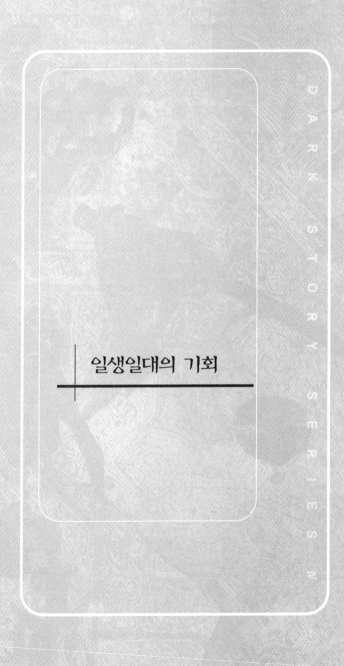

일생일대의 기회

36

티투스 대사막의 암운

"여긴가?"

"예, 두목. 저 아래쪽에 계십니다."

박스터의 질문에 부하가 가리킨 곳은 다리 밑의 어두운 공간이었다. 박스터가 눈에 힘을 주어 자세히 살펴보니 작은 항아리 몇 개가 굴러다니고 있었고 그 옆에 잭이 죽은 듯이 누워있었다. 잭을 발견하자 치밀어 오르는 기쁨도 잠시, 박스터는 눈살을 찌푸리며 욕설을 내뱉었다.

"빌어먹을 새끼! 이런 데 처박혀 있었으니 아무리 찾아도 찾을 수가 없지."

박스터가 잭을 애타게 찾았던 이유는 워커가 원했기 때문이다. 며칠 전에 가게에서 밀실로 자신을 데려간 워커는 잭만 넘겨준다면 칼릭스처럼 뒤를 봐주겠다는 제안을 했다. 워커가 속해 있을 정도의 거대 조직이 뒤만 봐준다면 이곳 요새도시 델카의 암흑가를 주름잡는 것도 그다지 어렵지는 않을 것이다.

게다가 자신이 바친 보석과 마법 아이템을 조직을 재건할 수 있도록 돌려주겠다고까지 했다. 하지만 만약 잭을 넘겨주지 않는다면 아예 조직 전체를 말살시켜 버리겠노라고 으르렁거렸다. 그러니 박스터로서는 눈에 불을 켜고 잭을 찾아다녀야 했던 것이다.

다리 밑으로 내려가 보니 잭은 술에 취해 깊이 잠들어 있었다. 주변에 나뒹굴고 있는 항아리만 해도 거의 다섯 개. 결코 작은 항아리가 아니기에 그 많은 술을 다 마셨다는 게 불가사의하게 느껴질 정도로 엄청난 양이었다.

코를 막고 싶을 정도로 지독한 술 냄새를 풍기며 쭈그리고 자고 있는 모습을 보니 패배의 충격이 그만큼 컸던 모양이다. 자세히 보니 아직 앳된 모습에 안쓰럽기도 했지만 박스터는 애써 그런 나약한 생각을 몰아냈다. 지금 중요한 건 그게 아닌 것이다. 조직을 위해서 그 어떤 감언이설을 동원해서라도 잭을 워커에게 넘겨야만 했다.

"이봐, 이봐, 좀 일어나 봐!"

아무리 잭을 흔들어 봤지만 얼마나 깊게 잠들었는지 깰 기색조차 보이지 않았다. 짜증 난 박스터는 주변에 굴러다니고 있던 빈 항아리 하나를 들어 다리 밑을 흐르는 물속에 푹 집어넣었다. 그리고는 그 물을 잭의 얼굴에 들이부었다. 마을의 온갖 음식 찌꺼기와 분뇨가 흘러나가는 물인 만큼 더럽기 짝이 없었지만, 박스터는 신경도 쓰지 않았다. 자기가 마실 것도 아니었으니…….

"웃, 차거!! 이게 뭐야?"

엉겁결에 잠에서 깬 라이는 얼굴에 흘러내리는 차가운 물을 대충 손바닥으로 문질러 닦았다. 얼마나 오래 이곳에서 술에 취해 잠들었는지는 모르겠지만 다리 밑에서 풍기는 퀴퀴한 악취에 코가 마비된 것인지 구정물 냄새는 전혀 느끼지 못했다.

"이제 잠이 좀 깨냐?"

"이게 무슨 짓이야!"

라이는 물 묻은 손바닥을 대충 옷에 문질러 닦으며 짜증어린 얼굴로 소리쳤다. 이런 짓을 한 게 두목만 아니었다면 박살을 내놨을 것이다. 하지만 박스터는 오히려 라이보다 훨씬 더 신경질적인 어조로 으르렁거렸다.

"그건 내가 할 말이야! 부상을 당해 도망치는 걸 보고 얼마나 걱정했는지 알아? 그런데 이런 곳에 숨어서 팔자 좋게 술이 떡이 되라 마시고 잠이나 퍼 자고 있다니……."

성질을 내면서도 박스터의 시선이 자신의 상처 부위를 살피고 있다는 걸 눈치챈 라이는 더 이상 신경질을 낼 수가 없었다. 어쨌거나 자신이 걱정되어 이렇게 달려온 것이었으니까.

"그건…, 미안해……."

"치료는 했냐?"

"응. 대충."

하지만 말과 달리 워커의 칼에 베어진 옷과 가죽갑옷에는 아직 검붉은 피로 범벅이 되어 있었다. 그건 라이가 자신이 혹시 키메라가 된 건 아닌가 하는 절망감에 피를 닦을 생각도 못하고 술을 마신 뒤 인사불성이 되어 잠이 들었기 때문이다.

"상처가 꽤 심각해 보이는데……?"

"걱정하지 마. 겉보기와 달리 상처는 심하지 않으니까. 그런데…, 그 사람은 어떻게 됐지?"

"워커 말인가?"

"그 사람 이름이 워커였나?"

박스터는 고개를 끄덕인 후 은근한 목소리로 말했다.

"응, 자신을 아론 워커라고 하더군. 이런 촌구석이 아닌, 대도시에 자리 잡은 거대 조직의 간부인 듯해. 내가 자네를 찾은 건 그거 때문이야. 워커가 자네를 데려오래."

"왜?"

"자기 부하로 삼고 싶다더군."

라이는 생각해 볼 필요도 없다는 듯 단호하게 거절했다.

"개소리! 내가 왜 그딴 놈 밑으로 들어가?"

"이건 절호의 기회야! 워커는 자네에게 검에 대한 재능이 있다며 제대로 한 번 키워보고 싶다고 했어. 자신은 나이가 너무 들어서 이미 늦었지만, 자네는 아직 젊으니까 말이야."

절호의 기회라고 말하고는 있었지만, 박스터의 말투와 표정에는 뭔지 모를 간절함이 느껴졌다. 뭔가 내게 말하지 않은 검은 속내가 있음이 틀림없었다.

무슨 속셈일까……?

사실, 워커와 같은 고수가 자신을 키워준다는 건 놀라울 정도로 달콤한 유혹이었다. 하지만 그걸 어떻게 믿겠는가? 집 떠난이래 지금껏 세상의 쓰디쓴 맛을 질리도록 봐왔던 라이였다. 그것도 목숨이 왔다 갔다 할 정도의 쓴맛을 말이다. 당연히 자신을 키워주겠다는 워커의 제안이 곱게 들리지 않는 것이다.

라이는 문득 떠오르는 게 있자 박스터에게 물었다.

"날 팔아먹은 건가?"

박스터는 급히 손을 내저으며 변명했다.

"신께 맹세컨데, 내가 그런 마음을 조금이라도 먹었다면 천벌을 받을 거야."

과도할 정도로 반응하는 박스터. 확실히 뭔가 있음에 틀림없다. 라이는 싸늘한 표정으로 으르렁거렸다.

"사실대로 말해. 안 그러면 지금 당장 이곳을 떠나는 수가 있으니까. 알지? 내가 마음만 먹으면 요새를 떠나는 건 일도 아니라는 걸 말이야."

라이의 위협에 박스터는 결국 무릎을 꿇고 모든 걸 실토했다.

"제발 나를, 아니 우리를 좀 살려주게. 자네가 그자를 따라가지 않는다면 우리는 죽은 목숨이야."

아론 워커가 라이를 키워보겠다고 한 건 사실이라고 했다. 하지만 그걸 거부했을 때의 협박 또한 잊지 않았다고 한다. 그는 치졸하게도 라이를 자신에게 건네주지 않는다면 조직원들 전부를 다 죽여 버리겠다고 위협했다는 것이다.

이대로 도망쳐 버릴까 하는 생각이 문득 들었지만, 라이는 고개를 가로저었다. 그동안 박스터와는 그럭저럭 괜찮은 사이를 유지해 왔었다. 그런 그를 자신 때문에 죽게 내버려 둔다는 것은 상당히 찝찝한 노릇이다.

물론, 이런 생각이 든 건 자신이 키메라가 된 게 아닐까? 하는 착각 탓이었다. 자신이 인간이 아닐지도 모른다고 생각하니, 더욱 인간답게 행동하고 싶다는 욕구가 치밀어 올랐던 것이다. 그리고 설혹 안좋은 일이 벌어진다고 해도 키메라의 재생력이 있는데 뭐가 걱정이겠는가.

"워커는 지금 어디에 있지?"

"승낙해 주는 건가?"

라이는 심드렁한 표정으로 톡 쏘아붙였다.

"어쩔 수 없잖아? 나 때문에 누군가의 목이 잘린다면 아무래도 꿈자리가 뒤숭숭해질 것 같으니까."

감격한 박스터는 라이를 덥석 껴안았다.

"고, 고맙네. 자네는 정말 멋진 친구야."

하지만 곧이어 박스터는 인상을 찡그리며 화들짝 떨어졌다. 라이의 몸에서 나는 냄새가 너무 지독했던 것이다. 이럴 줄 알았다면 하수돗물을 퍼붓지 않는 거였는데⋯⋯.

박스터는 코를 막고 손을 휘휘 내저으며 소리쳤다.

"크으~, 냄새!! 워커를 만나러 가기 전에 일단 좀 씻자, 씻어. 네 몸에서 나는 악취가 너무 지독해."

＊　　＊　　＊

놀라운 마음에 라이는 슬쩍 주위를 둘러봤다. 대단한 저택이었다. 지금껏 그가 봤던 집 중에서 가장 훌륭했던 게 마인 테귤러의 저택이었다. 하지만 지금 그가 서 있는 이곳은 테귤러의 저택을 압도하는 규모였고, 그 호화로움은 비교조차 되지 않을 정도였다. 아무리 거대 조직이라 하지만 뒷골목 두목이 머무는 곳이 이렇게까지 호화로울 수 있다는 게 그저 놀라울 뿐이다. 아니, 어쩌면 여기는 두목의 저택이 아닐지도 몰랐다. 그렇다고 보기에는 너무 크고 호화로웠으니까. 그렇다면 대체 여기는 어딜까?

이 저택에 오기까지 꽤 많은 시간이 걸렸음에도 워커는 라이의 의문에 속 시원히 대답해 주지 않았다. 오히려 질문을 슬쩍슬쩍 회피하며 라이의 신상에 대한 질문만 퍼부었다. 라이 역시 그의 질문에 미주알고주알 대답해 줄 생각은 전혀 없었기에 두 사람의 대화는 알맹이 없이 겉돌기만을 반복했을 뿐이다.

워커는 저택에 도착하자마자 라이를 커다란 방으로 데려다준 다음, 어딘가로 가버렸다. 그는 라이에게 뭔가 필요한 게 있으면 침대 옆에 드리워져 있는 끈을 당기라고 했다. 그러면 하녀가 달려올 거라고. 아마 저 끈은 하녀 대기실과 연결되어 있는 모양이다.

라이는 방에 혼자 남자 창가로 걸어가 바깥의 동정을 주의 깊게 살폈다. 저택은 규모만 엄청난 게 아니라 구석구석까지 세심하게 관리되고 있는 것처럼 보였다. 저택 전체가 세련된 예술품으로 장식되어 있었고, 정원만 봐도 기이하게 생긴 화초들이 그 푸르름을 뽐내고 있었으니 말이다.

무엇보다 저택 안을 분주히 오가는 하인들(어쩌면 노예인지도 모른다)의 숫자보다 경비병들이 더 많이 보이는 게 특이했다. 경비병들은 둘씩 짝지어 서 있었는데, 모두 똑같은 모양의 갑주를 착용하고 있었다. 갑주가 통일되어 있다는 건 일부러 맞췄다는 소리고, 경비병들에게 모두 지급할 정도라면 여기 주인은 엄청나게 돈이 많은 사람인 모양이다. 그리고 갑주의 가슴보호판에 그려져 있는 화려한 문장……. 이곳의 주인은 깡패 두목 나부랭이는 절대로 아닌 게 확실했다.

"워커는 왜 나를 이리로 데려온 거지?"

설마하니 이 집 주인을 함께 죽이자는 건 아닐 테고, 신원도 불확실한 자신을 이곳에 취직시키려는 것은 더더욱 아닐 것이다. 박스터는 분명 워커가 자신의 재능을 탐내 밑에 두고 싶다고 했었다. 음지에서 사는 인간들이 사는 곳이라면 대충 뻔한 곳일 텐데 이곳은 한눈에 봐도 그런 곳이 전혀 아니었다. 그렇다면 왜? 라이로서는 당최 이해할 수가 없었다.

불안감에 휩싸인 라이가 몰래 탈출할까 말까를 고민하고 있던 그 시간, 워커는 이 저택의 주인을 만나고 있었다. 60세는 족히 되어 보이는 노신사였는데, 길게 기른 수염 탓에 좀 더 나이가 들어 보였다. 그리고 그 옆에는 손녀로 보이는 젊은 미모의 아가씨가 얌전히 앉아있었다. 워커는 떨떠름한 눈빛으로 그 아가씨를 바라봤다. 이번 일의 원인을 제공한 상관의 애첩이 바로 이 여자였던 것이다.

"지시하신 대로 처리했습니다."

워커는 품속에서 묵직해 보이는 가죽주머니 하나를 꺼내 탁자 위에 올려놓았다.

"천 골드입니다."

"수고했군."

상관에게 줘야 하는 만큼, 워커는 미친개에게 뜯어냈던 잡다한 금화와 은화가 들어있는 궤짝을 들고 환전소로 가서 반짝거리는 10골드짜리 트롤라 금화로 바꾸는 수고까지 마다하지 않았다. 물론 환전소에서는 헌금화 1개와 새금화 1개를 맞바꿔주지는 않는다. 화폐의 액면가가 아니라 무게를 달아 그 무게만큼의 금화로 바꿔준다. 당연히 수수료까지 받고.

금화나 은화의 경우, 낡은 것과 새것의 무게 차가 심하게 난다는 문제가 있었다. 치졸한 놈들이 금화나 은화의 테두리를 살짝 깎아낸 다음 유통시키기 때문이다. 그 때문에 깐깐한 인물들의 경우 금화나 은화의 개수가 아닌, 금은 함유량과 그 무게를 정확히 계산해서 거래를 하는 경우가 많았다. 그렇게 하지 않으면 소액 거래라면 몰라도 거액의 거래인 경우 엄청난 차이가 발생하게 되기 때문이다.

워커가 그런 수고까지 했음에도 불구하고 노신사는 내용물을 확인조차 하지 않은 채 금화 주머니를 애첩 쪽으로 슬쩍 밀어주며 말했다.

"이제 됐느냐?"

그러자 애첩은 노신사의 볼에 가볍게 키스하며 녹아들듯 귀여운 표정으로 애교를 떨었다.

"예, 나으리. 감사합니다."

"허허, 그래. 이제 그만 나가 보거라."

애첩은 가녀린 팔로 묵직한 금화 주머니를 힘겹게 들고서 고개를 살짝 조아린 뒤 물러갔다. 노신사가 방문객과 함께하는 자리에 그녀가 참석한 건 이번이 처음이다. 그녀가 잠시나마 이 자리에 합석할 수 있었던 건, 자신이 부탁했던 일의 결말이 어떻게 되었는지를 알려주려는 노신사의 배려였던 것이다.

애첩이 방 밖으로 나가고 난 후, 노신사가 워커에게 말했다.

"자네에게 이런 잡무를 맡겨 미안하군."

노신사의 치하에 워커는 별것 아니라는 듯 손사래를 치며 말했다.

"별말씀을 다 하십니다. 덕분에 좋은 인재를 발굴할 수 있었으니 오히려 잘 됐습니다."

"좋은 인재?"

워커는 막대한 부수입을 챙겼다는 사실은 내색하지 않고 곧바로 라이의 얘기를 시작했다.

"예. 주인 없는 그래듀에이트가 거기에 숨어 있더군요. 저는 그를 스승님께 소개할까 생각 중인데……."

그 말에 살짝 안색이 변한 노신사는 침중한 음성으로 워커에게 되물었다.

"주인 없는 그래듀에이트라……. 혹시 첩자일 가능성은?"

워커는 걱정하지 말라는 듯 환히 웃으며 단호하게 대답했다.

"없다고 생각합니다. 녀석은 원래 그곳 산적패거리에 있을 생각이 아니라, 위조 신분증을 확보하는 대로 산맥을 넘어 외국으로 도피할 생각이었다고 하더군요. 그런 걸 산적 두목 녀석이 이런저런 핑계를 대면서 붙잡아 두고 있었던 거였습니다."

인자하게만 보이던 노신사의 눈매가 일순 실쭉 가늘어진다. 의심스러운 것이다.

"이상하군. 그런 실력자가 고작 산적 나부랭이의 농간에 놀아났다는 게 말이야."

그래듀에이트의 능력이라면 손가락 하나만으로도 산적 두목을 죽여버릴 수도 있다는 것을 잘 알고 있었기에 믿을 수가 없었던 것이다.

워커는 어깨를 으쓱거리며 말했다.

"놀아날 수밖에 없었을 겁니다. 그래듀에이트라 하나 이제 겨우 열일곱 살로, 스승으로부터 독립한 지 몇 달 되지도 않아 세상 경험이 거의 없는 햇병아리니까요."

워커의 말에 노신사는 고개를 갸웃하며 다시 물었다.

"그 나이라면 독립하기에 너무 빠르지 않나?"

제자를 독립시키는 건 더 이상 가르칠 게 없거나, 아니면 가르쳐봐야 시간 낭비라고 판단될 때였다. 그래서 실력이 그래듀에이트급 정도라면 대략 30대 중반에서 40대 초반쯤에 독립하며, 스승의 추천서를 가지고 곧바로 기사단에 들어가는 게 일반적인 통례였다.

"이곳으로 데리고 오던 중에 여러 가지를 캐물었습니다만, 그리 많은 걸 알아낼 수는 없었습니다. 자신의 신상에 대해 밝히는 걸 극도로 꺼리는 듯하더군요. 하지만 중요한 건 대부분 알아냈습니다. 우선 부모가 크라레스의 반역자라는 것. 타국으로 도망치던 도중에 부모는 죽었고, 그때 우연히 스승의 눈에 띄어 그의 제자로 들어갔답니다. 그리고 지금까지 계속 산맥 속에서 스승과 둘이서만 생활했었는데, 스승이 지병으로 갑자기 죽어 어쩔 수 없이 하산했다고 하더군요."

물론 새빨간 거짓말이었지만, 라이로서도 이런 식으로 거짓말을 할 수밖에 없었다. 오히려 이런 거짓말이 진실보다 훨씬 더 다른 사람을 이해시키기 쉬웠기 때문이다. 그런 엄청난 고급 검술을 누구에게서 배웠냐는 워커의 물음에, 스승은 없고 꿈속에서 배운 대로 해보니 되더라는 말을 어떻게 할 수 있겠는가. 자기가 워커의 입장이라 해도 믿을 턱이 없는 것이다.

"아버지의 이름은?"

"제럴드 폰 로티넨 백작이랍니다."

라이는 거짓말의 신빙성을 더하기 위해 아버지가 모시고 있는 촌장의 이름을 팔았다. 설마, 그 이름을 알까? 하는 생각과 함께 반역도라는 걸 상대에게 인지시키기 위해서 써먹기에 가장 좋은 사람이라 생각한 것이다. 그리고 덤으로 자신의 신분도 슬쩍 상승시키고 말이다.

"제럴드 폰 로티넨 백작이라고? 로티넨이라……."

시골 촌부의 이름이라면 그것만 가지고는 찾을 방법이 없겠지만, 귀족이라면 얘기가 다르다. 귀족의 성씨는 그가 지배하는 영지를 말해주기 때문이다. 크라레스 제국의 로티넨 영지같이 중요한 곳이라면 자료를 뒤지느라 시간을 낭비할 필요조차 없었다.

워커의 말에 책장으로 걸어간 노신사는 크라레스 제국 귀족 명

부라는 두꺼운 책자 한 권을 꺼내 이리저리 뒤적거렸다. 그리고 곧이어 자신이 원하는 자료를 찾아냈는지 천천히 읽기 시작했다.

"여기 있군. 제럴드 폰 로티넨 백작. 드미트리 폰 란프리아 후작의 주요 가신 중 하나. 란프리아 후작이 권력 투쟁에서 밀려 처형되었을 때, 자신의 가신들과 함께 도주했다고 기록되어 있구먼."

사건이 벌어진 건 18년쯤 전이다. 그 이후 제럴드 폰 로티넨 백작에 대한 기록은 끊겨 있었다. 슬하에 딸이 두 명 있다고 기록되어 있었지만, 18년이나 공백이 있는 만큼 도망 중에 아들 하나가 더 태어났다 해도 이상할 게 없었다. 게다가 나이도 열일곱이라고 했으니 딱 들어맞는다.

"여기까지는 꽤나 그럴듯하군. 이상한 부분은 아직 없는 것 같고……."

"나중에 한 번 만나보시면 아시겠지만, 아직 순진한 애송이입니다. 하지만 검에 대한 재능은 굉장히 뛰어나 스승님께서도 분명 기뻐하실 거라고 생각합……."

여기까지 들은 노신사의 표정이 일순 딱딱하게 굳었다. 워커가 입에 올린 스승이라는 존재는 대단한 실력자였다. 게다가 그 자신의 실력도 실력이었지만, 후진을 양성하는 데 있어서도 놀라운 능력을 보여줬다. 감찰부에 있는 청소부들 중 최상위에 포진하고 있는 실력자들의 대부분이 그의 손을 거친 사람들이었으니까.

"자네가 그렇게까지 말하는 걸 보니 재능이 상당한가 보군."

"이제 열일곱이라는 나이에 그래듀에이트면 검에 대한 재능은 확실한 거죠. 그리고 앞으로의 성장 가능성이 더 클 것 같기에 말씀드리는 겁니다."

"……."

노신사는 무심결에 긴 턱수염을 매만지며 생각에 잠겼다. 아무래도 뭔가 뒷맛이 개운치 않았던 것이다. 노신사는 지금껏 살아오면서 온갖 아수라장을 거쳐 온 인물이다. 수많은 첩자를 쓰기도 했고, 온갖 곳에서 보내온 첩자들이 감찰부 안으로 파고들어 오려고 갖가지 술수를 부리는 걸 경험해온 그였다. 그래서 워커에게 말은 하지 않았지만, 그가 데려온 청년이 크라레스 출신이라는 사실, 그리고 뜬금없이 나타난 주인 없는 그래듀에이트라는 것만으로도 노신사는 본능적으로 거부감을 느끼고 있었다. 너무나도 먹음직했기 때문이다.

아직 어린 나이임에도 워커가 격찬할 정도의 검술 재능을 지니고 있는데, 거기에 「스승」에게 검술까지 전수받게 된다면 10년이나 20년쯤 후에는 감찰부의 수뇌부 지위에까지 올라갈지도 모른다. 특히나 지금처럼 인력 부족이 극심한 시점이라면 더 이상 말할 필요조차 없다. 더군다나 차기 감찰부장이 될 가능성이 가장 높았던 앤트러스가 얼마 전에 행방불명되어버린 상황이 아닌가.

잠시 고민하던 노신사는 그를 감찰부에 받아들일 수 없다는 결론을 내렸다. 출신도 적국인 크라레스인 데다, 감찰부 자체가 아이들을 교육시키는 장소가 아니었기 때문이다. 무엇보다 노신사의 신경을 계속 건드리는 뭔지 모를 찜찜함이 그런 결정을 내리게 만들었다. 마침 워커는 녀석의 장래성이 기대된다는 말을 했다. 그렇다면 그 재능을 적절히 키워줄 만한 곳으로 보내버리면 되지 않겠는가. 그게 워커에게도 반감을 사지 않을 수 있어서 좋다.

"그렇게 뛰어난 인재라니…, 내 그루시아 후작에게 말해두겠네. 내일 오후 3시쯤 찾아가면 될 게야."

마이크 그루시아 후작이라면 알카사스의 4대 기사단 중 하나인 콘도르(Condor) 기사단의 단장인 거물이었다. 생각지도 못했던 이름이 노신사의 입에서 갑자기 튀어나오자 워커는 살짝 눈살을 찌푸리며 반발했다.

"부장님, 외람된 말씀입니다만 잭은 콘도르 기사단에 건네주기에는 너무 아까운 인재라고 생각됩니다."

워커는 라이를 자신의 스승에게 데리고 갈 생각인지 모르지만, 감찰부장인 노신사는 전혀 그럴 마음이 없었다. 딱히 의심스러운 점은 없었지만 계속 그의 본능을 건드리는 찜찜함에 아예 라이가 감찰부에 들어오려는 것 자체를 막으려는 것이다. 하지만 그걸 워커에게 곧이곧대로 말할 수는 없는 노릇이었다. 논리적으로 설명할 수 없는 찜찜한 기분 때문에 기껏 데려온 재능있는 아이를 내친다면 워커가 어찌 생각하겠는가.

"우리 감찰부나 기사단이나 그 본분은 폐하를 받들고 왕국을 수호하는 데 있지. 다만 맡은 바 역할이 다를 뿐이야. 자네가 말한 잭이라는 아이가 그렇게 뛰어난 인재라면 우리가 데리고 있는 것보다는 기사단 쪽으로 보내는 게 그 재능을 키우는 데 더 낫지 않겠나? 우리가 하는 일이 어떤 일인지 자네도 잘 알고 있을 테니 말이야."

감찰부의 주 업무는 세상에 드러나지 않는, 음지에서 벌어지는 일들이 거의 다였다. 그렇기에 검술 실력도 중요했지만 빠른 눈치와 판단력, 무엇보다 더러운 임무조차 한점 의구심 없이 행할 수 있는 절대적인 충성심이 우선이었다.

노신사의 말에 워커는 아차 하는 표정을 지으며 고개를 숙였다. 잭이 지닌 검에 대한 재능만 생각했지, 스승에게 데려다준다는 것에 대한 의미를 간과한 것이다.

"제 생각이 짧았습니다, 부장님."

"내일 자네가 콘도르 기사단 본부에 그 소년을 데려다 주게. 판단은 그쪽에서 하겠지. 그럼 나가보게."

"알겠습니다."

노신사는 대화를 이 정도에서 끝마칠 생각이었던 모양이지만, 워커는 그럴 마음이 없었다. 가장 궁금했던 게 아직 해결되지 않았기 때문이다.

"한 가지 궁금한 게 있어서……. 사형(師兄)의 행방은 찾으셨습니까?"

노신사의 얼굴에 살짝 불쾌감이 어리긴 했지만, 대답을 거부하지는 않았다.

"기밀이긴 하지만 자네와 앤트러스와의 관계를 생각해서 대답해 주겠네."

"감사합니다."

"몰몬트 산맥에 여덟 개 수색조를 급파했네. 그리고 호크 기사단은 물론이고, 마법사 길드 등 의심이 가는 곳은 모두 다 철저히 조사 중이니 조만간에 뭔가 실마리가 잡히지 않을까 생각하고 있다네."

같은 스승으로부터 검을 배우긴 했지만 앤트러스와 그와의 실력 차이는 하늘과 땅만큼 벌어져 있는 상태였다. 만약 앤트러스가 당했을 정도라면, 그가 달려가 봐야 아무런 도움도 되지 않을 건 뻔한 사실이다. 그렇기에 워커는 고개를 조아리며 노신사에게 간청했다.

"감찰부장님, 잘 부탁드립니다."

"걱정 말게. 살아만 있다면 무슨 짓을 해서라도 반드시 구해낼 테니 말이야."

다음 날 아침, 아론 워커는 라이를 마차에 태우고 감찰부장의 저택을 빠져나갔다. 워커가 자신을 어디로 데려가는지 말해주지 않았지만 라이는 굳이 묻지 않았다. 꼭 필요할 때를 제외하면 입이 무척이나 무거운 사내라는 걸 워커와 함께 여기까지 오면서 이미 파악했기 때문이다. 라이는 지금 자신이 와 있는 곳이 알카사스 왕국의 수도인 다란스라는 것 정도는 알고 있었다. 마법진을 통해 이동해 올 때 워커의 말을 엿들은 덕이다.

라이와 워커를 실은 마차는 수많은 사람들이 북적거리는 번화가 쪽으로 들어갔다. 수도 중심가로 자신을 데려가나 싶었는데, 목적지는 그쪽이 아니었던 모양이다. 30분쯤 지났을 무렵 마차는 천천히 도시 외곽으로 빠져나가기 시작했다.

'도대체 어디로 가는 거야? 말을 해줘야 알지, 말을! 젠장!'

하지만 워커는 뭔가 생각에 잠긴 듯 눈을 지그시 감은 채 가만히 앉아있었고, 그 꼴이 얄미워서 라이 역시 입을 꾹 다문 채 스쳐 지나가는 마차 주변을 연신 눈을 굴리며 살펴보고 있었다. 혹시라도 안좋은 사태가 벌어지면 언제든 튈 수 있도록.

그러다 라이의 두 눈이 휘둥그레졌다. 마차의 진행 방향 저 앞쪽에 중무장한 병사 수십 명이 도로를 막아놓고 검문을 하고 있는 게 보였던 것이다.

"검문소가 있습니다."

하시만 워커는 전혀 신경조차 쓰지 않았다. 그저 두 눈을 지그시 감은 채로 앉아있기만 했다. 고개가 꼿꼿하게 서 있는 걸 보면 잠자는 것 같지는 않았다. 뒷골목 깡패라 생각되는 워커가 아무런 반응도 보이지 않고 있자, 라이는 될 대로 되라는 듯 마차 의자에 편안하게 앉았다.

그러면서 델카를 떠나기 전 박스터가 급하게 만들어준 위조 신분증을 만지작거렸다. 혹시 신분증이 위조된 게 걸리지는 않을까 걱정이 되기는 했지만 크게 신경 쓰지는 않았다. 여차하면 튀면 되니까 말이다.

우려와 달리 검문을 하던 병사들은 마차를 제대로 살펴보지도 않고 그냥 통과시켜 버렸다. 얼마나 많은 뇌물을 처먹였기에 병사들이 마차를 그냥 보내준 건지 어이없어하는 라이의 모습에 워커가 피식 웃었다. 자신의 정체를 모르는 라이가 어떤 생각을 하고 있는지 대충 짐작하고 있었으니까.

"오늘, 네게 일생일대의 기회가 주어질 거다."

"기회라니요?"

라이가 이해할 수 없다는 듯 고개를 갸웃거리자 워커는 진중한 음성으로 다시 말했다.

"넌 오늘 테스트를 받게 된다. 통과한다면 네 인생이 완전히 바뀔 수도 있다. 그따위 허접한 위조 신분증에 의존할 필요는 더 이상 없어지겠지."

그 말에 라이는 어깨를 으쓱하며 말했다.

"처음에는 신분증이 필요했지만, 지금은 별 필요 없어요. 거기에 있었던 건 수련할 장소가 필요해서 붙어있었던 거였으니까요."

워커는 피식 웃으며 말했다.

"그래, 그렇다고 치자. 하지만 그렇게 산다면 네 미래의 모습은 뻔한 거야. 밀수업자 등이나 처먹다가 언젠가 토벌군에 걸려 비참하게 죽어가겠지. 그러니 쓸데없는 고집 부리지 말고 이번 테스트에서 최선을 다하도록 해."

"테스트 종목은 뭡니까?"

"당연히 검술이지. 그거 외에 뭐 다른 거 잘하는 게 있나?"

"아뇨."

"죽을힘을 다해 최선을 다해라. 상대의 사정 따위 봐줄 필요 없다. 오늘 테스트에 참가할 사람들은 너보다도 몇 배나 강한 사람들일 테니까.”

　자신의 실력을 너무 무시한다는 생각에 열이 뻗친 라이는 마차 밖으로 시선을 돌리며 퉁명스럽게 물었다. 대체 어떤 곳이기에 중무장한 수십 명의 병사들이 진입하는 마차들을 검문하는지 궁금했기 때문이다.

　“여기는 뭐 하는 곳입니까?”

　“그건 아직 몰라도 된다. 네 실력이 그 사람들의 마음에 들지 않는다면 두 번 다시 이곳에 올 일은 없다.”

라이 폰 위너스

36

티투스 대사막의 암운

잠시 후, 마차가 어딘가에서 정지하자 워커가 눈을 번쩍 뜨며 말했다.

"내려라."

워커와 라이는 마중 나온 병사의 안내를 받으며 병영 안쪽으로 걸어 들어갔다. 병사의 뒤를 쫓아가며 라이는 주변을 둘러보기에 여념이 없었다. 병영의 모습은 용병단 건물과는 겉모습부터가 완전히 달랐다. 붉은전갈 용병단이 차지하고 있던 요새는 주요 건물들만 번듯하게 지어져 있었고, 그 외의 건물들은 진흙 벽돌로 급조한 엉성한 것들이었다. 하지만 이곳에 늘어서 있는 건물들은 병영이라는 게 믿겨지지 않을 정도로 고풍스럽고 멋진 건물들이 많았다.

"이쪽입니다."

병사는 병영 깊숙한 곳에 자리 잡고 있는 연병장으로 그들을 안내했다. 연병장 크기에 비했을 때, 자리를 차지하고 있는 인원은 겨우 여덟 명밖에 되지 않았다. 그중 두 사람이 격렬하게 검투를 벌이고 있었고, 나머지 여섯 명은 그 모습을 지켜보고 있었다.

복장으로 봤을 때 장내의 여덟 명은 세 그룹으로 나뉘었다. 세 명은 화려한 제복을 입고 있었고, 네 명은 움직이는 게 가능할까 하는 생각이 들 정도로 두꺼운 갑주를 착용하고 있다. 그들 모두의 무장은 검이었다. 검투를 벌이고 있는 둘은 중갑주를 입은 자들이었다.

그리고 뒤쪽에 있는 나무 그늘 밑에서 나른한 표정으로 앉아 있는 미모의 여성은 일곱 명과는 다른 심플한 디자인의 제복을 착용하고 있는 것으로 보아 신관이나 마법사처럼 보였다.

병사는 제복을 입고 있는 사내들 중 한 명에게로 워커 일행을 데리고 갔다. 라이의 시선은 화려한 제복 차림의 사내들이 아닌, 중갑주를 착용하고 있는 사내에게로 돌아갔다. 사내들이 입고 있는 제복이 지금껏 봤던 그 어떤 제복들보다 화려하고 멋있는 게 사실이었지만, 중갑주와 비교될 수는 없었다. 금은으로 상감해 놓은 화려한 문양도 멋있었고, 부드럽게 흘러내리듯 매끄러운 갑옷의 굴곡은 예술품 그 자체였던 것이다. 라이는 이렇게 호화로운 갑주를 지금껏 단 한 번도 본 적이 없었다.

"모시고 왔습니다, 페리 경."

"아론 워커라고 합니다."

정중하게 인사를 건네는 워커와 달리 페리는 가볍게 답례를 하며 자기소개를 했다.

"반갑소. 나는 제323정찰조장 라이놀 페리라고 하오."

정찰조라는 말에 라이는 내심 안도했다. 화려한 제복과 무척 값비싸 보이는 중갑주를 보고 대단한 인물들일 거라 생각했었는데, 그게 아닌 듯했기 때문이다. 그런데 한 가지 이상한 점은 반갑다는 말과 달리 자신들을 바라보는 라이놀의 안색이 썩 달갑지 않아 보인다는 것이다.

라이는 모르고 있었지만, 라이놀이 그런 언짢은 표정으로 라이를 바라볼 수밖에 없는 상황이었다. 그는 어젯밤 갑자기 상관으로부터 내일 한 사내의 실력 테스트를 하라는 명령을 받았었다. 상관에게 듣기로는 산맥 안에서 스승과 단둘이서만 지내며 검술을 전수받았다고 하는데, 그러던 차에 스승이 갑자기 죽어버린 탓에 하산하게 되었다고.

상부에서 특별히 실력 테스트를 해 보라는 명령이 내려올 정도면 제법 실력이 있는 사내인 모양이라고 라이놀은 짐작했었다. 하지만 지금, 테스트를 받아야 할 사내를 보는 순간 그의 마음은 실망으로 가득 찼다. 너무 어렸던 것이다. 앳된 얼굴을 보니 아직 솜털조차 제대로 벗겨지지 않은 소년이 아닌가. 저래서는 스승으로부터 깊이 있는 검술은 아예 전수받지도 못했을 게 뻔했다.

"테스트를 받을 사람이 이 소년이오?"

"예. 잘 부탁드립니다."

자신만큼이나 어이없다는 듯한 표정으로 라이를 바라보고 있는 부하들을 쓱 훑어본 뒤 라이놀은 고민하지 않을 수 없었다. 저 꼬맹이를 자신이 직접 테스트한다는 건 귀찮은 일이었다. 하지만 부하들에게 맡길 수도 없었다. 녀석들의 표정을 보니 이런 하찮은 일에 동원됐다는 것에 꽤나 자존심이 상한 모양이다. 그래서인지 표정들이 테스트를 시키면 분명 사고를 칠 분위기였다. 놈들은 애송이가 그 정도도 못 막을 줄은 몰랐다며 변명하면 그뿐이겠지만, 자칫 녀석이 중상을 입거나 죽기라도 했다가는 그 뒤처리가 난감해진다. 상관으로부터 명령을 받은 것은 자신이었으니 말이다. 위급 상황을 대비해 연병장에 신관을 대기시켜 두긴 했지만, 아무리 신관이라 해도 죽은 놈을 다시 살려 낼 재주는 없었으니까.

"자네 감찰부장님과는 어떤 사인가?"

"예? 감찰부장님이라뇨?"

맹한 얼굴로 대꾸하는 소년을 보며 라이놀의 미간은 더욱 일그러졌다. 한눈에 척 보는 것만으로 상대의 수준을 웬만큼은 알아볼 수 있는 라이놀이었지만, 아무리 살펴봐도 소년에게서는 특출난 구석이 전혀 느껴지지 않았다. 그나마 전신의 근육은 잘 단련되어 있는 듯 보였지만, 느껴지는 마나의 기운은 평범 그 자체였기 때문이다.

이건 라이가 익힌 태허무령심법의 효용 탓이었는데, 그 때문에 실력을 테스트하기에는 너무 허접하게 보이다 보니 라이놀로서는 짜증이 날 수밖에 없는 상황이 되어버렸다.

'감찰부장이 후작님께 직접 청탁을 넣은 걸 보면, 잘 봐달라는 뜻이려나? 뭐, 좋아. 어쨌거나 한 수 주고받아 보면 확실히 알 수 있겠지.'

괜히 이런저런 생각으로 머리가 아플 필요가 없다. 기사는 검으로 말하는 법, 라이놀은 천천히 검을 뽑아 들며 말했다.

"내게 전력을 다해 덤벼봐라."

순간, 라이놀에게서 놀랍도록 강한 기세가 뿜어져 나왔다. 마치 숨이 막힐 듯한 강한 살기! 평범한 사람이라면 죽을 것만 같은 공포감에 바닥에 주저앉아 오줌을 지렸을 것이다. 그리고 그런 상황이 벌어진다면 라이놀은 더 이상 테스트 따위는 하지도 않고 꼬맹이를 돌려보낼 생각이었다.

하지만 그런 일은 벌어지지 않았다. 안색이 살짝 창백해지긴 했지만, 멀쩡하게 서 있는 라이를 보자 그제서야 라이놀의 얼굴에 슬그머니 미소가 떠올랐다. 이 정도라면 테스트를 해줄 만하다는 생각이 들었기 때문이다.

라이놀의 기세에 바짝 얼어있는 라이의 등을 다독여주며 워커가 작은 목소리로 속삭였다.

"네가 가진 실력을 최대한으로 발휘해 봐. 아까 마차 안에서 말했지? 이런 기회는 자주 오는 게 아니라는 거 명심하고."

그제서야 라이는 정신을 차리고 쭈뼛쭈뼛 앞으로 걸어나갔다. 지금껏 이렇게까지 자신에게 공포감을 안겨준 상대는 없었다. 키메라 오크떼가 안겨줬던 공포심마저도 저 제복의 사내가 발산하는 살기에 비하면 새 발의 피로 느껴질 정도였다.

하지만 시간이 흐르자 라이의 마음은 공포심에서 벗어나 점차 안정을 되찾아가고 있었다. 그건 이 상황이 목숨을 건 결투가 아닌, 테스트라고 했기 때문이다. 테스트를 통과하게 되면 보상으로 뭘 받게 되는지는 모른다. 그러나 한 가지만은 확실했다. 저 엄청난 고수와 대결을 해볼 수 있다는 것. 이런 기회는 쉽게 얻어지는 게 아니다. 더군다나 테스트라고 했으니 목숨을 잃을 걱정 따위는 하지 않고 전력으로 부딪쳐 볼 수 있지 않은가.

라이는 심호흡을 몇 차례 하며 애써 마음을 가라앉혔다. 워커와의 대결 후, 자신에게 뭐가 모자라는지 많이 깨달을 수 있었다. 그리고 지금은 워커 따위와는 차원이 다른 고수와 대결하게 되었다. 자신에게 모자라는 부분이 뭔지 알려면 자신이 지닌 모든 것을 쏟아내는 수밖에 없다.

이런 기회는 두 번 다시 오지 않으리라.

"그럼 공격하겠습니다."

라이가 떨리는 손으로 검을 잡고 심호흡을 하는 걸 보며 라이놀은 내심 비웃었다. 하지만 라이가 공격을 시작하자마자 라이놀의 얼굴은 경악으로 가득 채워졌다.

"허억! 거, 검기(劍氣)라고?!"

설마하니 애송이의 검에서 저렇게나 막강한 기운이 뿜어져 나올 거라고는 전혀 예상조차 하지 않았었기에 그의 놀라움은 더욱 컸다. 하지만 라이놀은 자신이 콘도르 기사단의 정식기사임을 증명이라도 하듯 라이의 공격을 피하지 않고 정면으로 맞받아쳤다.

콰콰콰쾅!!

검과 검이 맞부딪쳤을 뿐인데도 화려한 불꽃과 함께 엄청난 폭음이 연병장을 휩쓸고 지나갔다.

방금 전에 진행된 비무로 인해 좌중의 시선은 모두 한쪽으로 쏠려 있었다. 연병장 한가운데서 치열하게 접전을 벌이고 있던 두 사내도 어느 순간 싸움을 멈추고 동료들과 함께 서서 조장과 웬 소년이 대화하는 걸 열심히 엿듣고 있는 중이었다.

"스승님의 성함이 뭔가?"

아직 어린 나이에 이 정도 수준의 마나 수련을 시킬 수 있다는 건, 그 스승의 실력이 얼마나 뛰어난가를 대변해 준다. 때문에 소년의 스승이 누군지 궁금하지 않을 수 없는 것이다. 그리고 라이 또한 라이놀이 자신의 스승 이름을 묻는 이유를 모를 만큼 멍청하지는 않았다. 당연히 자신이 댄 이름을 철저하게 조사할 가능성이 컸다. 그렇다고 아무렇게나 지어낼 수도 없는 노릇이었다. 그랬기에 라이는 시치미를 뚝 떼고 거짓말을 했다.

"스승님께서는 자신의 성함을 알려주시지 않으셨습니다."

그 말에 라이놀은 고개를 갸웃하지 않을 수 없었다.

"성함을 알려주지 않았다고?"

"예."

"아니, 어떻게 제자에게까지 이름을 밝히지 않을 수가 있지?"

강한 의문을 품는 라이놀에게 라이는 과거를 회상하는 듯 하늘을 올려다보며 나지막한 목소리로 말했다.

"몇 번이고 스승님의 성함을 물어본 적이 있었지만, 자신의 이름을 알게 되면 그때부터 원하지 않는 은원(恩怨)에 얽매이게 된다고 하셨습니다. 전 그분의 성함만이 아닌, 과거에 뭘 하셨던 분인지조차도 전혀 모릅니다. 때때로 제가 잠자리에 든 후에 울적한 표정으로 술을 드시고 계셨던 걸 보면 뭔가 깊은 사연이 있는 듯싶었습니다.”

즉석에서 떠오르는 대로 대충 둘러댄 것이었지만, 라이놀은 쉽게 납득했다. 아무리 검의 고수라 할지언정 사람인 이상 타인과 부대끼며 살아갈 수밖에 없다. 그리고 실력이 뛰어나면 뛰어날수록 신분 또한 높아져 자연스럽게 상류층 귀족들과 어울리게 된다. 그런 상류층의 세계는 일반적인 범인들이 상상할 수 없을 정도로 치열한 암투와 정치질로 매일매일을 보내는 게 일상이었다. 라이놀은 라이의 스승이 그런 암투에서 밀려나 산맥 속으로 도피를 한 검의 고수로 짐작한 모양이다. 그래서인지 라이놀의 입가에는 처음과 달리 호의 어린 미소가 떠올라 있었다.

“그럼 자네가 익힌 검법의 이름이 뭔가?”

“믿기 힘드시겠지만 그 이름조차 한 번도 거론하신 적이 없었습니다. 초식도 그냥 1식, 2식이라고 구분해서 전수해 주셨으니까요.”

하기야, 자신의 이름까지 비밀로 했을 정도라면 검법 이름도 당연히 비밀로 했으리라. 각 국가에서 주력으로 가르치는 검술 명칭은 세상에 널리 알려져 있으니까.

“혹시…, 스승으로부터 타이탄은 인계받았나?”

아무리 산골에서 태어나 자랐다고 하지만 타이탄이라는 게 뭔지는 알았다. 여러 영웅담 속에 등장하는 강철로 된 마법도구의 이름이었으니까. 하지만 직접 본 적은 없었기에 어떻게 생겼는지는 몰랐다. 그리고 어떻게 해서 그걸 얻게 되는지도…….

모르는 건 딱 잡아떼면 된다. 괜히 아는 척해봐야 들킬 확률만 높아지는 것이다. 그렇기에 라이는 고개를 가로저으며 딱 부러지게 대답했다.

"아뇨. 그런 건 본 적도 없습니다."

"흠, 이상하군. 자네 스승 정도의 실력자가 돌아가시면 자동으로 계약이 해지되어 타이탄이 그 모습을 드러냈을 텐데……."

라이놀은 라이의 스승이 어딘가의 근위기사가 아닐까 추측하고 있었다. 소속되었던 나라가 멸망했다면……. 그렇게 생각하면 지금까지 추론했던 아귀가 모두 들어맞는다. 하지만 죽을 때 타이탄이 나타나지 않았다는 건 의외였다. 그렇다면 자신의 추론이 틀렸다는 것이었으니까. 아니, 아닐 수도 있다. 엄청나게 어려운 일이긴 했지만, 타이탄이 죽기 직전에 탈출했었을 가능성도 있긴 했으니까.

"제가 임종을 지켰습니다만, 결단코 그런 일은 없었습니다."

"그렇다면……. 마지막으로 스승의 출신지가 어딘지 알 만한 힌트라도 있나? 사투리라든지, 아니면 즐기던 음식이나 술이라도……?"

"잘 모르겠습니다."

아무것도 모르겠다며 단호히 고개를 젓는 라이의 모습에 스승에 대해서 더 이상 알아낼 게 없어 보였다. 하지만 한 가지는 분명했다. 라이가 크라레스 쪽 억양을 지금까지 쓰고 있다는 것. 아무리 부모가 크라레스 출신인 걸 감안한다 하더라도, 어렸을 때 부모와 헤어진 만큼 그때 배운 억양을 계속 기억하고 있을 수는 없었다. 그렇게 생각한다면 크라레스의 억양을 계속 쓸 수 있었던 것은 스승의 영향일 가능성이 크다고 봐야 하리라.

"크라레스라……?"

라이놀이 본 라이의 검술은 아주 독특했다. 특히 붉은색 검기를 뿜어내는 검술이 있다는 얘기는 아직까지 들어본 적이 없다. 하지만 라이가 사용하는 검술의 기본이 크라레스와 이어져 있다는 건 몇 번 검을 부딪쳐 보기도 전에 라이놀은 눈치챌 수 있었다. 발놀림이나 검을 다루는 사소한 기법들에서 크라레스 고유의 기법들이 섞여 있었기 때문이다.

"질문은 다 끝나셨습니까? 조장님."

"왜 그러나?"

라이놀이 잠시 라이의 스승의 정체에 대해 이런저런 생각을 하고 있을 때 테스트를 지켜보고 있던 부하 중 하나가 슬그머니 옆으로 다가와 물었다.

"저도 한 수 교환해 보고 싶어서죠. 타국의 검술을 익힌 고수와 대련할 수 있는 기회는 그다지 흔치 않으니까요."

"흠, 자네한테는 별 도움이 안 될 걸세. 실전경험이 거의 없는 것 같으니 말이야."

"물론 그렇긴 합니다만, 검술만큼은 저보다 더 강한 것 같아서……."

콘도르 기사단장 마이크 그루시아 후작이 라이에 대해 알고 있는 거라고는 어제 감찰부장에게서 들은 극소수의 정보들뿐이었다. 하지만 그가 감찰부장의 제안을 선뜻 받아들였던 것은 감찰부장이 왜 그 소년을 자신에게 보내려고 하느냐 하는 의문 때문이었다.

라이놀은 소년에 대한 테스트가 끝나자마자 그루시아 후작의 집무실로 달려왔다. 그루시아 후작은 창가에 서서 라이놀의 부하들과 비무를 하고 있는 소년을 주의 깊게 지켜보고 있는 중이었다.

"단장님, 테스트를 끝내고 보고 드리러 왔습니다. 여기서 지켜보셨으니 잘 아시겠지만, 이해하기 힘든 부분들이 몇 가지 있습니다."

그루시아 후작은 비무에 집중하고 있는 시선은 돌리지도 않고 입을 열었다.

"말해보게. 경의 생각을 듣고 싶군."

라이놀은 자신이 파악해낸 걸 차분하게 정리하여 보고했다. 라이의 스승과 그가 전수했다는 검술에 대해서 말이다. 라이의 스승은 아무래도 억양으로 미루어 보아 크라레스 쪽 사람인 것 같다. 그런데 문제는 라이가 익힌 검술이 크라레스 쪽 향기가 짙게 풍기긴 했지만, 지금껏 단 한 번도 목격되지 않은 검술이라는 점이다. 그것도 초식을 전개할 때마다 붉은색 검기가 은은히 뻗어 나오는 아주 특이한 검술 말이다. 이렇게 눈에 확 띄는 검술이라면 오래전에 그 존재에 대한 소문이 세상에 널리 퍼졌어야만 했다.

"아마 감찰부장님께서도 그게 미심쩍어서 저희 쪽으로 소년을 보낸 게 아닌가 사료됩니다. 검술에 대한 연구에 있어서는 감찰부 쪽보다는 저희 쪽이 훨씬 뛰어나니까요."

"여기서 지켜보니 소년이 사용하고 있는 초식의 종류가 몇 가지 되지 않더군. 그거밖에 배우지 않았다고 하던가?"

"얘기를 해보니 검술 전반에 대해서 배우기는 다 배웠답니다. 하지만 자신 있게 쓸 수 있을 만큼 숙달한 게 몇 가지 되지 않아서 그 초식들만 쓰고 있다고 하더군요."

라이놀의 대답에 그루시아 후작의 눈빛이 번쩍 빛났다. 뜻밖에 엄청난 횡재를 하게 된 것이다.

"호오~, 전부 다 배웠다고?"

"예. 분명히 그렇게 말했습니다."

"좋아. 잘 됐군. 기왕에 경이 시작한 일이니, 마지막까지 경이 책임지도록 하게."

강력한 검법에 대한 열망은 그 어떤 국가든지 가지고 있었다. 특히나 사대강국 중에서 기사단 전력이 가장 약세인 알카사스의 열망은 대단한 것이었다. 그런데, 뜻밖에도 크라레스에서 비밀리에 전수되고 있었던 것으로 추정되는 강력한 검법을 습득할 수 있는 가능성이 열렸다.

저 소년에게서 그 검법을 제대로 뽑아낼 수만 있다면 그 공로는 엄청날 것임이 틀림없었다. 그걸 뻔히 아는 상황에서 이 임무를 다른 사람에게 맡긴다면 라이놀이 분노할 것은 당연한 사실이다. 임무에서 배제된 그가 엉뚱한 곳에다가 이 일에 대해 흘리기라도 한다면 문제가 커질 우려도 있다. 이 검술의 소유권은 크라레스에 있는 것 같았으니 말이다.

"최선을 다하겠습니다, 단장님."

"저 소년의 보안 등급을 최상으로 책정하고, 밖으로 정보가 새나가지 않도록 만전을 기해주게."

"명심하겠습니다."

"부탁하네."

라이놀을 내보낸 후, 단장은 마법사를 불러 감찰부장과의 통신을 연결할 것을 명령했다. 얼마 지나지 않아 수정구에 수염을 단정하게 다듬은 고아한 인상의 노신사가 모습을 드러냈다. 감찰부장이었다.

"연결됐습니다, 단장님."

그루시아 후작은 고개를 조아리며 인사를 건넸다.

"안녕하셨습니까, 부장님."

「지금쯤 연락이 올 거라 생각하고 있었다네. 그래, 내가 보낸 자는 어떻던가?」

그루시아 후작은 곧바로 핵심부터 꺼내 들었다. 상대는 정보전의 전문가였다. 쓸데없이 이리저리 얘기를 나누다 보면 자신의 의중을 감찰부장이 눈치챌 수도 있는 것이다.

"여기서 테스트를 받게 하신 건, 이쪽에 건네줄 의향이 있으시다는 걸로 받아들여도 되겠습니까?"

테스트의 결과는 건너뛰고 곧바로 얘기를 진행시켰기에 감찰부장의 미간이 살짝 일그러지는 게 보였다. 하지만 질문을 받았으니 대답을 안 해줄 수는 없는 노릇이었기에 감찰부장은 고개를 끄덕이며 수긍했다.

「물론 의향이 있으니까 그리로 보냈지. 하지만 이쪽의 사정도 생각해 줬으면 하는 게 내 작은 바램이라네」

감찰부장이 협상할 뜻이 있음을 넌지시 밝히자마자 그루시아 후작은 시원스레 거래를 진행시켰다.

"원하시는 걸 말씀해 보시죠."

잠시 생각하는 듯하던 감찰부장은 그루시아 후작의 눈치를 살피며 조심스럽게 제안을 말했다.

「그래듀에이트를 셋 정도 이쪽에 보내줄 수 있겠나?」

최근 감찰부가 앤트러스를 포함한 상당수의 고수를 한꺼번에 잃어버렸다는 걸 그루시아 후작이 알고 있을 리 없다. 하지만 감찰부가 일의 특성상 만성적인 인력 부족에 시달리고 있다는 것 성도는 알고 있었다. 라이의 잠재된 가치를 잘 알고 있는 그루시아 후작이었기에 처음부터 흥정을 할 생각 따윈 추호도 없었다. 그는 생각할 것도 없이 흔쾌히 감찰부장의 제안을 받아들였다.

"일단 부하들의 의견을 최대한 수렴해 보도록 하겠습니다. 감찰부 쪽으로 가고 싶다는 대원이 있는지……."

그루시아 후작이 너무 쉽게 자신의 제안을 받아들였다고 느꼈는지 감찰부장의 표정이 순간 떨떠름하게 바뀌어 있었다. 감찰부장은 그루시아 후작이 자신의 제안을 이렇게 곧바로 받아들일 거라고는 생각하지 않았던 모양이다. 먼저 셋을 부른 다음 차츰 협상을 하다, 최악의 경우 하나나 운이 좋다면 둘까지 그래듀에이트를 받아낼 수 있을 거라 생각하고 운을 띄웠던 것 같았다.

사실, 라이와 직접 대면한 적이 없었던 감찰부장은 라이의 가치를 제대로 몰랐다고 보는 게 맞았다. 내가 뭔가 제대로 판단하지 못하고 놓친 게 있었나? 그제서야 아차 싶었지만, 이미 라이는 그루시아 후작의 손아귀 안에 들어가 버린 후였다. 그랬기에 감찰부장으로서는 그래듀에이트 3명을 얻어낸 것만으로 만족하며 씁쓸한 입맛을 다시는 것 외에 달리 도리가 없었다.

그날 라이는 조장인 라이놀 페리는 물론이고, 323정찰조원 전원과 비무를 해야만 했다. 비무 결과 라이는 단 한 명에게도 승리를 거두지 못했다. 하지만 오히려 그 덕분에 검술에 대해 더욱 많은 걸 얻을 수가 있었다. 첫 번째 패배자가 되지 않기 위해 조원들이 몸을 사리지 않고 전력을 다해 라이를 상대해줬기 때문이다.

라이는 현재 자신에게 가장 부족한 게 뭔지를 확실히 알 수 있었다. 그건 바로 실전경험이었다. 정상적인 사제관계 속에서 검술을 전수 받았다면 이런 문제가 일어나지도 않았겠지만, 라이는 지금껏 단 한 번도 제대로 된 상대와 전력을 다해서 싸워본 적이 없었다.

얼마 전에 싸웠던 워커가 그나마 대단한 실력자이긴 했지만, 엄밀히 말한다면 워커는 풍부한 실전경험으로 라이를 누른 것일 뿐, 검술 수준에 있어서는 몇 수 뒤처지는 게 사실이었다.

'젠장, 이런 식으로 초식을 흘려버리고 찔러올 줄이야…….'

산속에서 몬스터들을 상대로 검을 휘둘렀을 때는 이런 일이 없었다. 막강한 방어력을 자랑하는 장갑도마뱀의 외피를 간단하게 찢어발겼던 자신의 검술이 이토록 간단히 막혀버릴 줄이야. 도대체 이곳이 어디이기에 이런 강자들이 득실거리고 있는 것일까? 323정찰조라고 했으니, 최소한 323개의 정찰조가 있을 거라 추론할 수 있지 않을까? 물론 숫자와 정찰조의 수와는 별 상관이 없었지만 라이는 그 사실을 몰랐다.

라이가 생각했을 때, 각 조당 일곱 명씩 323개 조가 있다고 한다면 물경 2천 명이 넘는 강자가 이곳에 득실거리고 있을 가능성이 있었다. 2천 명……. 여기까지 생각한 라이는 갑자기 온몸에 소름이 돋는 걸 느꼈다. 꿈속의 검술을 연마하며 마치 천하무적이라도 된 듯 기고만장했던 자신이 부끄러울 따름이었다.

여러 명을 상대로 격렬한 비무를 진행한 만큼, 라이의 온몸은 땀으로 흠뻑 젖어있었다.

워커는 가쁜 숨을 내쉬며 헐떡거리고 있는 라이의 등을 토닥이며 칭찬했다.

"잘했어. 자네는 미래를 잡은 거야."

그의 표정이 어딘가 씁쓸하게 느껴진 것은 라이의 기분 탓이었을까?

"자네는 일단 여기서 며칠 기다려야 할 거야. 윗사람들 간에 몇 가지 협상할 일이 남아있으니까 말이야. 그리고……."

워커는 손을 쑥 내밀어 라이의 손을 붙잡고는 힘차게 흔들며 말을 이었다.

"오늘 자네가 전력을 다해 싸우는 모습을 보고 내 선택이 옳

앉음을 다시 한번 확신할 수 있었다네. 행운을 빌겠네.”

워낙 말수가 적었던 워커였기에 그동안 믿지를 못했었는데, 그의 허심탄회한 말에 라이는 상대의 본심이 어떤 것인지를 깨달을 수 있었다. 그랬기에 라이는 고개를 조아리며 감사한 마음을 드러냈다.

“잠시 의심했던 거 죄송합니다. 그리고 배려에 감사합니다.”

“뭘. 자네라면 충분히 꿈을 이룰 수 있지 않을까 하는 괜한 오지랖이었을 뿐이야.”

그 말을 끝으로 워커는 뒤도 돌아보지 않고 떠나버렸다. 그의 발걸음은 그동안 함께 하며 라이가 봤던 것 중 가장 가벼워 보였다.

“자네가 라이 폰 로티넨인가?”

되는대로 가져다 붙인 성씨였기에 로티넨이라는 성에는 이질감이 느껴졌지만 라이라는 이름은 친숙하다. 그 때문에 둘 다 바꿔 촌장 아들 이름으로 하려다가 라이 폰 로티넨으로 했다. 혹시라도 워커가 자신을 불렀을 때 못 알아듣는 사태가 일어나면 난감하니까. 하지만 그때의 그 선택 덕분에 라이는 실수하지 않고 곧바로 사내의 부름에 응할 수가 있었다.

“예, 제가 라이 폰 로티넨입니다.”

“상부에서 허가가 떨어졌다. 자네는 콘도르 기사단에 입단할 의사가 있나?”

콘도르 기사단이라는 말에 라이는 경악했다. 워낙에 강자들이 많이 있는 곳이었기에 혹시나 하는 마음을 가지고 있었던 건 사실이었지만, 그래도 황실 직속 기사단의 이름을 들을 줄이야. 더군다나 기사단 쪽에서 먼저 자신에게 입단 권유를 하고 있지 않은가. 얼마 전까지만 해도 죽을 것을 걱정하며 하루하루를 사는 노예 신분이었는데 말이다. 도저히 믿어지지가 않았다. 마치 꿈이라도 꾸고 있는 것만 같았다.

"예? 콘도르 기사단이라고요? 설마…, 4대 기사단에 들어간다는 황실 직속의 그 콘도르 기사단 말씀인가요?"

라이의 반응을 살펴보던 사내는 어이가 없다는 듯 물었다.

"설마…, 자네는 그것도 모르고 이곳에 왔나?"

"저는 그냥 여기서 테스트만 받으라고 해서……."

"크크, 이거 어처구니가 없군. 어쨌든 이곳은 자네가 알고 있는 바로 그 콘도르 기사단이 틀림없다. 그리고 테스트 결과 입단 허가가 떨어진 거지. 입단할지 말지의 선택권은 자네에게 있다네. 어떻게 할 건가? 며칠 고민할……."

시간적 여유를 주겠다는 말을 사내가 채 꺼내기도 전에 급히 대답하는 라이. 혹시라도 사내가 마음을 바꿔 입단을 취소할까 두려웠던 것이다. 어릴 때부터 꿈꿔왔던 라이의 오랜 꿈이 지금 이뤄지려 하고 있었다.

"입단하겠습니다."

사내는 만족스럽다는 듯 미소 지으며 말했다.

"좋아. 그럼 지금부터 자네의 입단 수속을 내가 도와주지. 참, 한 가지 문제가 있네. 이름은 괜찮지만 로티넨이라는 성을 그대로 사용하는 건 너무 위험해. 크라레스 쪽에서 냄새를 맡을 수도 있으니까 말이야. 혹시 따로 쓸 성을 생각해 둔 게 있나? 없다면 우리 쪽에서 만들어 주겠네."

라이는 생각할 것도 없이 곧바로 대답했다.

"위너스로 하죠. 라이 위너스."

뻔뻔스럽게 자기 진짜 본명을 말하는 라이. 하지만 그걸 알 리 없는 사내는 고개를 주억거리며 말했다.

"위너스라…, 어감이 괜찮군. 그리 희귀한 성씨도 아니고 말이야. 명심하도록 하게. 앞으로 로티넨이라는 성은 두 번 다시 쓰면 안 된다네. 아무리 친밀한 사이가 됐다고 해도 본명을 가르쳐 줘서는 절대로 안 돼. 알겠나?"

"명심하겠습니다."

"그럼 나를 따라오게."

라이는 그 사람을 따라가 기사단 입단 수속을 밟았다. 일단은 수습기사로 들어간 후, 단계를 밟아 정기사가 되는 모양이었다. 온몸의 치수를 재면서 기사단 제복이 완성되려면 최소한 이삼 주일은 걸린다고 했다. 대신 그동안 착용할 수 있도록 창고에 있는 여분의 옷들 중에서 세 벌을 꺼내줬다. 병영 안에서 민간인 복장으로 어슬렁거리도록 놔둘 수는 없었기 때문이다. 그리고 제복이 나올 동안 지금 입고 있는 허름한 옷만으로 지내라고 할 수도 없는 노릇이었고.

고향을 떠나기 전까지만 해도 라이는 또래 친구들에 비해 전혀 뒤지지 않는 체격을 지니고 있었다. 하지만 한창 성장할 때

오크 굴에 갇혀 제대로 영양 섭취를 못한 탓에 지금은 또래에 비해 훨씬 왜소한 체격으로 바뀌어 있었다.

만약 병영 밖이었다면 어린애들도 많은 만큼 그의 체격이 왜소한 게 별로 표시가 나지 않았을 것이다. 하지만 이곳은 병영이다. 주위에 걸어 다니는 사람들은 모두 다 단련을 거듭한 당당한 덩치의 사내들이었다. 그러다 보니 라이가 입을 만한 여분의 제복은 그나마 체격이 비슷한 여성용이었다. 다행이라면 하의가 치마가 아니라 바지라는 것 정도일까.

"젠장, 어딜 가나 여자 옷이로군……."

"크크, 어쩔 수 없지. 자네 덩치가 너무 왜소해서 그런 거야. 여기 들어오는 남자들 중에서 자네 같은 작은 체형은 처음이거든. 어쨌든 이삼 주일만 참고 입게. 그때쯤이면 옷이 완성될 테니까."

새로운 신분증도 며칠 내로 만들어 지급해 준다고 했다. 이 모든 게 꿈인 것만 같아서 슬며시 허벅지를 꼬집어보는 라이였다. 썩 내키지 않았었는데, 박스터와의 의리 탓에 워커를 따라온 게 이런 행운을 안겨줄 줄이야. 라이는 전혀 예상조차 하지 못했었다. 그리고 이 모든 기회를 안겨준 상대가 마인 테굴러였다는 것도…….

링카 변경백의 사막원정

36

티투스 대사막의 암운

과거 알카사스 부족연합은 동서 양쪽 대륙을 나누고 있는 거대한 티투스 대사막을 건너는 대륙간 무역을 통해 부를 쌓아, 그걸 기반으로 왕국으로 발전했다. 그들은 살기 좋은 동쪽을 점령하면서 점차 그쪽으로 기반을 옮겨갔고, 그들이 빠져나간 지역을 다른 사막 부족이 이주해 들어오면서 자리 잡았다.

그 때문에 지금에 이르러 티투스 대사막의 약 90%에 달하는 지역을 차지하고 있는 건 알카사스와는 직접적인 관계가 없는 사막 부족들이었다. 공간이동 마법진을 통한 무역이 정점을 달리고 있었던 때, 그때까지도 사막에 남아 육로나 해로로 무역을 하던 알카사스인들이 모두 경쟁력을 잃고 몰락해 버린 탓이다. 다른 운송수단들이 외부 세력에게 슬금슬금 점령되고 있는 걸 알카사스도 잘 알고 있었지만 그냥 놔뒀다. 어차피 교역품의 절대다수는 자신들의 공간이동 마법진을 통해 운송되고 있었으니까.

하지만 어느 날 갑자기 티투스 대사막 위로는 공간이동 마법진이 전혀 먹히지 않는 초유의 사태가 발생했다. 이때 떼돈을 벌기 시작한 게 해상 무역로를 차지하고 있던 도시국가 연합이다. 하지만 그들의 전성기는 그리 길지 못했다. 실버 드래곤들이 통행세를 과도하게 요구하기 시작해, 운송료가 폭등했기 때문이다.

부담을 느낀 상인들은 하나둘씩 예전의 고전적인 방식으로 다시 돌아가 티투스 대사막을 건너기 시작했다. 이에 쌍수를 들고 환영을 한 사람들이 바로 무역로 근처에 들어와 살고 있던 사막 부족들이다. 처음에는 상인들이 던져주는 푼돈만으로도 좋아하던 사막 부족은 돈을 따라 사람들이 모여들고 점차 그 세력이 커지자 이제는 무역로 전체를 장악하려는 욕심을 내비치기 시작한 것이다. 그리고 뒤에서 족장들을 부추기는 건 도시국가 연합이었다.

알카사스로서는 이제 선택의 여지가 없었다. 안정적인 무역을 유지하기 위해서는 무역로를 자신들의 손아귀에 넣을 필요가 있었다. 그렇기에 이번 사막 부족에 대한 대규모 정벌이 계획된 것이다.

페가수스 용병단 단장은 부대 내에 남아있는 유일한 연대장인 조지 홉킨스를 집무실로 불렀다.

"링카 변경백이 사막원정을 단행한다고 한다. 우리 쪽에 원정군의 최선두에서 군을 이끌어 달라고 요청해 왔다."

링카 영지는 알카사스의 서쪽 관문으로서 영지의 태반이 황량한 불모지와 접해있었고, 그로 인해 무역로의 치안까지도 유지해야만 했다. 그래서 필요하다면 국경 밖으로까지 군대를 이끌고 나가 전투를 행해야만 했기에 독자적인 병권을 행사할 수 있는 영주인 변경백이 링카 영지를 다스리고 있었다.

"변경백이 원하는 게 정확하게 뭡니까?"

"현재 무역로에 자리 잡고 앉아 자신들의 영향력을 키우는 세력을 일소하고, 예전처럼 변경백이 무역로를 장악하려는 거지. 물론, 그곳을 점령하는 건 아닐 거야. 반 알카사스 노선을 걷고 있는 족장들을 처단하고, 친 알카사스 파가 그 자리를 차지하도록 하는 정도겠지."

홉킨스는 썩 내키지 않는 듯한 표정으로 지도를 쳐다봤다. 말이 좋아 무역로 장악이지, 그건 일개 용병단 정도의 힘으로는 해낼 수 없는 의뢰였다. 사막지대라고 해서 모든 지역이 풀 한 포기 자라지 않는 불모의 대지는 아니다. 그런 곳은 사막 중심부의 극히 일부일 뿐, 나머지는 우기에 약간이나마 비도 내리고 풀도 자란다. 농사를 짓는 건 힘들지 몰라도 유목(遊牧)이라면 충분히 가능하다는 말이다.

만약 몬스터의 존재만 없었다면 수백만, 아니 어쩌면 수천만의 인구가 거주할 수 있었을지도 모른다. 그래서 튼튼한 방벽이 갖춰진 크고 작은 도시나 성읍을 중심으로 거주해야만 살아남을 수 있었던 탓에 사막의 인구는 겨우 200만 정도에 머물러 있었다. 하지만 그 200만 명은 수시로 출몰하는 몬스터들을 상대로 살아남은 강인하고 호전적인 족속들이었다.

무역로는 낙타나 말에 물과 여물을 충분히 공급할 수 있고, 몬스터로부터 안전을 보장받을 수 있는 곳을 중심으로 형성되었다. 대상들을 통해 식량과 상품이 꾸준히 유입되다 보니 시간이 흐를수록 점차 그 규모도 커졌다. 특히 무역로의 핵심도시들 중 하나인 베이라 성 같은 경우 6만이 거주하는 거대한 성곽도 시였다.

그에 비해서 무역로를 벗어난 위치에 있는 일반적인 성읍들의 규모는 아주 작았다. 유목을 하다 보니 10여 가구가 모여 살 수 있는 정도의 성읍을 네다섯 개 정도 보유하고 돌아가며 생활하는 경우가 대부분이었다. 하지만 그런 작은 성읍들이라 해도 그냥 놔둘 수는 없는 노릇이었다. 그런 성읍이 적으로 돌아서면 자칫 뒤통수를 맞을 수도 있고, 보급로가 끊길 위험이 있기 때문이다. 그렇다고 그 모든 지역을 다 점령하려고 했다가는 페가수스 용병단 전체가 동원된다고 해도 점령이 불가능할 정도로 티투스 대사막은 넓었고, 성읍들의 숫자도 헤아릴 수 없을 만큼 많았다.

"제가 데려갈 수 있는 병사의 숫자는 얼마나 됩니까?"

"1천을 보내달라더군."

용병단 단장의 말에 홉킨스는 황당하다는 듯 급히 되물었다.

"설마…, 원정부대가 그 1천이 전부는 아니겠죠? 아무리 기사단이 앞서가며 크고 작은 도시들과 성읍들을 파괴해 나간다 해도, 겨우 1천 가지고는 점령지 관리조차…….."

"먼저 한 가지 분명하게 해둘 게 있다네. 기사단은 동원되지 않아."

"설마……?"

"순수하게 병력 대 병력의 전투가 될 걸세. 변경백 직속 병력 3만, 그리고 우리를 포함해서 10개 용병단 3만 정도."

"6만이라⋯⋯. 어려운 싸움이 되겠군요."

홉킨스가 우려할 만했다. 사막은 평지가 주를 이루기에 매복이나 기습과 같은 작전을 짜기가 힘들다. 그리고 상대는 모두 성에 틀어박혀 있었다. 그리고 그 안에 거주하는 사막 부족들은 모두 몬스터와의 전투에 단련된 강병들인 것이다. 그런 성들을 타이탄도 없이 공성전을 통해 하나하나 제압해 나가려면 쉽지 않은 전투가 되리라.

"기밀 유지는 확실하겠죠?"

"원래는 그래야겠지. 사막 부족들이 대비하기 전에 가장 강력한 도시들부터 먼저 기습 점령해 버리는 게 최고니까 말이야. 그런데⋯, 문제는 그게 아니란 말이지."

"어떤 문제인데 그러십니까?"

"변경백이 무역로를 장악하기 위해서 병력을 모으고 있다는 소문이 이미 링카 영지 전역에 쫙 퍼져있다는 사실이야."

도무지 이해를 할 수 없는지 홉킨스는 고개를 갸웃거렸다. 그걸 보며 단장은 계속 말을 이었다.

"그리고 개전 당일, 대로를 행진하며 개전 행사를 벌여야 하니 전날 출동하는 병사들은 모두 링카 성 외곽에 집결을 완료해야 한다고 했어."

너무나 한심스러운 작전 계획에 홉킨스는 도저히 참을 수가 없어 한마디 하지 않을 수가 없었다.

"대체 뭐 하는 짓이랍니까? 정말 이해할 수가 없군요. 이건 마치 우리가 이제 공격을 할 테니 얼른 대비를 하라고 광고를 하는 거나 마찬가지 아닙니까? 사방에 흩어져 있는 사막 부족들이 한 곳으로 세력을 결집하면 그 뒷감당을 어떻게 하려고요? 더군다나 그들에게는 동맹을 맺은 도시국가 연합도 있잖습니까?"

단장은 씨익 미소 지으며 말했다.

"바로 그걸세! 그걸 노린 작전이지. 변경백이 멍청하고 무능한 인물이라면 그러려니 하겠지만, 그는 아주 교활한 사람이야."

단장은 자리에서 벌떡 일어나 지도 앞으로 다가선 뒤 사막 남쪽 해안에 위치해 있는 세 개의 도시국가들을 가리키며 말을 이었다. 세 개의 도시국가들은 사막 부족들의 오랜 동맹들이었다. 도시국가라고 해서 그 규모가 작은 건 아니었다. 그 셋을 모두 합한다면 주민 수가 무려 50만에 달할 정도였으니까.

그들과 사막 부족은 무역에 있어서는 서로 경쟁 관계였지만, 군사 부분에 있어서는 동맹 관계에 있었다. 사막에 군침을 흘리는 주변의 강대한 국가들로부터 자신들을 지키기 위한 자구책이었던 것이다.

"이쪽에서 구원부대를 보내오길 유도하는 걸 거라고 나는 생각했어."

그제서야 홉킨스는 음흉스런 미소를 지으며 말했다.

"흠, 제법 고민을 많이 한 작전이로군요. 어차피 도시국가로 쳐들어갈 수가 없으니 생각해 낸 게 적을 밖으로 끌어낸다라……"

무역을 통해 부를 쌓아온 도시국가들은 실버 드래곤들에게 막대한 뇌물을 바치며 돈독한 관계를 유지하고 있었다. 그 때문에 도시국가를 침공한다는 건 도저히 불가능했다. 실버 드래곤들의 분노를 감당할 수 있다면 몰라도 말이다.

"그래, 바로 그걸세. 변경백은 도시국가를 칠 생각이 전혀 없어. 대신 원병으로 출동하는 병력만 갉아먹을 생각이지. 내 생각인데…, 이번 원정의 핵심은 도시국가들을 손봐주는 거야. 사막 부족들은 그 후에 천천히 손봐줘도 된다는 거지."

"그렇다면 사막 부족들을 공격하는 건 결과가 어떻게 나와도 상관하지 않겠군요."

"물론일세. 가장 중요한 건 도시국가들을 향해 미친 듯이 구원병을 요청할 정도로만 하면 돼. 나머지는 모든 게 우리 마음이야. 이건 내 생각인데, 영주군은 용병들과 함께 행동하지 않을 가능성이 커. 무역로 쪽으로 가는 척하다가 시야를 벗어나자마자 남쪽으로 이동하겠지. 그리고 매복 작전에 동원되는 것도 3만이 아니라 6만 이상일 거야. 그래야 한 번에 확실하게 끝장을 낼 수 있을 테니까."

단장의 예상대로 영주군의 모든 병력이 남쪽으로 향한다면, 용병들에 대한 감시 감독은 없을 거라는 얘기였다. 무역로상에 위치한 성읍들이 다른 성읍들보다 훨씬 거주민도 많고, 성벽에 대한 보수도 잘 되어있어 점차 도시로 발전하고 있는 게 사실이다. 하지만 거기를 약탈할 수만 있다면…….

순간 홉킨스의 눈이 탐욕으로 빛났다. 약탈만 허용된다면 나머지 조건은 들어볼 필요도 없었다. 용병으로서 목숨을 걸 만한 가치가 있기 때문이다.

"그럼 한 가지만 확실히 준비해 주십쇼."

"말해보게. 뭐가 필요한가?"

"공성 병기를 대신할 만한 마법도구가 필요합니다. 현지에서 공성병기를 제작할 수 있을 만큼 쓸 만한 재료를 대량으로 구할 수 있을지 의문이고, 그렇다고 무거운 공성 병기들을 사막 위로 운반하는 것도 쉬운 일은 아닐 테니까요."

단장은 납득했다는 듯 고개를 주억거리며 승낙했다.

"허긴~, 쓸 만한 게 있는지 수석마법사에게 물어보겠네."

용병단 운용에 있어서 가장 기본이 되는 단위는 대대(200여 명)였다. 독립적으로 활동하기에도 적절한 숫자였고, 자잘하게 찢어 중대(50여 명) 단위로 개별행동을 하기에도 좋다. 대대 이 상급을 고용할 정도로 큰 손은 그리 많지 않았기에, 연대급 단위로 용병단을 구성할 필요성은 없었다. 대신, 전쟁이나 영지전 같이 대규모 병력을 원하거나 두세 개 이상의 대대를 원하는 고객이 있을 때 연대장이 파견되어 그들을 지휘했다. 그 때문에 지금 이곳 본부에는 연대장급은 조지 홉킨스만이 남아있었던 것이다.

연대장급 간부에게 직속 부하를 배정하지 않는 건, 그 정도 위치까지 올라온 실력 있는 사내에게 5개 대대, 천 명씩이나 되는 부하들을 맡기는 게 찝찝한 일이기 때문이다. 오랜 동고동락으로 극도로 친밀해진 부하들을 이끌고 독립이라도 하겠다며 설치면 정말 난감하니 말이다. 그 때문에 붉은전갈 용병단처럼 노예를 주축으로 운용하는 용병단이 아닌 한, 대부분의 용병단은 대대 단위로 단원들을 관리하고 있었다.

일반적인 임무인 경우, 연대장은 본부 내에 남아있는 모든 대대장들을 다 불러 모아놓고 작전의 개요와 위험성, 그리고 약속된 수당 따위를 설명한 후 자신과 함께 행동하고자 하는 대대장을 선택하는 게 관례였다. 하지만 이번에는 약간 달랐다. 홉킨스 연대장은 자신과 함께 작전했으면 하는 똘똘한 대대장 다섯만을 골라 호출했다.

22대대장 스미스, 34대대장 카일, 35대대장 미하엘, 38대대장 제이슨, 56대대장 비토. 모두가 용병단이 자랑하는 역전의 용장들이었다. 홉킨스가 이 다섯 명만을 비밀리에 부른 건, 이번 작전은 구성원을 공개모집 하기에는 너무나도 기밀을 요하는 것이었기 때문이다.

"변경백 쪽에서 천 명 정도의 용병 고용을 타진해 왔다."

천 명, 즉 5개 대대를 필요로 한다는데 대대장 다섯 명만을 모아놓고 설명을 하고 있다는 건, 이 모두를 다 데려가고 싶다는 뜻이라는 걸 노회한 대대장들이 모를 리 없다. 그리고 이번 작전이 상당한 기밀을 요하고 있다는 것 또한.

이들 중 가장 연장자인 스미스가 대표로 홉킨스에게 질문했다.

"용병을 천 명이나 고용해서 뭘 하겠다고 하던가요?"

"요즘 들어 무역로를 장악하고 있는 사막 부족들의 횡포가 점점 심해지고 있다는 소문은 다들 들었을 거다."

몇몇 대대장들이 고개를 끄덕이는 것을 보며 홉킨스 연대장은 계속 말을 이었다.

"하지만 이번에는 욕심이 너무 과했어. 치안 확보를 해주고 통행세를 받는 정도가 아니라, 그들이 중개무역을 아예 독점하려 하고 있는 모양이야. 변경백으로서도 묵과할 수 없는 사태라고 봐야 하겠지. 변경백은 무역로 전체에 대한 정비를 원하고 있다. 이번 작전에 동원되는 병력은 총 6만. 우리는 선봉에서 치고 들어가면서 적이 정신을 차리지 못하도록 만드는 게 주 임무다."

"6만이면…, 상당한 병력이긴 합니다만 겨우 그거 가지고 될까요? 사막 부족은 사내라면 모두가 전사라고 봐도 과언이 아니잖습니까. 그들만 해도 벅찬데 만약 동맹인 도시국가 연합에서 구원군이라도 보낸다면 아주 힘든 전투를 벌여야 할 겁니다."

제이슨의 질문에 스미스가 슬쩍 끼어들며 대신 대답했다.

"뭐가 걱정이야? 이쪽에는 팔콘 기사단이 있는데. 솔직히 변경백이 마음만 먹으면 굳이 우리들의 손을 빌리지 않더라도 사막 부족 전체를 씨몰살 시키는 건 별로 어려운 일이 아니잖아."

"그건 그렇지만……."

홉킨스 연대장은 가볍게 탁자를 치며 두 사람의 시선을 자신에게로 돌렸다.

"자네들에게 분명하게 짚고 넘어갈 게 있는데, 이번 전쟁에 기사단은 참가하지 않는다."

대대장들이 어리둥절한 표정으로 서로 쑤군거리기 시작했을 때, 홉킨스의 말이 계속 이어졌다.

"기사단이 참전하면 도시국가들과 친밀하게 지내고 있는 실버 드래곤들이 끼어들어 올 빌미를 제공할 수도 있기 때문이야. 그 때문에 변경백 쪽에서는 순수하게 병력 대 병력만의 전쟁을 수행하려고 하는 거지."

스미스가 슬쩍 다른 대대장들을 쳐다보자 모두들 표정이 어두워져 있었다. 기사단이 참전하지 않으면 녹록지 않은 전투가 될 게 뻔했으니까. 스미스는 욕설을 내뱉으며 투덜거리듯 입을 열었다.

"젠장, 상당히 힘든 싸움이 되겠군요."

"나는 그리 힘든 싸움이 될 거라고는 생각하지 않는다. 이번 전쟁에 변경백 쪽에서 고용한 용병만 3만이다. 그리고 변경백 쪽에서도 3만을 투입한다고 하더군. 아무리 드래곤 때문에 몸을 사린다고 하더라도 이런 중요한 전쟁에 변경백이 겨우 3만밖에 투입하지 않는다는 게 이상하지 않나?"

그 말에 대대장들도 수긍하며 고개를 끄덕였다. 링카 영주는 독자적인 병권을 지닌 변경백이었기 때문이다. 그 휘하의 병력은 거의 12만에 달한다. 일반적인 영주가 지니고 있는 병력과는 비교가 되지 않는 엄청난 규모였다. 그런 그가 대규모 원정을 계획하면서 자신의 병력을 겨우 3만밖에 투입하지 않는다는 게 뭔가 이상하지 않은가?

"연대장님의 생각을 듣고 싶습니다."

대대장들도 뭔가 이상하다는 걸 느낀 듯 표정이 바뀌었고, 주위를 둘러본 스미스가 대표로 앞으로 나서며 질문을 던졌다. 닳고 닳은 부하들의 눈치 빠름에 홉킨스는 피식 웃은 뒤 지도 앞으로 걸어가 설명을 시작했다.

"내 짐작으로는……."

홉킨스 연대장은 지도에서 링카 성에서부터 사막지대를 향해 손가락을 쭉 그으며 말했다.

"용병부대 3만을 먼저 투입하고, 영주군 3만은 후속해서 뒤따를 거라고 했다. 하지만 내 생각은 달라. 영주군은 용병부대의 뒤를 따르는 게 아니라, 이쪽으로 이동할 거야. 승리를 확실하게 굳히기 위해서 3만이 아니라 5~6만쯤 동원할 테지. 어쩌면 더 많을지도 모르고."

홉킨스 연대장의 손가락은 링카 성에서 시작해 남쪽 사막지대로 쓱 이동했다. 그의 손가락이 최종적으로 가리킨 지점은 남쪽의 도시국가와 사막 부족의 중간지점쯤이었다.

"사막 부족을 돕기 위해 달려오는 동맹도시들의 병력을 기습하기 위해 그곳에서 매복할 거라는 말씀이십니까?"

매복 작전의 핵심은 기밀유지에 있다. 그 때문에 링카 영주는 이번 작전에 용병을 참여시키지 않고 자신의 병력만 동원하려는 것이리라.

"도시국가들의 병력을 가장 손쉽고도 확실하게 소탕하는 데는 이 방법이 최고라고 나는 생각했다. 드래곤 탓에 도시국가로 쳐들어가는 건 불가능하지. 그렇다면 밖으로 꾀어내서 없애버리는 수밖에 없는데, 사막전이라면 도시국가 쪽이 한 수 위거든. 더군다나 그놈들은 불리하면 도시 안으로 도망쳐 버리면 끝이기도 하고."

홉킨스의 설명에 미하엘이 고개를 주억거리며 입을 열었다.

"흠, 놈들이 아무 생각 없이 허둥지둥 사막 위를 내달리도록 하기 위해서 우리가 사막 부족을 친다는 거로군요."

"그래. 영주군이 덫을 놓고 있는 지점을 향해서 말이야……."

눈치 빠른 미하엘이 감을 잡았다는 듯 눈을 빛내며 다시 질문을 던졌다.

"사막 부족 쪽에서 정신없이 구원요청을 하도록 만들려면 인정사정없이 몰아붙여야 할 텐데요?"

"물론이다, 제군들, 기뻐해라. 그런 이유로 몇몇 협조적인 부족을 제외하고는 전면적인 약탈이 허락되었다."

"우와!!"

약탈이 허용된다는 말에 자리에 모인 대대장들 모두 환호성을 내질렀다. 제대로 털기만 한다면 한평생 놀고먹을 수 있는 재화를 확보할 수도 있기 때문이다. 홉킨스 연대장은 피식 웃으며 양손을 들어 일단 대대장들을 진정시킨 뒤 말을 이었다.

"모두들 떼돈을 벌고 싶지?"

모두들 열기에 들떠 이구동성으로 대답했다.

"당연하죠."

"그렇다면 보안 유지를 철저히 하도록! 부하들에게는 총 6만이 동원되어 사막으로 쳐들어갈 거라는 것 정도만 알려줘. 그리고 사방에 그 소문을 퍼트리도록 해라. 알겠나?"

"명심하겠습니다."

"자, 또 다른 질문 있나?"

워낙에 미끼가 커서 그런지 더 이상의 의문 제기는 없었다. 단 한 번만이라도 무역로를 털어먹을 수만 있다면 악마에게 영혼이라도 팔 수 있는 게 용병들이다. 혹시나 하는 위험부담 따위는 이제 대대장들의 뇌리에 남아있지도 않았다.

대신 그들의 머릿속에는 일확천금을 얻어 호화로운 말년을 지내는 자신의 노후의 모습만 어른거리고 있었다.

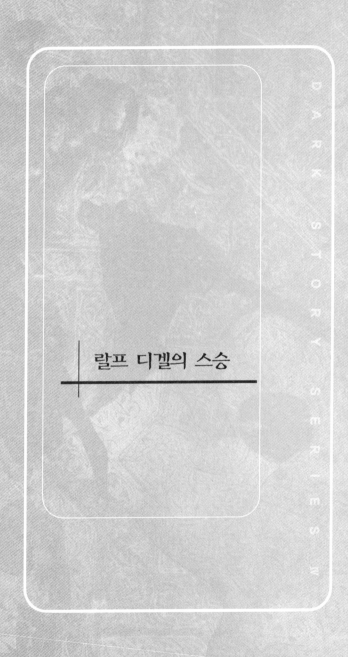

랄프 디겔의 스승

36

티투스 대사막의 암운

고블린은 아주 약한 몬스터다. 덩치도 작고 힘도 약하다. 그렇기 때문에 열 마리도 안 되는 소수의 무리쯤은 초보 모험가들에게조차도 간단하게 토벌될 정도다. 하지만 이들이 한곳에 자리를 잡고 지하에 거대한 둥지를 구축한 후에는 용병 중대(대략 50명 규모)가 포위망을 구축하고 몇 달에 걸쳐 토벌전을 전개해야만 겨우 박멸이 가능할 정도로 매우 귀찮은 존재가 된다.

페가수스 용병단처럼 강력한 용병단에서조차도 병력의 상당수가 고블린 토벌에 묶여 오도 가도 못하고 있는 상황이었다. 오크처럼 전면전이라도 벌일 수 있다면 좋겠지만, 땅굴을 파고 들어간 뒤 어떻게 해서든 결전을 회피하는 교활한 고블린을 상대로는 시간만 엄청나게 낭비하게 될 수밖에 없기 때문이다.

그렇기에 거의 모든 용병단이 될 수 있으면 고블린 토벌 의뢰를 받지 않으려고 했지만, 용병길드에서는 임무를 회피하는 걸 방지하기 위해 의무적으로 1년에 몇 건을(용병단 규모마다 수행 횟수는 다르다) 고블린 둥지 토벌로 채워 넣지 않으면 다른 의뢰를 받지 못한다는 페널티를 주고 있었다. 그 때문에 모두 울며 겨자 먹기로 할 수밖에 없었던 것이다.

그런데, 이런 암울한 상황에서 페가수스 용병단에 찬란한 서광이 비쳤으니……

요즘 아르티어스 어르신은 다섯 명의 호위병만 거느린 채 단출하게 움직였다. 선행해서 미리 고블린 둥지 근처로 이동한 용병들이 마법진 설치를 위한 사전작업을 끝내놓고 기다리면, 아르티어스 어르신이 도착한다. 그리고 탐지마법으로 대충 고블린 둥지의 중앙을 확인한 후 그 위치에 마법진을 설치한다. 마법진 설치에 걸리는 시간이라고 해봐야 30분도 채 되지 않았다.

마법진 설치가 끝나고 나면, 언제나 그랬듯 본부에 임무 완료했다는 걸 보고하고, 또 새로운 임무를 하달받기 위해 마법통신을 보낸다.

"이쪽은 끝났습니다."

「수고했군」

"새로운 임무는 어딥니까?"

아르티어스의 물음에 본부 쪽 마법사는 일정표를 살펴보지도 않고 바로 대답했다.

「당분간은 일거리가 없으니 본부로 돌아와 대기하길 바란다.」

"알겠습니다."

아르티어스는 수정구를 품속에 집어넣은 뒤, 호위 조장에게로 시선을 돌려 말했다.

"본부로 돌아오라는군."

"이미 준비는 완벽히 끝났습니다, 마법사님. 바로 출발하시면 됩니다."

고개를 조아리는 호위 조장의 얼굴에는 위대한 마법사에 대한 존경심으로 가득했다. 지금껏 용병 생활을 해오며 아르티어스만큼 뛰어난 마법사는 단 한 번도 본 적이 없었으니까.

"대기하라는 걸 보면 한 며칠 휴식을 주려는 모양입니다, 마법사님."

"근래 강행군을 하셨으니까요."

"오랜만에 푹 쉴 수 있겠군요."

호위들이 그런 말을 할 만도 했다. 아르티어스가 이들과 팀을 짠 후 궤멸시킨 고블린 둥지만 해도 벌써 열여섯 개였다. 거의 이틀에 하나 꼴로 박살 내고 다녔다는 말이다. 도시 간의 이동이야 공간이동 마법진을 쓴다고 하지만, 그곳에서 고블린 둥지가 있는 곳까지는 말을 타고 이동해야만 했다. 공간이동 마법을 쓸 수 없는 척 연기하고 있는 아르티어스였기에 그건 어쩔 수 없는 중노동이었다. 그나마 고블린 둥지들이 마을 인근에 위치하고 있는 경우가 많았기에 빨리 끝낼 수 있었지만, 마을 근처의 고블린 둥지가 다 토벌되고 나면 산속 골짜기에 자리 잡은 둥지들을 없애러 돌아다녀야 하기에 이동에 할애되는 시간은 지금보다 훨씬 더 늘어날 것임에 틀림없었다.

아르티어스 일행이 페가수스 용병단 본부로 돌아오는 데는 겨우 이틀밖에 걸리지 않았다. 공간이동 마법진의 도움을 받은 덕분이다. 본부에 도착하자마자 호위 조장은 아르티어스를 비롯한 조원들의 통장을 모아서 행정부로 달려갔다. 월급 수령을 하러 간 것이다. 현금을 바로 주는 게 아닌 만큼, 편의를 위해 이렇듯 대리 수령을 하는 경우가 많았다. 동료를 못 믿겠다면 자신이 직접 행정부로 달려가든지.

그런데 용병단 본부에는 뜻밖에도 아르티어스를 만나고 싶다는 손님이 한 명 와 있었다. 정확하게는 아르티어스가 아니라, 그가 분장한 랄프 디젤을 만나기 위해 온 손님이었지만.

"마법사님의 스승님께서 와 계시답니다."

"뭐? 내 스승?"

태어나서 단 한 번도 스승이라는 존재를 둬본 적이 없었던 아르티어스였기에 그게 무슨 소린지 이해하는 데 잠깐의 시간이 필요했다. 랄프 디젤의 스승이 찾아왔다면 절체절명의 위기라고 할 수 있겠지만, 아르티어스에게는 그 어떤 감흥도 오지 않았다. 예전에 유희하면서 이런 일이야 수도 없이 겪었기에 이골이 나 있었던 것이다. 그리고 정 안 되겠으면 스승이라는 놈을 없애버리면 되지, 하는 생각까지 가지고 있음에야 무슨 위기감을 느끼겠는가. 아르티어스는 느긋한 목소리로 물었다.

"지금 어디에 계신다고 하던가?"

"제가 마법사님을 모시겠습니다."

소식을 전한 호위 조장이 앞장서서 안내하려 했지만 아르티어스는 고개를 내저으며 만류했다.

"아니야. 자네도 오랜만에 본부로 돌아왔으니 휴식이 필요할 텐데 그런 수고까지 끼칠 수는 없지. 스승님께서는 어디에 계신다고 하던가? 위치만 말해 주게."

"「붉은 사과」라는 여관입니다. 본부 정문에서 그리 멀리 떨어지지 않은 곳에 있으니, 위병에게 물어보시면 바로 찾으실 수 있을 겁니다."

"그럼 나는 오랜만에 스승님을 뵙고 와야겠군. 혹시 누군가 나를 찾는 사람이 있으면 그렇게 전해주게."

"예, 마법사님. 좋은 시간 보내십쇼."

찾는 사람이 왔다는 전갈을 받고는 2층 계단에서 빠른 걸음으로 내려오다가 자신을 보자마자 실망감 어린 표정을 짓는 늙은 노마법사. 겉모습만 봐서는 70세쯤 되어 보였는데, 마법사들의 장수하는 특성으로 미뤄보아 진짜 나이는 훨씬 더 많을 것이다.

"페가수스 용병단에서 나온 사람인가?"

행여 제자의 소식을 가져온 사람인가 싶어 노마법사의 목소리에는 깊은 기대감이 묻어있었다. 아르티어스는 랄프 디켈이라는 이름만 도용하고 있을 뿐, 간 크게도 그의 모습은 전혀 모방하지 않았다. 생김새가 신분증과 다르다고 의문을 제기하는 상대에게 여자에게 인기 좀 얻으려고 마법으로 얼굴 좀 바꾸고, 머리카락 색깔은 눈에 확 띄는 색으로 염색했다고 우겼을 뿐이다. 마법사가 얼굴 모양 바꾸는 건 흔한 일이었고, 머리카락 색 또한 염색 외에는 답이 없는 불타는 듯한 붉은 머리카락이었기에 상대도 이의를 제기하지 못했었다. 그런 아르티어스의 모습을 보고 자신의 옛 제자를 떠올린다는 건 아예 불가능한 일이었다.

"예. 랄프 디겔의 스승이시죠?"

"그렇다네."

"제자분의 소식을 전하러 왔습니다."

순간 노마법사의 얼굴에 환한 생기가 떠올랐다.

"오, 이렇게 고마울 수가……."

"잠시 어디 조용한 데서 얘기 좀 나눌 수 있겠습니까?"

"내 정신 좀 보게. 자, 내 방으로 가세."

방으로 올라가기 전, 노마법사는 식당도 겸하고 있는 여관주인에게 손님에게 대접할 차를 자신의 방으로 가져다 달라며 주문하는 걸 잊지 않았다. 노마법사가 묵고 있는 방에는 손님을 접대할 게 아무것도 없었으니까. 그가 빌린 2층의 방은 아주 작았다. 여비는 넉넉하게 남아있었지만, 이 지역이 용병들과 얽혀 움직이는 상권이었던 만큼 이런 작은 방밖에 구할 수가 없었기에 어쩔 수 없이 여기에 자리를 잡은 것이다.

2층의 자기 방으로 올라온 노마법사는 손님에게 하나밖에 없는 의자를 권하고, 자신은 침대에 걸터앉았다. 노마법사의 얼굴에는 한시라도 빨리 제자의 소식을 듣고 싶다는 간절함이 묻어 있었다.

"그래, 전할 말이라는 게 뭔가?"

하지만 아르티어스의 대답은 노마법사가 간절히 바라던 소식과는 너무 동떨어진 것이었다. 오가는 사람이 많았던 아래층에서는 꽤나 공손한 태도를 취했던 아르티어스였지만 자리에 앉는 순간 그 분위기는 돌변해 있었다. 아르티어스는 미간을 찌푸리며 약간은 신경질적으로 질책하듯 말했다.

"제자가 죽은 지 벌써 8개월이나 지난 걸로 아는데, 아직까지도 그걸 모르고 있었나?"

기대감으로 잔뜩 상기되어 있던 노마법사의 얼굴이 일순 새파랗게 질리는 것을 보며 아르티어스는 피식 웃었다.

"아, 그렇다고 오해하지는 마. 내가 죽인 건 아니니까. 랄프 디젤의 신분증을 나에게 건네준 녀석들은 그가 8개월쯤 전, 미스티라에서 죽었다고 하더군. 무슨 이유로 죽었는지는 듣지 못했어. 관심도 없었고. 어쨌거나 그 신분증이 이런저런 경로를 거쳐 나한테로 들어온 거지."

여기까지 말한 아르티어스는 손가락을 딱 하고 가볍게 튕겼다. 그와 동시에 노마법사가 은밀히 구동하고 있던 마법이 해제되어 버렸다.

기습을 위해 위력은 약해도 최대한 빨리 구동시킬 수 있는 마법을 구사하려 했지만, 노마법사의 주변에는 이로 인해 적잖은 마나가 응집되어 있었다. 하지만 상대는 응집되어 있던 마나들을 손가락을 튕김으로써 간단히 소멸시켜 버린 것이다. 이건 노마법사가 지금껏 알고 있던 마법지식으로는 있는 수 없는 일이었다. 상대는 그야말로 차원이 다를 정도로 강력한 존재였다.

새파랗게 질려버린 노마법사의 어깨를 다독거리며 아르티어스가 느긋한 어조로 말했다.

"걱정 마. 널 죽일 생각은 없으니까 말이야. 네 제자가 이미 죽었고, 누군가가 제자를 사칭하고 다닌다는 소문이 쫙 퍼진다고 해도 나는 별 상관없거든. 굳이 살인멸구까지 할 필요성은 못 느낀다는 말이지."

죽이지 않겠다는 말에 노마법사는 약간이나마 정신을 차릴 수가 있었다. 그는 허탈한 음성으로 말했다.

"사실은 디겔이 죽었다는 소식은 이미 오래전에 들었었소. 하지만…, 무슨 미련이 남았는지 그가 살아있다는 소문을 듣자마자 여기까지 달려온 내 잘못이지요. 녀석이 만약 살아있다면 가장 먼저 나한테 소식부터 전했을 걸 잘 알면서도……. 흑흑."

결국 참지 못하고 노마법사는 눈물을 흘리고야 말았다. 그는 소맷자락으로 급히 눈물을 닦은 뒤 아르티어스에게 고개를 숙이며 사과했다.

"이런 모습 보여 미안하구려. 녀석이 살아있던 내 마지막 제자였기에……."

참 지지리 제자 복도 없는 마법사였다. 애써 키운 제자들이 전부 다 스승보다 먼저 저세상에 가버린 걸 보면.

아르티어스는 노마법사의 어깨를 다독이며 위로해 주었다. 물론 노마법사를 없애버리는 게 가장 깔끔하긴 하지만, 그가 자신을 찾아왔다는 걸 알고 있는 사람이 한둘이 아니라는 게 문제였다. 따라서 노마법사를 해치운다면 그 후속 조치로 처리해야할 일이 한두 가지가 아닌 것이다. 그런 귀찮음을 없앨 수 있다면 이 정도 수고쯤이야…….

"그냥 팔자려니 생각하게. 아니, 아직 늦지 않았으니 제자를 몇 명 더 키워보는 것도 나쁜 선택은 아니겠지."

"그러기에는 내 나이가 너무 많구려."

"제자가 살아있다는 소식에 여기까지 단숨에 달려온 거 보면 그리 늙은 것도 아니지."

노마법사는 문득 아르티어스를 꼼꼼히 살펴봤다. 훤칠한 키에 무척 잘생긴 미남이었다. 물론 상대의 본모습이 어떤지는 알 수가 없다. 마법사들은 자신의 얼굴 형태를 마법으로 바꿀 수가 있기 때문이다. 환영마법으로 눈가림을 하는 게 아니라, 근골을 뒤트는 것이기에 6개월 정도만 지나면 뼈가 완전히 굳어버려 굳이 마법을 쓰지 않아도 그 모습이 유지된다. 그 때문에 마법사치고 미녀나 미남이 아닌 사람이 없을 정도였다.

하지만 남자 마법사들은 굳이 미남형을 고집하지 않는다. 여자를 꼬실 때는 좋을시 글나노, 확 튀는 외모는 자신이 마법사라는 걸 모두에게 광고하는 것이나 마찬가지였다. 공격을 하기 위해 오랜 시간 마법을 시전해야 하는 마법사에게 있어서 그건 아주 치명적인 약점이라고 할 수 있었다.

어쨌거나 한 가지는 분명해 보였다. 자신보다 나이가 많을 가능성은 없다는 것을.

"내 삶이 그리 많이 남은 것도 아닌 것 같으니 또다시 제자를 키운다는 건 힘들 것 같고, 대신 내 한 가지 청을 들어줄 수는 없겠소?"

순간 어이가 없어진 아르티어스는 인상을 확 찌푸리며 소리쳤다.

"왜 내가 당신의 청을 들어줘야 하는데? 지금까지 좋게좋게

대해줬더니 주제를 모르고 내 머리 꼭대기에 올라오려고 해서
는 곤란하지.”

“내 제자의 이름을 도용한 댓가라고 하면 어떻소?”

도용한 대가라는 말에 아르티어스는 피식 웃으며 마치 인심
이라도 쓴다는 듯 호탕하게 말했다. 들어보고 마음에 안 들면
안 들어주면 그만이었으니까.

“좋아. 청이라는 게 뭔지, 일단 들어나 보지.”

“나는 내 제자와 함께 세상을 돌아다니며 모험을 하고 싶었다
오. 그 때문에 최선을 다해 내가 알고 있던 모든 걸 전수했었지.”

노마법사가 서두를 떼자마자 아르티어스는 더 들을 것도 없
다는 듯 곧장 대답했다. 지금까지와 달리 노마법사가 어리둥절
할 정도로 정중한 말투로.

“스승님의 소원이시라는데 제자가 어찌 외면할 수가 있겠습
니까. 얼마든지 들어드리죠.”

아르티어스의 돌연한 변화에 노마법사는 어이가 없는지 한동
안 말문을 열지 못했다.

“정말 괜찮겠소? 나하고 있는 동안에는 나를 스승으로 모셔
야 할 텐데?”

아르티어스는 싱긋 미소 지으며 말했다.

“별걱정을 다 하십니다, 스승님. 제가 꿈에 그리던 완벽한 모
험을 겪게 해 드리죠. 자, 일단 제 숙소로 가시죠. 근사한 모험
이 우리를 기다리고 있으니까요.”

노마법사는 알 리가 없었다. 지금 아르티어스가 마음속으로

얼마나 신나 하고 있는지를. 아르티어스가 용병대에 들어와 지금껏 하고 있었던 게 고블린 사냥이었다. 그것도 알카사스 전역을 부리나케 쫓아다니며 강행군을 하고 있던 중이었다. 만약 노마법사가 그를 따라다닌다면 십중팔구 한 달도 채 되지 않아 과로사할 게 뻔했다. 아니면 그 전에 모험을 포기하고 집으로 돌아가던지.

안 그래도 심심하던 참이었기에 아르티어스에게는 또 다른 유희거리가 생긴 셈이다. 덤으로 노마법사의 오랜 꿈이 산산조각이 나는 것을 옆에서 지켜볼 수 있다는 것도.

"이쪽입니다, 스승님."

아르티어스가 노마법사와 함께 숙소에 도착해 보니, 조원들 모두가 그를 기다리고 있었다. 월급 수령을 위해 행정부에 갔던 호위 조장까지도. 조원들이 아르티어스와 함께 숙소로 들어오는 노마법사에 대해 호기심 어린 시선을 보내고 있을 때, 아르티어스가 급조된 스승을 모두에게 소개했다.

"이분은 어릴 적 내게 마법을 가르쳐 주신 스승님이시다. 내가 여기서 이름을 떨치고 있다는 소식을 들으시고 함께 모험을 하시고자 오셨으니 잘 모시길 바란다."

아르티어스의 말에 호위들은 잠시 곤혹스런 표정을 짓긴 했지만 어쨌거나 대답은 했다. 하늘 같은 상관의 명령이었으니까.

"여부가 있겠습니까. 최선을 다하겠습니다."

"잘 부탁하네. 나는 랄프 디겔의 스승인 리오 프라이스라고

한다네."

랄프 디겔 같은 하급 마법사 제자들만 배출한 걸 보면 이름이 알려진 실력 있는 마법사는 아니었다. 더군다나 용병들이 유명한 마법사의 이름을 기억하고 있을 리가 없었다. 하지만 호위들은 존경하는 마법사인 아르티어스를 가르친 그의 스승에게 격식을 갖춰 자신의 직책과 이름을 소개했다.

"저는 호위 조장을 맡고 있는 데리라고 합니다."

"저는 로이드라고 합니다. 특기는 궁술이죠. 만약 전투가 벌어지면 얼른 제 곁으로 오시면 됩니다."

뒤따라 롤랑, 말로, 매튜도 자신의 소개를 했다. 그들은 칼과 방패를 함께 사용하는 방어전에 특화된 용병들이었다.

통성명이 끝난 후, 아르티어스는 호위 조장 데리에게 물었다.

"갔던 일은 어떻게 됐나?"

데리는 품속에서 통장을 꺼내 아르티어스에게 건네줬다.

"여기 있습니다, 마법사님."

별생각 없이 통장을 주머니 속에 넣으려던 아르티어스는 곧이어 생각을 바꿔 통장의 내용을 살펴보는 척했다. 레어 안에 쌓아놓은 수많은 황금들을 생각한다면 이깟 푼돈은 어찌 되어도 상관이 없었지만, 통장의 액수조차 확인하지 않고 그냥 주머니에 넣는다면 주위의 용병들이 그를 이상하게 생각할 것이 분명했기 때문이다.

"어디 보자…, 제대로 계산이 됐나?"

이곳으로 와서 첫 달에 받은 월급은 그리 많지 않았다. 고블린 사냥을 떠나는 용병 중대와 함께 다녔었기 때문이다. 하지만 이번 월급은 아르티어스가 호위대만 이끌고 신속하게 이동하며 마법진만 설치하고 다녔기에 전멸시킨 고블린 무리의 숫자 단위부터가 달랐다. 그 숫자는 무려 열여섯.

각 무리당 임무 참가수당과 성공수당이 따로 책정된다. 무리가 열여섯이다 보니 수령액이 워낙 커서 아르티어스의 기본급은 그야말로 새발의 피밖에 되지 않는다. 웬만한 용병이라면 그가 수령한 액수를 보기만 해도 입에 거품을 물것이 분명했지만, 아르티어스는 별것 아니라는 듯 중얼거렸다.

"수당이 제법 짭짤하긴 하군."

호위 조장이 급히 행정부에서 들은 말을 전달했다.

"행정부 쪽 말로는 설치하신 마법진들 중에서 세 개가 아직 기동하진 않았지만, 지금껏 단 한 번도 실패하지 않으셨기에 그것까지 포함해서 계산했다고 하더군요."

아르티어스가 설치한 마법진은 자연의 마나를 흡수하여 그 마력으로 작동한다. 그렇기에 날씨가 얼마나 좋으냐에 따라 발동에 걸리는 시간차가 아주 컸다.

"제자야, 월급을 얼마나 수령했는지 내가 한 번 살펴봐도 괜찮겠느냐?"

노마법사의 말에 아르티어스는 능청스럽게 연기를 펼쳤다. 두 손으로 공손히 통장을 노마법사에게 건네주며 고개를 숙인 것이다.

"물론입니다, 스승님. 이 모든 것이 다 스승님 덕분이니까요."

통장에 기록되어 있는 액수를 확인한 노마법사의 눈이 일순 휘둥그레져지며 잔경련을 일으켰다. 사실, 어느 정도 실력 있는 마법사라면 그 정도 액수는 그리 큰돈은 아니었다. 하지만 삼류 마법사인 그에게 있어서는 엄청난 액수였던 것이다. 마법사에게 있어서 수입은 곧 실력을 말해준다. 자신의 기습공격을 간단히 취소시켜 버리는 걸 보고 상당한 실력자인 건 이미 짐작하고 있었지만, 이 정도일 줄이야……. 하지만 그는 모르고 있었다. 이게 다 고블린을 때려잡아 번 돈이라는 것을.

"조장, 다음 임무에 대한 얘기는 있었나?"

"아뇨. 아직 후속 임무가 정해지지 않았으니 대기하라는 지시였습니다. 얼마나 대기하게 될지는 알 수 없지만, 이번 기회에 푹 쉬시라는 전갈이었습니다."

"그럼 자네들은 좀 쉬도록 하게. 나는 스승님을 모시고 용병단 본부 안을 구경시켜 드리고 올 테니."

아르티어스의 말에 호위대 전원이 환히 웃으며 고개를 숙였다.

"예, 좋은 시간 보내시길 빕니다."

부하들을 모두 밖으로 내보낸 후, 아르티어스는 노마법사에게 말했다.

"이곳에서 뭔가 필요한 게 있으셔서 구입하실 때는 제 이름으로 하도록 하십쇼. 방금 전에 확인하셨듯 돈은 꽤 넉넉하니까 말입니다."

이미 탐색마법으로 주변 확인을 다 했음에도 노마법사는 조심스럽게 주위를 두리번거린 후 아르티어스에게 속삭였다.

"근처에 아무도 없으니 하는 말인데, 우리 둘만 있을 때는 굳이 스승으로 대해 주지 않아도 괜찮다네. 나도 염치가 있지, 어떻게 그것까지 바라겠나."

그러자 아르티어스는 별것 아니라는 듯 손을 흔들며 말했다.

"아, 너무 신경 쓰지 마십쇼. 이왕 할 거면 제대로 하는 게 좋으니까요. 대신 함께하는 동안만큼은 최대한 스승님으로 모시겠지만, 하루 종일 옆에 붙어있을 수는 없다는 것만 양해해 주셨으면 좋겠군요."

"걱정 말게. 일이 있으면 난 신경 쓰지 말고 언제든 일 보시게."

"혹시 용병 일은 해보신 적 있으십니까?"

"부끄럽게도 이 나이 되도록 사회 경험은 거의 없다네."

"그럼 따라 나오시죠. 이곳 용병단 본부를 구경시켜 드리겠습니다."

"너무 고맙구먼."

"저도 돌아가신 스승님을 다시 만난 듯하여 반갑기 그지없습니다. 자, 일단 밖으로 나가시죠. 규모가 큰 용병단이다 보니 소소한 볼거리가 제법 있습니다."

제자와의 모험을 꿈꾸는 노마법사

36

티투스 대사막의 암운

아르티어스가 스승이라는 노마법사와 함께 영내를 돌아다니는 것을 확인한 용병단 수석마법사는 재빨리 단장에게 달려가 그 사실을 보고했다.

"놀랍게도 디젤 본인이 맞는 모양입니다. 스승이라는 늙은 마법사를 안내하며 여기저기 구경시켜주고 있답니다."

뜻밖의 보고에 용병단 단장은 눈살을 찌푸리지 않을 수 없었다. 예상과는 달리 전혀 의외의 상황이었으니까.

"늙은 마법사를 협박하거나 포섭했을 가능성은?"

수석마법사는 고개를 가로저으며 대답했다.

"두 사람의 분위기로 봤을 때 그럴 가능성은 거의 없는 듯합니다. 저도 도저히 믿겨지지가 않아 직접 가서 살펴봤는데, 노마법사가 디젤을 보는 눈빛에 아주 꿀이 뚝뚝 떨어지던데요."

수석마법사의 말에 용병단 단장은 실망감을 감추지 못했다.

"나는 가짜인 줄 알았는데……."

보기 드물 정도의 미남인 건 그렇다 치고, 불타오르듯 새빨간 머리카락은 너무 눈에 띄었다. 신분증과 지금의 얼굴 모습이 너무 다르지 않냐는 추궁에 여자에게 호감을 얻기 위해 마법으로 좀 바꿨다는 뻔뻔한 변명은 아무리 생각해도 첩자나 도망자가 할 행동은 아니었다. 그리고 용병단에 입단하자마자 저렇게까지 두각을 드러낸다는 것도 이상하다.

하지만 용병단 단장은 거칠게 고개를 흔들었다. 아무리 생각해도 수상했기 때문이다. 오랜 시간 수많은 용병들을 부리며 살아왔던 그였기에 말로 설명하기 힘든 소위 「촉」이라는 게 발동한 것이다. 뭔가 상당히 수상쩍다는.

"어쩌면 그 스승이라는 노마법사조차 우리를 현혹시키려는 수작일 수도 있지 않나? 분명 어딘가에서 보낸 첩자일 게 분명해."

"아직까지 디겔을 수상쩍다 생각하고 계신 모양이군요."

단장이 자신의 말에 고개를 끄덕이는 것을 본 수석마법사는 길게 한숨을 내쉬며 자신의 의견을 말했다.

"에혀, 저 정도 실력자를 투입해 공을 들여야 할 만큼 그런 엄청난 정보를 우리 용병단이 가지고 있는 지가 더 의심스럽습니다. 솔직히 말이 좋아 십대용병단이라 불리지, 요즘은 용병단장이 촌구석 영주조차 되기 힘든 세상 아닙니까?"

과거처럼 용병단이 반란이라도 일으켜 왕실을 전복시킬 만한 힘이라도 지니고 있다면 혹 모르겠지만, 지금은 합법적인 일을 주로 하는 깡패집단과 별로 다를 것도 없는 상태였다. 만약 디겔 정도의 실력 있는 마법사를 첩자로 침투시킬 생각이라면 이런 용병단보다는 원로원 직속의 연구소에 침투시키는 쪽이 훨씬 더 가치 있는 정보를 빼낼 수 있을 건 자명한 사실이 아니겠는가.

잠시 생각해보던 단장은 마지못해 수긍했다.

"자네 말이 옳은 듯 하이."

"그렇다면 이젠 대책을 생각해둬야 하지 않을까요?"

"무슨 대책?"

"스승 살해를 빌미로 협박하려던 게 무산됐으니, 이젠 어떻게 디젤을 붙잡으실 생각이신 거죠? 저 정도 능력이라면 사방에서 군침을 흘리며 자기들 용병단으로 오라며 달려들 게 뻔한 데……."

"크음……."

처음과는 달리 상황이 너무 바뀐 게 문제였다. 만약 그저 그런 마법사였다면 신경조차 쓰지 않았겠지만, 그가 예상치도 못했던 엄청난 마법으로 고블린 둥지를 궤멸시켜줌으로 인해 그곳에 얽매여 있던 많은 부하들이 새로운 임무를 부여받을 수 있게 되었다. 그것 하나만으로도 그는 모든 용병단이 원하는 보물과도 같은 존재라 할 수 있게 되었다. 그만큼 용병단에게 고블린 토벌은 골칫거리였기 때문이다.

"확실한 대책을 마련하기 전에 일단 무역로를 평정하는 임무에 그를 동참시키는 건 어떻겠습니까?"

수석마법사의 제안을 이해하기 힘들었던 단장은 인상을 찡그리며 되물었다.

"그곳에는 왜?"

"지금 모든 용병단의 이목이 디젤을 향해 있지 않습니까. 그들의 관심에서 디젤을 잠시라도 떨어뜨려 놓을 필요가 있다는 거죠."

디겔의 활약상이 외부로 알려지게 된 건 순전히 용병길드 탓이었다. 페가수스 용병단에서도 디겔의 존재가 외부로 알려지지 않도록 그를 중심으로 한 독립부대까지 편성한 후 마법통신으로 직접 지시를 내렸었다. 하지만 고블린 사냥에 발목이 잡혀있던 많은 부대들이 요 근래 임무를 완료하고 새로운 임무를 하달받는 특이상황이 벌어진 걸 길드가 눈치채지 못할 리가 없었다. 마법사가 파견되어 있지 않은 휘하부대들에 보내는 지시들은 모두 용병길드를 통해 전달되고 있다 보니 그건 당연한 결과였다.

수석마법사의 의중은 디겔을 일단 전쟁 임무를 수행하는 부대에 합류시켜 놓으면 디겔을 포섭하려는 타 용병단의 접근을 수월하게 차단할 수 있을 거라는 뜻이었다.

"그건 자네 말이 맞는 것 같군. 그럼 그렇게 하도록 해."

"예, 단장님."

지시를 내린 단장은 갑자기 무슨 생각이 떠올랐는지 인사를 하고 밖으로 나가려던 수석마법사를 불러 세웠다.

"잠깐만."

"옛, 다른 지시 사항이라도 있으십니까?"

"디겔을 홉킨스의 직속으로 넣지는 말게."

수석마법사는 단장이 왜 그런 지시를 내린 것인지 이미 알고 있다는 듯 음흉스런 미소를 지으며 대답했다.

"알겠습니다. 그가 공을 세워 이목이 더 집중되지 않도록 하라는 말씀이시죠? 제가 잘 알아서 처리하겠습니다."

"부탁하네."

"예, 단장님."

＊　　　＊　　　＊

제자와의 모험이라는 오랜 꿈을 말했을 뿐인데, 뻣뻣하게 굴던 사람이 갑자기 태도가 급변해 자신을 스승이라 부르며 대접을 해주기 시작했다. 처음에는 뭔가에 홀린 것처럼 그 사내를 따라 용병단 본부로 들어가 호위 조원들에게 인사도 받고 주위를 구경하느라 정신이 없었다.

하지만 밤이 되어 홀로 남겨지자 노마법사로서는 아무래도 사내의 행동이 수상쩍게 느껴질 수밖에 없었다. 죽은 제자의 신분증을 사용하고 있다는 것만으로, 자신이 진짜 스승이라도 되는 것 마냥 너무 극진하게 대해 주니 오히려 의구심이 들었던 것이다.

진실은 아르티어스가 지극히 단순한 의도로 장난을 치고 있는 것이었지만, 이 모든 게 드래곤의 유희라는 걸 알지 못하는 노마법사로서는 덜컥 의심이 들 수밖에 없었다. 아무리 생각해도 뭔가 수상하다. 이런 경우, 뭔가 사고를 치고는 자신에게 옴팡 뒤집어씌우려고 저러는 게 아닐까? 하는 우려가 가장 먼저 들 수밖에 없는 것이다. 비록 이 나이가 되도록 사회 경험이 거의 없다고 하지만 그래도 살아오며 이것저것 주워들은 게 있다. 노마법사의 머리는 아직까지는 정상적으로 잘 움직이고 있었다.

'그가 내 제자의 신분증을 도용하고 있다는 걸 이곳 용병단

사람들에게 알려주는 게 좋지 않을까?'

이성적으로 생각한다면 그렇게 하는 게 맞다. 하지만 지금껏 제대로 된 모험이라고는 해보지도 못하고 폭삭 늙어버린 노마법사로서는 자신이 지금 음모의 한가운데 있다는 사실을 생각하는 것만으로도 두근거리는 가슴을 주체할 수가 없었다.

밀고한다면 가슴을 뛰게 만들고 있는 이 짜릿한 모험 또한 끝이 난다는 게 문제였다.

'어떻게 해야 할까?'

밤늦게까지 잠 못 이루고 고민하던 노마법사는 밀고를 할 때 하더라도 조금은 모험을 즐긴 후에 하기로 했다. 지금껏 상상 속으로만 그려왔던 모험이 이제 막 시작됐는데 벌써 끝내기에는 너무 아쉬웠던 것이다. 게다가 모험의 시작이 왠지 음모의 냄새가 물씬 풍기는 진짜배기인데 그냥 이대로 포기하기는 마음이 내키지 않았다. 제자를 자처하는 사내가 자신을 어떻게 함정으로 밀어 넣으려고 음모를 꾸미는지 지켜본 후 차분히 대처해도 늦지 않으리라.

지금껏 읽은 영웅담 속에 자신이 들어온 듯한 기분에 노마법사의 기분은 한껏 고양되어 있었다. 수수께끼의 괴인이 무슨 함정을 팔까? 영웅담 속의 갖가지 함정들을 떠올리며 그 대비책을 궁리해보는 노마법사였다.

오랜 산책으로 피곤해하는 스승을 쉬라고 한 후, 아르티어스는 브로마네스에게 신호를 보냈다. 곧이어 브로마네스의 시큰

둥한 목소리가 작은 수정구를 통해 들려왔다.

「무슨 일이냐?」

"오늘 한가해?"

「한가하기는 개뿔이……. 바빠 죽겠다.」

"바쁘긴 뭐가 바빠?"

「새로운 임무가 하달됐거든. 친구, 자네와 달리 난 밑에 돌봐 줘야 할 부하들이 잔뜩 있으니 말이야. 이틀 후에 출발이니, 부하 놈들 챙겨주려면 바쁠…….」

여기까지 말하던 브로마네스는 문득 생각났다는 듯 퉁명스럽게 말했다.

「그러고 보니 너도 간다고 들었는데, 왜 모르는 척 시치미를 떼고 있냐?」

그 말에 아르티어스는 황당할 수밖에 없었다. 이틀 후 출발이라는데, 정작 자신은 그런 얘기를 들은 적도 없었으니까.

"나도 간다고? 난 아직 그런 얘기 못 들었는데……."

「이상하네? 이번 임무에 마법사가 여섯 명 투입되는데, 그중에 너도 포함되어 있다고 미하엘한테서 들었거든. 참, 미하엘이란 호비트는 내가 속해 있는 35대대 대대장이야.」

"그래? 행정부에서 깜빡하고 내게 연락을 안해 준 건가. 그런데 그거 무슨 임무인데?"

노마법사를 데리고 영내를 이리저리 돌아다녔기에 길이 엇갈려 말을 못 들었을 수도 있겠다고 생각한 아르티어스는 자신이 맡게 될 임무에 관심이 가지 않을 수 없었다.

「수정구로 이런 얘기하기엔 좀 그런데……. 가능하면 만나서 얘기하자. 시간 좀 낼 수 있냐?」

요즘 들어 둘 다 저마다 바빴기에 좀처럼 함께 할 시간이 없었던 것이다.

"물론이지. 나 지금 본부에 돌아와 있거든."

아르티어스의 말에 브로마네스가 그거 보라는 듯 큰 소리로 말했다.

「본부에 도착해 있는 거 보면 네가 가는 게 확실하네. 여태까지 계속 고블린만 잡으러 다녔었잖아? 그러니 이제 굵직한 임무를 맡을 때도 됐지.」

"네 말이 맞는 거 같긴 한데. 그런데 이놈들은 왜 이틀 후 출발이면 아직까지도 나한테 통지를 안 하고 있는 거지?"

「뭐, 살다 보면 그럴 수도 있지. 어쨌거나 그딴 건 만나서 얘기하자. 술 한잔 하면서 말이야. 내 레어에서 만날까?」

"그러자."

1시간쯤 후, 두 드래곤은 브로마네스의 레어에서 만났다.

"어서 오게나, 친구. 오랜만일세."

"오랜만은 무슨……."

아르티어스가 아무런 무장도 하고 있지 않은 데 반해 브로마네스는 허리에 애검을 차고 있다. 삐딱한 시선으로 바라보던 아르티어스는 브로마네스의 옷깃에 달린 계급장이 소대장에서 중대장으로 바뀌어 있다는 것을 그제서야 눈치챘다. 브로마네스는 자신이 적 연대장을 베어, 그 공으로 일 계급 진급했다는 걸 자랑하기 위해서 걸리적거리는 장검을 일부러 허리에 차고 아르티어스를 맞이했던 것이다.

"어? 너 언제 중대장으로 진급한 거냐?"

중대장이라는 말에 일부러 지금껏 아무런 말도 하지 않고, 자신의 계급장을 아르티어스가 보기 좋게 자세를 잡고 있던 브로마네스의 입이 함지박만 하게 벌어진다.

"눈썰미가 참 좋구먼, 친구. 일주일 전에 승진했지."

아르티어스는 짜증이 왈칵 치솟았다. 자신은 하찮은 고블린이나 잡는다고 개고생을 하고 있는데, 저놈은 제대로 된 유희를 즐기고 있으니 성질이 나지 않을 수 없었던 것이다.

"이런 젠장!"

"부러운가? 친구, 그래서 내가 뭐라고 했나. 마법사처럼 눈에 띄는 직업 말고 검사를 하라고 했잖아."

아르티어스는 짜증 난다는 듯 손을 휘휘 내저으며 슬쩍 말을 돌렸다.

"그 얘기는 됐고, 어디로 간다고 하던데?"

자신도 차출되어 함께 가야 한다고 하니, 신경이 쓰이지 않을 수 없기에 묻는 것이다.

"확실한 건 잘 모르겠고, 사막이라고 들었어. 「고블린 킬러」라 불리는 네가 차출된 걸 보면 사막에 서식하는 몬스터라도 잡으러 가는 거겠지."

때는 이때다 생각했는지 열심히 아르티어스를 놀리는 것에만 정신이 팔린 브로마네스의 대답에 아르티어스는 황당하다는 표정을 지어 보였다.

"에휴, 지금 그걸 말이라고 하는 거냐? 거긴 실버 새끼들 작업구역이잖아. 최소한의 정보라도……."

"쯧쯧, 걱정도 팔자네. 그렇게 시시콜콜 다 알아보고 가면 유희하는 재미가 뚝 떨어진다니깐. 미지(未知)의 세계를 모험하는 쾌감, 몰라?"

순간 아르티어스의 얼굴이 짜증으로 왈칵 일그러졌다.

"이런 젠장, 이놈이고 저놈이고 모험은 개뿔이! 한 번 호되게 당해봐야 모험 같은 헛소리를 안 하지!"

"에이, 소심한 짜식. 어지간한 건 내가 다 해결해 줄 테니 너무 걱정 마. 이런 놈이 뭔 유희를 즐기겠다고, 쯧."

그러면서 자신의 애검을 북북 지는 브로마네스. 이번 유희를 위해 특별히 장만한 검이다. 얼마 전 모험에서 상대편 연대장을 필마단기로 돌격해 베어버린 후, 검에 대한 애정이 더욱 커져 있는 상태였다. 잠시 꿀이 흐를 만큼 애정 어린 눈으로 검을 바라보던 브로마네스는 여전히 인상을 찡그리고 있는 아르티어스를 보자 답답하다는 표정으로 입을 열었다.

"그리고 이 목걸이가 있는데, 설마 우리를 알아볼 수 있는 놈이 있으려고. 너무 걱정 말게나 친구."

"뭐…, 목걸이가 있긴 하지만, 상대가 상대인 만큼 걱정이 되는구만."

상대는 동족인 드래곤이다. 그것도 강력하기로는 첫손가락에 꼽힌다는 실버 일족. 더군다나 실버 일족의 수장인 쟈크레아는 아르티어스를 손보려고 단단히 벼르고 있는 상태였다. 아르티어스는 지금까지 단 한 번도 목숨의 위협을 받으며 유희를 해본 적이 없었다. 하지만 지금은 아니다. 자칫 잘못하면 대적이 불가능한 상대와 맞닥트릴 수 있었다.

아버지가 없는 지금, 기댈 구석이라고는 단 한 군데도 없었다. 뭔가 심장이 쫀득해진 상태……. 어쩌면 아르티어스는 처음으로 제대로 된 유희를 하고 있는지도 몰랐다.

심각하게 고민하던 아르티어스가 한참 후에야 입을 열었다.

"만일의 사태를 대비해 보험을 하나 들어놓을 필요가 있을 것 같은데……."

"보험이라니?"

"팔시온을 불러서 후방지원을 하라고 해야겠어."

그 말에 브로마네스가 고개를 갸웃하며 물었다.

"팔시온? 팔시온이 누구지?"

"팔시온 몰라? 치레아의 팔시온 말이야. 호비트 치고는 제법 강한 놈이니 여차하면 써먹기에 좋잖아."

브로마네스가 아무리 세상사에 관심이 없다 해도 「치레아」라는 성을 쓰는 호비트가 어떤 존재인지는 안다. 예전에 한번 치레아에 찾아가서 난장판을 벌이기까지 했었으니까.

"설마…, 치레아 대공을 말하는 겐가?"

"자네도 알고 있는 모양이군. 바로 그놈이야."

"말도 안 되는 소리! 그놈은 보험으로 써먹기에는 너무 유명한 놈이야.”

“유명하다고? 흥!”

아르티어스에게 팔시온이라는 존재는 허구헌날 자신에게 줘 터지면서도 개기던 꽤 재미있는 호비트로 기억되고 있을 뿐이었다. 팔시온이 웬만한 국가의 국왕급에 필적하는 지위와 권세를 지니고 있건, 마스터가 됐건 그런 건 아르티어스에게 있어서 아무런 의미가 없었다. 그에게 있어서 팔시온은 그저 아들놈의 부하일 뿐이었다.

이때, 브로마네스가 뭔가 떠올랐다는 듯 손가락을 딱 튕기며 말했다.

“그래! 아무래도 그 녀석을 쓰는 게 좋겠군.”

“별 볼 일 없는 놈이라면 아무런 도움도 되지 않아.”

“걱정하지 말게, 진∱. 이럴 때를 위해서 내가 포섭해 둔 호비트가 하나 있다네. 강철 장난감도 가지고 있지. 어때? 이만하면 훌륭한 보험이 되지 않을까?”

브로마네스의 제안에 아르티어스는 아무런 이의도 제기하지 않았다. 보고 마음에 들지 않으면 팔시온을 끌고 오면 될 테니까.

미래를 생각하는 자신의 안목에 스스로 만족스러워진 브로마네스는 브랜디를 쭉 들이켠 후, 음흉한 미소를 지었다.

‘녀석을 거둬두길 아주 잘했어. 이렇게 써먹게 될 줄이야…….’

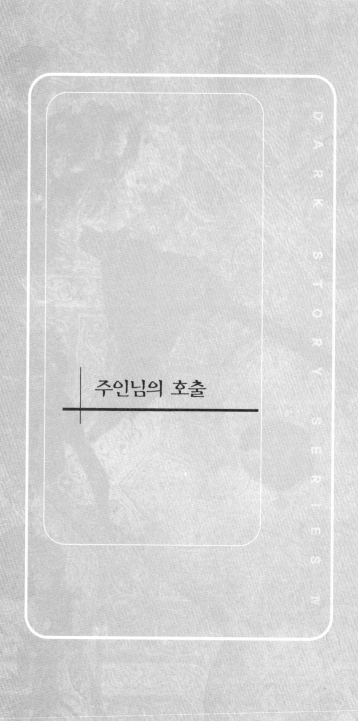

주인님의 호출

36

티투스 대사막의 암운

무시무시한 파괴력을 지닌 고급검법의 경우 극소수의 제자에게만 비밀리에 전수된다. 익힐 수 있을 만한 자질이 되지 않는 자에게는 검술의 가장 중요한 부분인 오의(奧義) 즉, 마나의 운용법에 대한 접근조차 허락되지 않는다. 때문에 외형을 흉내 내는 건 가능하다고 해도 오의를 알지 못하는 한 제대로 된 위력은 절대로 낼 수가 없다.

　무림 세계와 달리 이곳에는 운기토납법이 발달되어 있지 않았다. 대신, 무림보다 월등한 마나 농도를 지니고 있기에 고급검법을 수련하며 각 동작에서 요구되는 호흡과 마나의 움직임을 구사하다 보면 자연적으로 그에 준하는 효용을 얻을 수가 있게 된다. 즉, 고급검법을 얼마나 빠른 시기에 접하여 익힐 수가 있느냐에 따라 얼마나 깊은 수준까지 발전할 수 있느냐가 결정된다고 봐야 할 것이다. 그만큼 고수로 성장하는 데 있어서 고급검법의 존재는 절대적이었다.

　그런데 이번에 놀라운 위력을 지닌 고급검법을 생각지도 않았는데 공짜로 먹게 되었다. 그러니 콘도르 기사단의 수뇌부가 얼마나 흥분했을지 능히 짐작할 수 있을 것이다.

고급검법은 허락된 극소수에게만 전수된다. 그만큼 기밀을 요하는 것이다. 하지만 지금껏 라이는 비전(秘傳)의 검법이니 조심하라는 주의를 들어본 적이 없었다. 그가 배운 건 대중적으로 많이 알려진 무술들이었고, 이런 무술들이야 원한다면 별 대가 없이 아무에게나 가르쳐 주곤 했다.

라이와 잠시 어울려 본 라이놀은 그런 부분에서 상대가 무지하다는 것을 재빨리 포착했고, 부하 조원들을 이용해 검술이라는 건 서로가 서로에게 아는 건 뭐든지 다 가르쳐 주는 것이라는 분위기를 유도했다. 그 때문에 라이는 꿈속에서 익힌 검술이 얼마나 대단한 가치를 지니고 있는지도 모르고 자신이 알고 있는 모든 걸 조원들에게 알려주고 있었다. 조원들도 자신이 알고 있는 검술을 아낌없이 알려주고 있었으니 그걸 당연하게 생각했던 것이다.

수련이 끝나고 라이가 휴식을 취하러 들어가면, 제323정찰조의 두 번째 일과가 시작된다. 그들은 서로 의견을 나눠 자신들이 알고 있는 게 정확한지 확인한 뒤 검술 교본을 기록해 나갔다.

"이로써 4번 초식의 정리가 완벽하게 끝났습니다."

4번 초식과 그 파생형 세 가지가 기록되어 있는 만큼, 실제로는 초식 네 개에 상당하는 분량이었다.

"이제야 겨우 초식 네 개가 끝났군."

그들 앞에 놓여있는 소책자는 모두 36권이었다. 라이가 스승에게 배운 초식이 정확히 36개였기에, 그에 맞춰 36권을 준비해 놓고 그날그날 알아낸 것들을 다 기록해 두고 있었다. 머지 않아 비어있는 나머지 책자에도 정리된 초식들로 가득 채워지리라.

이렇게 완성된 초식은 마이크 그루시아 후작에게 제출할 수 있도록 따로 새 책자에 깨끗하게 정리해서 기록해두고 있었다.

네 개의 초식이 끝났음에도 라이놀은 차일피일 미루며 그루시아 후작에게 완성본의 제출을 미루고 있었다.

"그가 전수받은 검법은 총 서른여섯 개 초식으로 이뤄져 있다고 하는데, 특이하게도 파생형이 각 초식당 세 개밖에 되지 않는답니다. 총 144 초식으로 이뤄진 아주 단출한 검법이라는 거죠."

라이놀의 보고에서 숨겨져 있는 문제점을 그루시아 후작은 곧바로 눈치챘다. 일반적인 검법이라면 파생형이라는 게 그리 중요한 게 아니다. 초식에서 검을 휘두르는 일부 동작을 약간 변화시키는 정도였기에, 이런 게 있다는 정도만 설명하고 넘어가도 충분하기 때문이다.

하지만 동작과 호흡, 마나의 움직임을 일치시켜야 하는 고급 검술에서는 얘기가 많이 달라진다. 마나의 움직임이 약간만이라도 달라지면 큰 문제가 발생하는 만큼, 초식에 조금이라도 변화를 준다면 그에 따른 호흡과 마나의 흐름에 변화가 생기게 되는 것이다. 고급검법이라 하면 각 초식에 따른 파생형이 최소 다섯 가지 이상은 되기 마련이다. 모든 경우의 수를 다 따져서 그에 대한 대비를 해야 했기 때문이다. 그런데 획일적으로 변초를 세 가지씩밖에 만들어 놓지 않았다고 하니 그루시아 후작의 미간에 주름이 생길 수밖에 없는 것이다.

"미완성의 검법이라는 얘기로군."

"그럴 가능성이 무척 높다고 봐야 하지 않겠습니까. 다행히도 아직까지는 큰 문제점을 찾아내지 못했습니다만……."

"서른여섯 개 초식이라면…, 지금까지 정리한 건 몇 개나 되지?"

"완전히 정리한 건 세 개 초식뿐입니다."

실제로 정리된 건 네 개였지만 어쩐 일인지 라이놀은 거짓으로 보고를 했다.

"시간이 얼마나 흘렀는데, 이제야 겨우 세 개밖에 알아내지 못했다니!"

그루시아 후작의 질책에 라이놀은 고개를 조아리며 변명했다.

"라이가 스승에게 제대로 전수받지 못한 탓에 그렇게 됐습니다. 물론 모든 초식들을 다 전수받긴 했다고 합니다만, 제대로 구사할 수 있는 게 몇 가지 되지를 않습니다. 제대로 숙달하기 전에 스승이 죽어버린 탓이겠죠. 그렇다 보니 녀석이 기억하고 있는 검법에 대한 자세한 설명을 듣고, 그걸 제대로 구사할 수 있도록 지도까지 해줘야 하다 보니 시간이 제법 걸리고 있는 겁니다. 하지만 그 덕분에 녀석이 스승에게서 전수받은 모든 걸 빼낼 수 있게 되었지 않습니까."

그루시아 후작은 고개를 주억거리며 수긍했다.

"그건…, 그렇지."

"아직 제대로 완성되지 못하긴 했습니다만, 살펴보시고 싶으시다면 정리해서 올릴까요?"

"그럴 필요까지는 없다."

그는 안정성이 입증되지 않은 고급검법을 살펴볼 생각은 전혀 없었다. 그리고 그런 고급검법을 익힐 생각은 더더욱 없었다. 검법의 안정성은 라이놀과 그의 조원들이 밤낮을 매진하며 익히면서 입증해 나가고 있는 중이었다. 나중에 그들에게서 뭔가 명확한 결과가 나오면, 그때부터 익히기 시작해도 늦지 않으리라.

하지만 그건 그루시아 후작의 오판이었다. 라이놀이 그에게 보고하지 않은 게 있었기 때문이다.

라이놀과 그의 조원들이 안정성 입증을 위해 라이의 검법을 열심히 익히고 있는 건 맞다. 하지만 오래지 않아 그들은 라이가 알려준 검법이 자신들이 알고 있던 검법과는 차원이 다를 정도로 강력한 것이라는 걸 깨달았다. 라이에게 얻어들은 것을 참조하여 수련했을 뿐인데도 그들은 하루가 다르게 강해지고 있었던 것이다.

당연히 상부에 보고부터 해야 했지만, 라이놀은 조원들을 모아두고 단단히 입단속을 시켜 그 사실이 외부로 새 나가지 않게 철저히 막고 있었다. 이 검법이 얼마나 대단한지를 상부에서 알게 된다면 자칫 자신들이 배제될 수도 있다는 것을 잘 알고 있었기 때문이다. 그렇기 때문에 마이크 그루시아 후작에게조차도 생략되고 조작된 보고서가 올라가게 된 것이다. 라이에게서 배운 검법을 자신들만이 독점하기 위해서.

사실, 이런 엄청난 고급검법은 각 국가에서 최고 중의 최고인

엘리트들에게나 배울 기회가 주어진다. 문제는 그 엘리트라는 기준의 첫 번째가 바로 혈통이라는 것이었다. 근위기사급의 자제들 같은 최고의 혈통들에게는 자질이 조금 떨어진다 해도 최상위의 검법을 익힐 기회가 주어지지만, 그렇지 않은 자들은 죽을 고생을 해서 자신에게 그만한 자질이 있다는 것을 인정받아야만 했다. 그리고 그건 너무나도 어려운 일이었다. 설혹 겨우 인정받았다손 치더라도 이미 배울 시기를 넘겨버리는 경우가 허다했다.

라이놀과 그 조원들은 라이에게서 검법을 훔쳐 익히면서 자신들에게 뜻하지 않았던 횡재가 찾아왔다는 것을 금방 깨달았다. 그리고 그들은 이 절호의 기회를 절대 포기할 수 없었다.

*　　*　　*

올란도는 요즘 꿈만 같은 안락한 삶을 만끽하고 있었다. 처음, 「아르티어스」라는 고약한 드래곤에게 붙잡혔을 때만 해도 자신의 인생은 끝난 줄 알았다. 전승되는 옛 이야기들 중 드래곤과 인간의 관계가 좋게 끝난 경우는 단 한 번도 없었기 때문이다. 신에 비견될 정도로 전능한 존재인 드래곤이 인간을 제대로 된 인격체로서 대우를 해줄 리가 없는 것이다.

영웅담을 보면, 드래곤은 쓸 만한 사람이 있으면 붙잡아 노예로 부려먹다가, 조금이라도 마음에 들지 않으면 정신마법으로 세뇌까지 시켜버린다. 그 때문에 골백번 죽여도 시원찮을 드래곤을 위해, 그를 토벌하러 온 영웅과 싸우다가 개죽음을 당하는 게 일반적인 노예들의 삶이라고 했다.

물론 그렇지 않은 전설도 일부 전해지긴 했지만, 올란도는 도무지 믿을 수가 없었다. 단적인 예로, 영웅의 반열에 올라 있는 다크 폰 치레아 대공의 경우, 처음에는 드래곤과 사이가 좋았을지는 몰라도 그 끝은 결국 행방불명으로 귀결되었다. 분명 뭔가 세상에 알려지지 않은 추악한 뒷얘기가 있을 거라고 그는 확신하고 있었다.

올란도 역시 처음에는 개죽음을 당하는 노예들과 비슷한 삶이 자신을 기다리고 있을 줄 알았다. 하지만 그게 아니었다. 지금 그가 지내고 있는 곳은 어두침침한 동굴 속 드래곤의 둥지가 아닌, 같은 인간들이 살고 있는 아담한 마을이었다. 마을 사람들에게 물으니 말토리오 산맥 자락에 있는 「페이지」라는 작은 마을이라고 했다.

올란도를 이곳으로 데리고 온 여자 엘프는 주인님께서 찾기 전까지는 이 마을에서 지내라고 했다. 마을을 벗어나지 않는 게 가장 좋겠지만, 혹시 마을 밖으로 나가야 할 일이 있을 때는 행선지와 연락 방법만 정확히 남겨둔다면 나가도 좋다는 뜻밖의 자유까지 안겨줬다.

올란도가 이런 자유로운 생활을 할 수 있었던 건 브로마네스의 잔꾀 덕분이었다. 그는 올란도를 실버 패거리와의 싸움에서 버림패로 쓸 생각이었던 것이다. 만약 녀석이 죽어버린다면 상관이 없지만, 혹시라도 실버 패거리에게 붙잡혀 나불나불 불었다가는 그 뒤처리가 곤란해진다. 그렇기에 복잡하게 생각하는 걸 싫어하는 브로마네스는 자신이 마치 아르티어스인 척하면서 그의 레어로 보내버렸다. 아르티어스가 지금 유희를 하느라 레어에 없다는 걸 잘 알고 있었기에 생각해낸 계책이었다.

그런데 난데없는 그래듀에이트의 출현에 아르티어스의 영역을 중심으로 점차 엘프 왕국 건설을 추진하고 있던 그랜딜 공작은 심장이 덜컥 내려앉을 수밖에 없었다. 아르티어스가 자신들을 감시하기 위해서 올란도를 보낸 줄 착각했던 것이다. 하지만 올란도와 만나 얘기를 나눠보니 뭔가 임무를 받고 온 건 아니었고, 부를 때까지 이곳에서 대기하고 있으라는 지시만 받고 왔다고 했다. 그 말을 들은 그랜딜 공작은 대기하는 동안 자유롭게 지내는 게 좋지 않겠느냐는 핑계를 대며 올란도를 사람들이 사는 마을로 보내버린 것이다. 그로서는 올란도를 아르티어스의 레어와 최대한 멀리 떨어뜨려 놓을 필요가 있었으니까.

"크~, 맥주 맛 정말 기가 막히네!"

"한 잔 더 드릴까요, 올란도 씨?"

올란도는 남은 맥주를 단숨에 벌컥벌컥 들이켠 후, 빈 잔을 점원 소녀에게 건네주며 말했다.

"응! 한 잔 가득 부탁해."

점원은 햇볕에 약간 그을리기는 했지만 아주 건강한 피부의 끝내주는 몸매를 지닌 소녀였다. 열여섯쯤 되었을까? 말이 소녀지 저 정도 나이 때라면 이미 몇 군데에선가 혼담이 오가고 있으리라. 소녀의 풍만한 엉덩이를 쫓아 음흉스러운 시선을 보내던 올란도가 그녀의 모습이 지하실 아래로 사라지자 고개를 제자리로 돌리며 안주로 먹고 있던 통닭 쪽으로 손을 뻗으려고 할 때였다.

아주 잠깐의 시간이었건만, 방금 전까지 텅 비어있던 그의 앞자리에는 미모의 엘프 여성이 앉아있었다. 올란도는 벌써부터 그녀의 존재를 알고 있었지만, 마치 깜짝 놀란 듯 눈을 휘둥그레 뜨며 소리쳤다.

"아, 깜짝이야. 언제 오셨습니까?"

하지만 엘프 여성은 아무 말도 하지 않았다. 그녀의 예쁜 눈동자 깊숙한 곳에는 올란도에 대한 짙은 혐오감이 깔려 있었다. 그걸 보며 올란도는 아쉬움을 느낄 수밖에 없었다.

'이럴 줄 알았으면 그냥 꼬시는 건데 그랬나?'

그녀가 자신을 인간말종으로 보게 된 건, 그가 그렇게 유도했기 때문이었다. 드래곤이 이 여 엘프를 통해 자신을 감시하려 하는 것이라고 짐작했었으니까. 하지만 지금에 와서 다시 생각해 보니 그럴 필요가 있을까 싶었다. 엘프들은 자신의 행동에 대해서 전혀 신경도 쓰지 않고 있었기 때문이다. 오히려 드래곤의 동정에 대한 정보를 얻으려면 엘프들과 가깝게 지내는 게 좋지 않았을까 하는 생각을 하고 있던 중이었다. 물론, 이 모든 건 올란도의 착각이었다. 엘프들이 마법을 통해 워낙 원거리에서 감시하고 있었기에 그로서는 전혀 눈치챌 수가 없었던 것이다.

"주인님께서 당신을 찾으셨어요."

여 엘프의 말에 올란도는 자리에서 벌떡 일어서며 말했다. 자신의 모든 행동이 드래곤에게 고자질 될지도 모른다는 생각에, 올란도는 성심성의껏 드래곤을 모시는 척하고 있는 것이다.

"잠시만 기다려 주십쇼. 곧바로 준비하고 오겠습니다."

여 엘프는 손짓으로 자리에 앉을 걸 지시하며 새침한 어조로 말했다. 그녀의 말투에는 깊은 짜증이 묻어있었다. 마치 상관의 지시만 아니었다면 이런 쓰레기와 단 한마디도 말을 섞고 싶지 않다는 듯.

"제 말을 끝까지 듣고 움직였으면 해요. 정말 경박하기 짝이 없네……."

엉거주춤 다시 자리에 주저앉는 올란도를 보며 여 엘프가 계속 말을 이었다.

"주인님께서는 3일 내로 알카사스 제국의 링카 성에 도착해 있으라고 명령하셨어요. 혹 모르실지 몰라서 참고로 말씀드리자면, 링카 성은 알카사스 제국의 서쪽 끝단에 위치해 있는 관문도시예요."

브로마네스가 아르티어스로 분장한 채 나타나 그랜딜 공작에게 지시한 것이었지만, 그가 브로마네스라는 걸 그 누구도 눈치채지 못했다. 아르티어스를 만나러 몇 번이나 레어를 들락거리며 이쪽 사정을 훤히 꿰뚫고 있던 브로마네스였기에 그 어떤 실수도 하지 않았기 때문이다. 그리고 브로마네스가 레어에 머문 시간이 워낙 짧았기에 실수를 할 여지도 없었고.

여 엘프는 품속에서 작은 가죽주머니 하나를 꺼내 탁자 위에 올려놓으며 말을 이었다.

"이건 여비예요. 주인님께서 어떤 임무를 하달하실지 알 수 없으니 넉넉하게 넣어놨어요."

알카사스 제국은 각 도시를 연결해주는 공간이동 마법진이 굉장히 발달되어 있어 동쪽 끝에서 서쪽 끝까지 이동하는 건 돈만 있다면 아주 간단한 일이었다. 하지만 여기서 알카사스 국경까지 3일 내로 간다는 건 아무리 올란도라도 불가능한 일이었다. 여 엘프도 올란도가 그런 의문을 제기할 걸 알고 있었는지 곧바로 말을 이었다.

"내일 저녁때쯤 와서 마법진으로 알카사스 국경까지 보내드릴 거예요. 그동안 준비 단단히 하고 있도록 하세요. 주인님께서는 작은 실수조차 용납하지 않으시는 분이시니까요."

"여부가 있겠습니까. 그럼 내일 저녁때 뵙죠."

여 엘프는 더 이상 올란도와 말을 섞기조차 싫은지 재빨리 모습을 감춰버렸다. 그녀가 사라진 후에야 올란도는 탁자 위에 놓인 가죽주머니를 집어 들었다. 넉넉히 넣었다더니 주머니가 꽤나 묵직했다.

'확실히 드래곤이 돈이 많긴 많은 모양이네. 녀석의 노예가 된 후로 돈 걱정은 해본 적이 없으니까 말이야.'

이때, 점원 소녀가 시원한 맥주가 가득 담긴 잔을 그의 앞에 내려놓았다. 그녀의 표정을 보니 방금 전에 이곳에 엘프가 들락거렸다는 걸 전혀 눈치조차 채지 못한 모양이다.

"더 필요한 거 있으면 부르세요."

"응, 고마워."

올란도는 또다시 맥주를 마시기 시작했다. 지하실에서 이제 막 꺼낸 맥주는 아주 시원했지만, 올란도는 청량감을 전혀 느낄 수가 없었다. 머릿속이 복잡했기 때문이다.

'도대체 무슨 일을 시키려는 걸까?'

영웅담에서 드래곤이 인간에게 시키는 일은 거의 대다수가 아주 난해하고 힘든 것뿐이었다. 어쩌면 목숨을 걸어야 할지도 모른다. 그나마 한 가지 위안이 되는 것이라면 드래곤이 오라는 곳이 링카 성이라는 점이다. 링카 성이라면 얼마 전까지 올란도가 속해 있던 붉은전갈 용병단의 본진에서 그리 멀리 떨어지지 않은 성이었다.

"좋게 생각하자. 난 운이 좋은 거야, 운이…… . 첫 임무를 익숙한 지형에서 시작할 수 있잖아. 게다가 사방이 탁 트인 드넓은 사막이니 도망치기도 좋을 거고."

안 그래도 예전에 이미 죽었어야 했을 목숨이었다. 그날부터 반쯤은 삶을 포기한 상태였지만, 그래도 드래곤의 노예가 될 거라고는 상상도 하지 못했었다.

"참, 나도 팔자 한번 고약하군. 스승님의 품을 떠나 근위기사단에 입단했을 때는 세상을 모두 다 가진 것만 같았었는데…… . 크~, 맥주가 쓰군."

마지막 한 방울까지 맥주를 다 마신 올란도는 빈 잔을 들어 보이며 점원 소녀에게 외쳤다.

"한 잔 더!"

아레스의 은총이 함께하시길

36

티투스 대사막의 암운

페가수스 용병단은 길가에 길게 늘어선 수많은 주민들의 환송을 받으며 3만 명에 달하는 동료 용병들과 함께 보무도 당당하게 링카 성 중심로를 행진하는 영광을 누렸다. 링카 변경백은 주민들에게 이번 원정을 적극적으로 선전했다.

　링카 성에는 사막 부족과 협력하고 있는 주민들 말고도, 사막 부족이 파견한 첩자들이 수두룩하게 깔려 있었다. 결국 이런 요식 행위는 그들에게 지금부터 사막 부족을 정벌할 것임을 대놓고 알려주고 있는 것이다.

　서쪽 관문인 링카 성문을 벗어나면 광대한 사막이 눈 앞에 펼쳐진다. 성벽까지는 마법진에 의해 기온이 조절된다. 그 때문에 성문을 벗어남과 동시에 주변 온도는 마치 마법에 걸린 것처럼 급상승하기에 적응하기가 아주 힘들다. 더군다나 용병 모두가 전투를 대비한 갑주와 각종 무기들, 그리고 식량과 물까지 잔뜩 짊어지고 있는 상태였다. 선선한 날씨에 움직인다고 해도 무거운 짐 때문에 땀이 날 지경인데, 숨이 턱턱 막힐 정도로 뜨거운 공기가 호흡기 속으로 들어오니 죽을 지경인 것이다.

　"조금만 참아라. 곧 있으면 해가 질 테니까."

수풀이 없는 탓에 태양의 열기를 그대로 받아들일 수밖에 없는 사막의 특성상, 뜨거운 태양 빛을 피해 밤에 이동하는 경우가 많다. 그 때문에 3만의 용병부대도 어둠이 채 깔리기도 전에 링카 성을 출발했던 것이다.

사막 부족들이 기거하는 대부분의 성읍은 성읍이라 부르기조차 민망할 정도의 소규모였다. 주위에서 물과 풀을 구하기 힘들기에 그건 당연한 결과였다. 대다수의 성읍은 10~20여 가구가 살고 있으며 몬스터의 침입을 막기 위해 마을 주위를 진흙 벽돌로 두껍게 원형으로 빙 둘러 세워놓은 정도가 다였다. 좀 더 튼튼하게 석벽을 쌓으면 좋겠지만 주변에 돌을 구할 데도 없었고, 유목하는 특성상 이런 성읍을 네다섯 개 지어놓고 근처에 풀이 다 떨어질 때쯤 되면 다른 성읍으로 옮겨가는 식의 생활을 했기에 공들여 제대로 된 성벽을 건설한다는 것도 힘들었다.

하지만 무역로를 중심으로 점차 도시로 발달하고 있는 성읍들은 달랐다. 성읍의 크기도 클뿐더러 그 안에 살고 있는 인구도 많았다. 그리고 그중 상당수의 성읍은 과거 「알카사스 부족연합」시절에 건설된 것들로, 진흙 벽돌이 아닌 진짜 돌로 쌓은 튼튼한 성벽으로 성읍 주위를 감싸고 있었다. 그리고 성을 방비하기 위한 잘 훈련된 병사들까지 그 수가 결코 적지 않았다.

출병한 다음 날 아침, 밤새 행군한 부하들에게 휴식을 취하도록 한 용병대 지휘관들은 모두 한자리에 모여 어떻게 진격로를 짤지에 대한 토론을 시작했다. 링카 변경백 쪽에서 원하는 건 사막 부족이 크게 겁먹고 동맹 도시들에 구원을 청하도록 만드는 것이다.

대다수의 사막 성읍들은 규모가 그리 크지 않았기에 3만 명의 용병들이 함께 움직이며 공격하는 건 너무나도 비효율적이었다. 차라리 진격로를 여러 갈래로 분산시켜 많은 성읍들을 동시다발적으로 공격하는 편이 더 효율적이다. 그리고 그런 방식이 사막 부족들에게도 더 커다란 위협과 공포심을 안겨줄 수 있다는 점에 지휘관들 모두 의견을 같이했다. 큰 다툼 없이 이렇게 쉽게 모두의 의견이 하나로 모일 수 있었던 가장 큰 이유는 바로 이번 작전에 한해 허용된 약탈 때문이었다.

작은 성읍들이야 함락을 해봤자 3만 명이 다 같이 나눠 먹을 게 나오지 않을 건 불 보듯 뻔했다. 그럴 바에야 각 용병대가 자신들이 먹을 건 각자 알아서 찾아 먹는 게 낫지 않겠냐는 게 이번 회의의 골자였다.

그걸 그럴듯하게 명분으로 내세운 게 진격로를 분산해 사막 부족에게 더 큰 공포와 위협을 안겨주자는 것이다.

각 용병대의 지휘관들은 지도를 앞에 놓고 각자가 공격할 성읍들부터 정했다. 변경백 쪽에서는 저항하지 않고 항복한 성읍에 대한 약탈은 허용하지 않겠다고 했다. 즉, 자신들에게 협조적인 부족은 놔두겠다는 거다. 알카사스에 가까운 성읍들은 오랜 세월 알카사스에 굴종해 왔었기에 곧장 성문을 열게 분명했다. 그렇다면 전면적인 전투는 알카사스에서 최소한 사흘 거리 이상 떨어진 성읍들부터 벌어지게 되리라.

"최종 목표는 베이라 성으로 합시다."

베이라 성은 무역로 상에 위치한 성읍들 중에서 가장 강대한 성읍이었다. 6만에 달하는 주민이 거주하고 있을 뿐 아니라, 무역로에 위치한 성읍들 중에서 성곽의 보수 상태가 가장 훌륭하다고 알려져 있었다. 게다가 베이라 성의 부족민들이 일치단결해서 성을 이용해 결사항전이라도 한다면 출병한 전체 용병단이 모두 달라붙어 공성전을 벌여도 함락 가망성은 희박했다.

"각자 자신들이 맡은 성읍을 확실히 처리한 후, 약속된 날짜에 베이라 성 인근에 집결한 후 일제 공격을 하는 게 좋지 않겠습니까?"

"그게 가장 현실적이겠지요. 문제는 과연 날짜를 맞출 수가 있느냐 하는 거겠지만."

"용병대마다 최소한 두세 개 이상의 성을 함락해야 할 텐데, 집결 날짜는 언제로 하는 게 좋겠소?"

지휘관들은 하루라도 더 여유를 얻기 위해 열심히 떠들어대고 있을 때, 홉킨스가 손을 쓱 들며 제안했다.

"이렇게 사막 부족에게 여유를 줘서는 답이 없다고 생각하오. 특히 베이라 성은 적이 방심하고 있을 때, 기습하는 것 외에는 함락이 불가능할 테니까."

"하지만 뒤쪽에 있는 다른 성읍들을 그냥 놔두고 사막 깊숙이 들어간다는 건 자살행위나 마찬가지요. 분명 놈들은 우리의 후방을 적은 병력으로 치고 빠지는 게릴라 작전으로 휘저으며 괴롭힐 게 불 보듯 뻔하지 않소? 기본적인 보급로조차 제대로 확보하지 않고 전투에 들어갔다가 자칫 보급로가 끊어지면 본대는 그야말로 말라죽을 수밖에 없잖소!"

지휘관 중 한 명이 탁자를 거칠게 내리치며 분명한 반대 의사를 밝히자 홉킨스는 피식 웃으며 또 다른 의견을 내놓았다.

"그렇다면 베이라 성을 우리 용병단에서 단독으로 맡아도 되겠소? 차례로 성을 함락시키며 공격해 들어오는 것을 보고 베이라 놈들이 아직 여유가 있다고 방심하고 있을 때 기습하는 것만이 그나마 가능성이 있다고 나는 생각하오."

지휘관들은 홉킨스의 말에 일리가 있다는 것에는 거부감을 표시하지 않았다. 하지만 그들은 선뜻 홉킨스의 손을 들어주지 않았다. 베이라 성이 전체 용병단이 다 달려들어도 함락하기 힘들다는 건 분명하지만, 혹시라도 홉킨스의 작전대로 기습이 성공해 혼자서 부유한 베이라를 독식할지도 모른다는 질투심에 찬성하지 않고 있는 것이다.

"혹시 다른 용병단에서 이 임무를 맡으시겠다면 기꺼이 양보해 드릴 생각도 있소. 우리야 안전하게 수익을 올리는 것도 나쁘지 않으니 말이오. 그럴 생각이 있으신 용병단은 손을 들어주시길 바라오."

하지만 아무도 손을 들지 않았다. 그랬다가는 자신의 부하들만 거느리고 사막 속 깊은 곳까지 강행군해 들어가야 하기 때문이다. 만약 재수가 없어서 도중에 발각되기라도 한다면 전멸을 면키 힘들 것이다. 그리고 아무리 기습이라고는 하지만 소수의 병력만으로 베이라 같은 거대한 성을 자력으로만 점령해야 한다는 것도 위험부담이 너무 컸다.

"아무도 하지 않겠다면 내가 하겠소."

지휘관들은 홉킨스의 말에 입을 꾹 다문 채 이의를 제기하지 못했다. 홉킨스는 좌중을 쭉 둘러본 후 힘차게 외쳤다.

"아레스(Ares)의 은총이 함께하시길 빌겠소."

홉킨스의 선창에 모든 지휘관이 자리에서 벌떡 일어서며 따라 외쳤다.

"아레스의 은총이 함께하시길!"

작전대로 페가수스 용병단은 홀로 떨어져 사막 위를 빠른 속도로 진격 중이었다. 진격로 제일 선두에 4개 중대(1개 대대)를 50미터 간격으로 횡으로 배치했다. 그리고 각 중대별로 돌아가며 1개 소대씩 50미터 앞쪽에서 선행하도록 하였다. 제일 앞쪽에서 이동하는 선두 소대는 자신들의 이동로 앞 20미터 앞에 세 명의 미끼를 배치해서 전진시켰다. 세 명이라면 숨어있던 몬스터도 부담 없이 달려 나올 정도의 만만한 숫자다. 그렇게 달려 나온 몬스터는 뒤따라오고 있는 일곱 명의 병사들과 힘을 합쳐 토벌한다. 소대 규모로 토벌이 힘들 정도의 강력한 몬스터라면 그 뒤쪽에서 오고 있는 40여 명의 병사들이 달려와 함께 처리해 버리면 된다.

왜 이렇게까지 위험한 방법을 쓸 수밖에 없는가 하면, 주변에 포착되는 사람의 숫자가 너무 많으면 몬스터가 모래 속 깊은 곳으로 몸을 감춰버리기 때문이다. 사막 몬스터들은 치열한 약육강식을 통해 성장한 놈들이다. 그들은 사막에서 사냥감을 찾기 힘들다는 것을 잘 알고 있었다. 그러다 모처럼 엄청난 먹잇감을 찾아낸 경우, 모두가 보는 앞에서 한 놈을 잡아먹었다가는 나머지 다른 먹이들이 산산이 흩어져 도망쳐 버린다는 것을 경험을 통해 잘 알고 있었다. 그렇기에 슬며시 몸을 감추고 숨었다가 사냥감들의 후방에서 조용히 뒤따르며 한 마리씩 사냥을 하는 것이다.

이렇게 되면 후방에서 뒤따라오는 수송부대가 몬스터의 공격에 노출되게 되는 사태가 벌어진다. 그 때문에 전투 경험이 풍부한 전위부대에서 몬스터들을 꾀어내 모두 처리해 버리는 게 최선이었다. 이 모든 것이 사막 몬스터의 습성을 이용한 사냥법인 것이다.

$$* \qquad * \qquad *$$

아르티어스는 호위대와 함께 카일 대대장의 34대대에 배속되었다. 현재는 38대대가 최선두에서 이동하고 있었지만 다음은 브로마네스가 소속되어 있는 35대대가 앞으로 나갈 것이고, 그 다음은 34대대가 그 역할을 대신할 터였다. 선두에서 이동하는 것이 가장 피로도가 높기에 그렇게 번갈아 가며 순환 배치하는 것이다. 아르티어스는 대대 내에서도 가장 안전하다고 할 수 있는 카일 대대장 근처에 자리 잡고 있었다. 그의 임무는 대대장의 통신기였다.

해질녘 저 멀리 지평선에 아스라이 성 같은 게 보였다. 시뻘

젛게 타오르는 석양을 배경으로 솟아있는 작은 성은 뭐라 형언
하기 힘들 정도로 아름다웠다.

"조장, 저건 뭔가? 저기 보이는 저 성 말일세."

노마법사는 지금껏 사막에는 와본 적이 없었던 모양인지 뭔가
보일 때마다 신기하다는 듯 주위의 호위들에게 질문을 던져댔
다. 나이를 먹어 폭삭 늙은 외모와는 달리, 제자인 디겔보다도
훨씬 더 왕성한 호기심을 드러내고 있었다. 수많은 질문 세례에
귀찮을 법도 했지만, 질문을 받은 호위들은 성실히 대답을 해줬
다. 자신들이 존경하는 마법사이자 상관의 스승이었으니까.

"저건 붉은전갈 용병단이 자리 잡은 이래 전갈성이라고 불리
고 있는 성새도시입니다. 무역로에서 가장 가까운 위치에 있기
에 이렇듯 볼 수 있게 된 겁니다."

호위 조장의 설명을 들은 노마법사가 감탄사를 연신 터트렸다.

"허어, 붉은전갈 용병단의 규모가 아주 대단한 모양이구먼.
저런 커다란 성을 이런 불모의 대지에 건설한 걸 보면 말일세."

조장이 막 대답을 하려고 할 때, 갑자기 아르티어스가 끼어들
었다.

"아, 스승님께서는 이쪽 일에 대해서는 잘 모르시는 모양이군
요. 용병단 따위가 무슨 능력이 있어서 저런 성을 건설할 수 있
겠습니까. 알카사스 정규군에서 사용하다 전략적 필요성이 없
어져서 버려진 걸 차지하고 앉아있는 거죠."

아르티어스는 아주 간단하게 설명하고 넘어갔지만, 속사정은
꽤나 복잡했다. 저런 성채들은 공간이동 마법의 사용이 가능했

을 때는 알카사스 정규군에서 계속 사용했었다. 공간이동 마법을 통해 적군이 언제, 어떻게 기습을 해올지 알 수가 없었기 때문이다. 그러다가 공간이동 마법의 사용이 갑자기 불가능해졌다. 이때부터는 알카사스를 침공하려면 사막을 뚫고 행군해 들어오는 수밖에 없게 되었다. 대규모 병력이 이동하는 건 사막 위를 정기적으로 순찰하는 비룡정찰대의 눈을 절대 벗어날 수가 없다. 그리고 일반적인 보병들의 공격이라고 해봐야 타이탄을 보유한 기사단만으로 간단히 처리해 버릴 수 있기에 더 이상 성채에 대규모 병력을 주둔시켜둘 필요성이 없어져 버린 것이다.

아르티어스가 왜 이런 설명을 건너뛰었느냐 하면 지금 자신들이 가고 있는 곳이 공간이동 마법이 안 되는 즉, 유사시 탈출이 불가능한 지역이라는 걸 노마법사에게 알려주고 싶지 않았기 때문이다.

아르티어스의 눈으로 봤을 때, 노마법사는 고블린 사냥터를 쫓아 이리저리 뛰어다니다가 과로사했어야 했는데, 운 좋게도 빠져나가 목숨을 연장하고 있는 운 좋은 호비트일 뿐이었던 것이다. 그 강한 운이 얼마나 오랫동안 지속될지 지켜보는 것도 꽤나 흥미로웠다.

'제자들의 운을 몽땅 다 빨아먹었나? 운 좋은 영감 같으니라고…….'

아르티어스가 자신을 어떻게 보고 있는지 알 수가 없었던 노마법사는 감탄했다. 석양을 배경으로 하는 성이 너무나도 멋있었으니까.

"용병단이 저런 멋진 성을 가지고 있을 거라고는 상상도 하지 못했구먼."

"운이 좋았을 뿐이죠. 영주 쪽에서 저들이 이용하는 걸 그냥 묵인해 버렸거든요. 성 이용료 한 푼 받지 않고 말이죠. 영주 쪽도 다 생각이 있으니 모른 체하고 있는 겁니다. 붉은전갈 용병단이 저 성에 눌러앉아 있는 한, 자신들의 보급로 확보를 위해서라도 주변 몬스터들을 알아서 소탕할 게 아니겠습니까."

"허~, 그렇구먼."

대화를 하는 동안 서서히 해가 지평선 밑으로 내려갔고, 주위는 어둠으로 뒤덮이기 시작했다. 세상이 짙은 어둠으로 물든 후에야 노마법사의 입이 닫혔다. 사막이 주는 색다른 볼거리가 이제 더 이상 눈에 들어오지 않았으니까. 하지만 사막은 밤이 되어서도 아름다웠다. 희미한 달빛과 별빛이긴 했지만 주위를 살펴보는 데는 그리 큰 문제가 없었다.

모두들 별빛과 달빛에만 의지해서 걸어갈 뿐, 그 누구도 횃불을 밝히려고 하지 않았다. 사막 부족을 기습하러 가는 만큼, 위치를 노출시키지 않으려는 이유도 있었지만, 그 불빛을 보고 몬스터들이 반응을 한다는 이유도 있었다. 그렇게 되면 애써 진형을 짜서, 최선두 열이 미끼가 되어 행군하는 의미가 없어지는 것이다.

얼마나 이동했을까. 갑자기 저 앞쪽 먼 곳에서 작은 소란이 일어나긴 했지만, 뒤쪽으로 구원 요청을 위한 연락병이 달려오지 않는 걸 보면 그리 큰 문제는 아닌 듯했다. 얼마 지나지 않아 아르티어스 일행은 그 이유를 알 수 있었다. 몬스터가 한 마리 출현했던 것이다.

사막에 서식하는 몬스터는 물과 식량을 구하기 힘들다는 한계로 인해 대규모 집단을 이루는 게 불가능했다. 각 개체가 제아무리 강력하다고 해도 한두 마리 정도밖에 되지 않아서 제대로 된 능력을 과시하기도 전에 토벌당하기에 딱 좋았다.

좀 더 앞으로 나가자 용병 하나가 한 손에는 커다란 검을, 또 다른 한 손에는 커다란 뱀 대가리를 높이 들어 올린 채 광소하고 있는 게 보였다. 어둠 속이라 다른 사람들 눈에는 잘 보이지 않았지만, 드래곤인 아르티어스의 눈에는 희미하게나마 보였다.

"오오, 중대장님, 대단하십니다!"

"최곱니다!"

"으하하핫! 봤느냐! 이따위 것은 내 한칼감도 안 되지!"

부하들에 둘러싸여 칭송을 받고 잔뜩 흥분해 있는 사내. 밤이라 제대로 보이지는 않았지만, 아르티어스의 예민한 청각에는 그들의 목소리가 또렷하게 들려오고 있었다. 목소리만으로도 아르티어스는 중대장이라 불린 용병이 누군지 금방 알 수 있었다. 브로마네스였다.

"으이그~, 저렇게 나대고 싶을까?"

아르티어스의 투덜거림에 호위 조장이 힐끗 그를 쳐다봤지만, 더 이상의 말은 없었기에 다시 앞쪽으로 시선을 옮겼다. 그의 눈에는 아직 저 앞쪽에서 일어나고 있는 일들이 보이지 않았기 때문이다.

선두에서 전진하는 대열과의 거리가 200여 미터 정도밖에 떨어져 있지 않았기에 그들은 곧이어 방금 전에 무슨 일이 벌어진 것인지 알 수가 있었다. 길이 20미터는 족히 되어 보이는 엄청난 뱀이 대가리가 잘린 채 축 늘어져 있었던 것이다.

"바질리스크다!"

바질리스크는 사막을 대표하는 몬스터 중 하나로 길쭉한 유선형 몸통 덕분에 그 커다란 덩치를 모래 속에 완벽하게 숨길 수 있었다. 그 때문에 사람들은 완전 무방비 상태에서 기습당하는 경우가 많았다. 언제나 먹이 부족에 시달리는 사막 몬스터들은 최전방에서 걸어오는 미끼를 절대 놓치지 않는다. 병사 셋이 시야에 걸리자마자 먹잇감으로 착각하고 곧바로 달려들었던 모양이다.

물론 바질리스크가 용병들의 적수가 될 수는 없었지만, 300여 미터 정도 떨어져 있는 구원중대가 채 뒤따라오기도 전에 이미 목이 날아가 버린 건 분명 의외의 일이었다.

"바질리스크가 이렇게 빨리 제압 가능한 몬스터였나?"

"그럴 리가 있나. 그렉 크레스터 중대장이 제압한 거래."

"그렉 크레스터 중대장 몰라?"

"필마단기로 뚫고 들어가 붉은전갈 연대장의 목을 날려버린 그 중대장?"

"맞아. 크레스터 중대장이 저렇게 해놨대. 바질리스크가 모습을 보이자마자 순식간에 거리를 좁히더니 단칼에 목을 잘라버렸다는구만."

바질리스크가 성채가 되면 20미터쯤 자라 낙타조차 한입에 삼킬 정도로 엄청난 굵기가 된다. 도검으로도 상처를 내기 힘들 정도로 질긴 가죽도 문제였지만, 비늘과 뼈대는 강철처럼 단단했다. 그런 바질리스크를 혼자서 단칼에 토막을 내버리다니! 모두 경악할 수밖에 없었던 것이다.

"이봐, 거기서 잡담들 하지 말고 빨리 해체부터 해!"

대대장의 명령에 중대원들은 환호성을 내지르며 바질리스크를 향해 달려갔다.

"이야~! 오늘 식사는 바질리스크 고기다!"

"시작부터 운이 좋군. 사막에 들어선 첫날에 바질리스크를 잡다니!"

"오늘 배 터지게 한 번 먹어보자!"

생긴 것과 달리 바질리크스는 아주 맛있는 고급 식재료였다. 거기에다가 덩치가 엄청난 만큼 고기의 양도 아주 많았다. 용병들이 열광하지 않을 수 없었던 것이다. 하지만 아르티어스의 표정은 묘하게 일그러져 있었다. 뭔가 찜찜했던 것이다. 그가 예전에 유희를 했었던 경험에 비춰본다면, 바질리스크 같은 거물급 몬스터는 이렇게 사막 변두리까지 나오지 않는다. 그건 뭔가 사막 중심부에 문제가 생겼다는 뜻이다. 저런 거물조차 자신의 터전에서 쫓겨나 이런 변두리까지 밀려올 정도로.

＊　　＊　　＊

아르티어스는 승리의 열기가 식을 때까지 잠시 기다렸다가 브로마네스에게 살며시 통신을 보냈다. 곧이어 브로마네스의 유쾌한 음성이 들려왔다.

「흐흐, 내가 바질리스크 목 벤 거 봤냐?」

"내가 티 나는 행동 하지 말라고 했지?"

「뭐, 이 정도 가지고 티가 나겠냐? 그건 그렇고, 잔소리나 하려고 통신을 보낸 건가, 친구?」

"네가 준비해뒀다는 그래듀에이트는 지금 어디에 있냐?"

아르티어스의 질문에 브로마네스는 내심 뜨끔하지 않을 수 없었다. 그놈이 아르티어스를 만나게 되면, 자신의 장난질이 바로 들통날 게 뻔했으니까. 그것만이라면 또 모르겠지만, 만약에 그러다 녀석에게 자신이 아르티어스가 아니라 브로마네스였다는 게 알려진다면, 자칫 실버 패거리에게 자신의 이름이 전해질 수도 있는 것이다. 그걸 잘 알기에 브로마네스는 아르티어스가 녀석을 만나고 싶다는 걸 이리저리 핑계를 둘러대며 만나지 못하게 하고 있었다.

「걱정 마. 적당한 거리를 두고, 우리를 뒤따라오라고 지시해 뒀으니까」

"따라오라고 시켰다고?"

「그래. 그나저나 지금 난 바빠서 이만 끊어야 되겠어. 나중에 또 통화하자고」

"이봐…, 그러지 말고……."

통신이 갑자기 끊겨버렸다.

"이런 망할 녀석!"

브로마네스가 일방적으로 통신을 끊어버리자, 성질난 아르티어스는 주변을 색적 마법을 이용해 조심스럽게 살펴봤다. 하지만 이렇다 할 만한 기척은 발견되지 않았다. 상당히 조심성이 많은 놈인 모양이다. 좀 더 강력한 마법을 사용한다면 못 알아낼 건 아니지만, 아르티어스는 그만뒀다. 그러다 자칫 실버 드래곤 패거리 쪽에서 눈치를 챌 수 있기 때문이다.

'그리 멍청한 놈은 아닌 것 같아서 안심이 되긴 하는군. 하지만 저 멍청이가 추진해 놓은 일이라서 당최 믿음이 가야 말이지. 쯧쯧……'

엄마가 그랬어. 여자는 근육이라고

36

티투스 대사막의 암운

월터는 다이아나 일행과 동행하기로 결정한 후, 미끼로서 선행시키고 있었던 서부지부장을 돌려보냈다. 더 이상 낚시질이나 하고 있을 이유가 없었던 것이다. 아무래도 일전에 기습을 당했던 건 정보부 쪽 말대로 우연히 재수 없게 일어난 일이었던 모양이다.

낚시질을 그만둬야 했지만, 월터는 파벨은 돌려보내지 않았다. 다이아나에게 소개했듯 파벨은 서쪽 대륙 사정에 밝았고, 서쪽 대륙에서 주로 사용되고 있는 언어를 약간이나마 구사할 줄 알았기 때문이다. 물론 다이아나와 함께 온 상인들도 서쪽 대륙의 말을 알고 있었다. 하지만 그들이 제대로 된 통역을 해주고 있는지 확인해 줄 수 있는 사람이 있는 게 훨씬 안심이 되는 것이다. 그리고 월터가 직접 상인들을 고용한 것도 아니었기에 그들을 믿지 못한다는 점도 작용했고.

그들은 42일에 걸친 강행군 끝에 서쪽 대륙에 도착했다. 그들만이라면 좀 더 시간을 단축시킬 수 있었겠지만, 상인들과 함께 이동해야 했기에 그 이상의 시간 단축은 무리였다.

"드디어 도착했다!"

저 멀리 국경 검문소가 보이자 여자들은 두 손을 흔들며 환호했다. 사막을 건너오며 거의 씻지도 못했기 때문이다. 물론 여자들 중 두 명이나 마법사였기에 청결을 위한 간단한 생활마법을 구사할 수 있어 그리 더러운 몰골은 아니었지만, 그래도 기분이라는 게 있다. 우선 뜨뜻한 물에 몸을 담그고 오랜 여행에 지친 육체적, 정신적인 피로를 풀고 싶었다. 그리고 두 번째로는 맛있는 식사를 하고 싶었고, 세 번째로는 제대로 된 푹신한 침대에서 숙면을 취하고 싶었다.

그들은 검문소를 통과하자마자 곧장 근처 호텔로 달려가 방두 개를 잡았다. 하나는 월터를 위한 커다란 더블 침대가 놓여 있는 2인용 객실. 그리고 또 다른 하나는 여자들을 위한 특실이었다. 특실이 아니라면 욕실이 설치되어 있지 않다고 해서 어쩔 수 없이 특실을 선택한 것이다.

"일단 욕조에 물부터 채워주세요. 뜨거운 물로 가득!"

"예."

라디아가 종업원과 얘기하고 있을 때, 다이아나는 파벨을 향해 은근한 미소를 지으며 물었다.

"혹시…, 월터와 같은 방을 쓰고 싶은 건 아니지?"

현재 직속 상관인 월터의 의중을 몰라 파벨이 머뭇거리기만 할 뿐 시원한 대답을 하지 못하자, 다이아나는 월터에게로 시선을 돌려 입을 열었다.

"넓고 푹신한 침대에서 혼자 편히 쉬는 게 월터에게도 좋겠지? 그럼 파벨은 우리가 빌려 갈게."

월터는 고개까지 끄덕이며 흔쾌히 승낙했다.

"그래 주면 나야 고맙지. 오랜만에 혼자서 뒹굴거리며 잘 수 있겠네."

"우선 간단하게 목욕부터 하고, 그 다음에 밥 먹으러 가자."

"알았어. 그런데, 얼마나 기다려야 하지?"

"한 시간 후에 만나."

한 시간이나 기다려야 한다는 말에 월터의 얼굴이 살짝 일그러졌다. 사막을 건너오며 딱딱한 빵조각과 육포만 질리도록 먹어왔기에 이곳에서의 첫 식사를 무척 기대하고 있었기 때문이다.

"좀 더 빨리는 안돼?"

"우리 세 사람이 함께 들어가 목욕할 수 있는 것도 아니고, 더이상 빨리는 안돼."

목욕 후에 어떤 걸 먹으러 갈 건지를 두고 꺅꺅거리며 흥분해서 떠들고 있는 여자들을 월터는 도저히 이해할 수가 없다는 듯 바라봤다. 겨우 사막 하나 건넌 거 가지고 뭘 저리 호들갑을 떠는지……. 그래도 한 가지는 확실했다. 사막 횡단이라는 고난을 통해 여자들끼리의 결속력이 무척이나 높아졌다는 것 말이다. 그래서인지 처음에는 두 사람에게 말도 못 걸던 파벨도 꽤나 대화에 익숙해져 있는 상태였다.

여자들이 우르르 특실로 몰려갔다. 특실 문을 여니, 작은 복도가 나오고 방문 4개가 나란히 보였다. 제일 안쪽에 위치한 고급스러운 커다란 문이 메인 객실로 들어가는 문인 듯 보였다. 그리고 두 개는 고용인들이 사용할 작은 방의 문이었고, 나머지

하나가 욕실로 들어가는 문이었다.

여자들이 제일 먼저 열어본 건 욕실로 들어가는 문이었다. 그 래도 특실이었기에 나름 기대치라는 게 있었는데, 한 사람이 간 신히 발을 뻗고 앉을 수 있을 정도로 작은 욕조 하나와 요강 한 개가 덩그러니 놓여 있을 뿐이었다.

"에게~, 특실이라면서 이게 뭐야?"

실망감을 감추지 못하는 다이아나에게 라디아가 어깨를 으쓱 거리며 다독였다.

"사막에 붙어있는 국경지대 호텔 수준이 다 그렇지 뭐. 그래 도 따뜻한 물로 목욕을 할 수 있다는 게 얼마나 다행이야?"

"그건 그래."

욕실을 본 다이아나는 옷을 갈아입기 위해 복도 끝 제일 안쪽 의 방으로 들어갔다. 다이아나를 따라 방으로 들어가려는 라디 아를 향해 파벨이 조심스런 어조로 물었다.

"나는…, 어느 방을 쓰면 돼?"

"여기 두 개 중에서 아무거나 써. 둘 다 하인들을 위한 방이니 구조는 똑같을 거야."

"그럼 내가 바깥쪽 방을 쓸게."

"그렇게 해."

파벨은 일부러 바깥 출입문에 가까운 방을 선택했다. 모두들 그녀에게 잘해주고 있었지만, 그렇다고 해서 파벨이 자신의 신 분을 망각할 리 없었다. 일행 중에서 평민인 건 그녀 혼자뿐이 었으니까. 여기까지 함께 여행하며 다이아나와 라디아를 통해 얻어들은 단편적인 정보들을 종합해 보면, 라디아는 치레아 기사단 소속 마법사인 모양이다. 치레아 기사단의 명성으로 봤을 때, 그녀의 실력이 궁정마법사급일 거라는 건 어렵지 않게 유추해 볼 수 있었다. 그런 사람들과 편하게 대화를 주고받으며 여행을 할 수 있었다는 게 꿈만 같았다.

하인들을 위한 방은 정말 작았다. 작은 옷장 그리고 일인용 침대 두 개가 방의 대부분을 차지하고 있었다. 하지만 이 작은 공간이 오히려 그녀에게 안정감을 안겨주었다. 누구의 눈치조차 보지 않으며 이렇게 편안한 잠자리에 누워보는 게 얼마만 인지 기억도 나지 않는다.

상관의 갑작스러운 명령에 의해 시작된 전혀 예상치 못했던 여행. 그리고 끔찍하리만큼 힘겨웠던 사막 횡단은 사무실에서 주로 임무를 수행해 왔던 그녀에게 있어서는 고난 그 자체였다. 그나마 일행들이 격의 없이 편안하게 그녀를 대해줬기에 여기까지 어떻게든 참고 버티며 따라올 수 있었던 것이다.

파벨은 방에 들어서자마자 후드가 달린 검정색 로브를 벗어 맞은편 침대 위로 던졌다. 그리고 자신의 상체를 꽉 죄고 있던 가죽갑옷까지도 벗어던졌다. 그러자 숨통이 트이는 것만 같아 살 것 같았던 그녀는 침대 위에 벌렁 드러누웠다.

이때, 바깥문이 열리는 소리가 들리며 묵직한 발걸음 소리가 문 앞을 지나간다. 아마 욕조에 물을 넣으려고 온 종업원들의 발소리인 모양이다. 자신은 두 사람이 목욕을 마친 후에나 들어가게 될 테니 물은 거의 식어있을 것이다.

'두 사람이 목욕을 다 하려면 한참 기다려야 할 테니, 잠깐 눈 좀 붙일까?'

정말 오랜만에 가져보는 편안한 시간이다. 모두 자신에게 잘 대해 준다고는 하나, 의식 깊숙한 곳에서는 항상 긴장을 늦출 수 없었던 파벨이었다. 그런데 이렇게 혼자 있게 되니 그동안 쌓여왔던 긴장이 풀리며 사르르 잠이 쏟아지기 시작했다. 사막 횡단을, 그것도 강행군을 막 끝낸 자신의 몸은 극심한 피로를 호소해 오고 있었다. 여기까지 뒤처지지 않고 따라온 것만 해도 스스로를 칭찬해 주고 싶을 정도다. 이것도 다 강행군을 하는 와중에도 틈틈이 마법으로 신체를 강화하고, 피로를 풀어줬기 에 가능한 것이었지만 말이다.

깜빡 졸았던 모양이다. 갑자기 문이 벌컥 열리는 소리에 파벨 은 화들짝 놀라 잠에서 깼다. 반사적으로 벌떡 일어나려는 그녀 를 라디아가 제지했다.

"괜찮아. 그냥 편안히 누워있어."

그렇다고 누워있을 수만은 없었기에 파벨은 일단 침대에 걸 터앉았다. 그런 파벨을 라디아가 당혹스러운 듯한 눈길로 바라 보고 있었다.

"왜? 무슨 일 있어?"

"아, 아냐. 그동안 꽤 가까워졌다고 생각했었는데, 파벨에 대 해 아직도 너무 모르는 게 많다고 생각되어서 말이지. 이렇게 관능적인 옷차림을 좋아할 거라고는……."

파벨은 라디아의 시선을 따라 자신의 몸을 바라보았다. 그리고 파벨은 깨달았다. 자신이 로브는 물론이고, 가죽갑옷까지 다 벗어버렸다는 것을. 덕분에 파벨이 안에 입고 있었던 가죽옷이 적나라하게 드러나 있었다. 이 가죽옷은 정보부에서 미인계를 위해 특수 주문제작한 옷이었다. 정확히 말하자면, 그녀가 입고 있는 가죽옷이 그렇게 농염(濃艶)한 형태는 아니다. 너무 과도한 노출은 상대에게 오히려 경각심을 안겨줄 수 있기에 노출은 최소화하였다. 대신 고급스런 디자인에 은근히 몸매를 드러내도록 만들어 놓은 것이다.

하지만 문제는 이 옷이 그녀가 입기에는 치수가 좀 작다는 것. 그 때문에 은근한 강조가 조금 심한 강조로 바뀌어 있었다. 가죽 특유의 밀착감으로 인해 그녀의 몸매가 그대로 드러나 있었고, 가슴 윗부분은 터질 듯 솟아올라 있었다.

지금껏 함께 여행하며 로브를 외투 겸 이불 삼아 줄곧 껴입고 생활했었기에 안에 뭘 입고 있는지 보여주는 건 이번이 처음이다. 얼굴이 새빨갛게 달아오른 파벨이었지만 어쩔 수 없었다. 따로 챙겨온 옷이 없었기에 파벨은 그냥 뻔뻔하게 나가기로 마음을 먹었다.

"하… 하… 하…, 내가 좀 야했나?"

"흠, 조금이 아닌 것 같은데……."

라디아는 다 알겠다는 듯한 눈빛으로 쳐다보며 말을 이었다.

"몰랐어. 파벨이 월터를 유혹하기 위해 이렇게까지 노력하고 있는 줄은……."

"에? 그건 무슨 말씀……?"

당황한 탓에 존댓말이 입에서 튀어나오자 곧바로 엄한 질책이 가해진다.

"반말로 해."

"미안. 조심할게."

파벨이 황당해하건 말건 라디아는 계속 말을 이었다. 그녀가 봤을 때 앙큼하게도 시치미 떼는 것으로밖에 보이지 않았기 때문이다.

"하긴~, 저만한 남자 만나는 게 결코 쉬운 일은 아니지. 그것도 사막을 횡단하며 자연스럽게 두 사람이 가까워질 수도 있었을 텐데 말이야. 근데 이거 어떻게 하지? 기대 많이 했을 텐데, 본의 아니게 우리들이 끼어들어 훼방을 놓아버렸네."

라디아의 말에 파벨은 어떻게 대응을 해야 할지 고심을 할 수밖에 없었다. 상대방의 오해를 바로잡으려니 얘기가 복잡해진다. 월터를 유혹하기 위해 이런 옷을 입고 있다? 아니면 내 원래 취향이 이런 걸 좋아한다?

둘 다 아니었지만 지금 자신이 입고 있는 옷은 남자를 유혹하기 딱 좋은 그런 야시시한 옷이었으니까.

잠시 고심하던 파벨은 억지로 말도 안 되는 변명을 하느니 그냥 상대방이 오해하도록 놔두기로 하였다. 어차피 이번 임무만 끝나고 나면 더 이상 얼굴 볼 일 없을 테니까. 파벨은 최대한 평상심을 가장하며 입을 열었다. 하지만 파르르 눈가에 경련이 일어나고 있었다.

"그, 그렇게까지 방해된 건 아니니까 걱정 안 해도 돼."

"호호호, 그렇다면 다행이고. 참, 내가 온 용건은 파벨이 먼저 씻으라고. 레이디께선 뜨거운 물에 목욕하는 거 별로 안 좋아하시거든. 여기 특실을 일부러 잡으신 건 나를 위해서 그런 거지."

라디아가「레이디께선」이라는 말을 했지만 파벨은 감히 조심하라며 질책하지 못했다. 그저 상대방의 심기를 건드리지 않도록 조심스럽게 입을 열었다.

"라디아 먼저 씻어. 그다음에 내가 들어갈게."

"그래, 그럼 내가 먼저 씻을게."

"신경 써줘서 고마워."

"뭘, 우린 죽음의 사막을 함께 건너온 동료잖아."

그러면서 유쾌하게 웃으며 밖으로 나가는 라디아. 분명 방금 봤던 자신의 야한 옷에 대한 얘기가 다이아나의 귀에 들어갈 것이다. 물론 라디아가 더욱 자극적으로 살을 듬뿍 붙여서. 그리고 그 얘기는 다이아나를 통해 월터의 귀에까지 들어갈 게 뻔했다.

'젠장할. 앞으로 다른 사람 얼굴을 어떻게 보지?'

쥐구멍이라도 있다면 그 속에 머리통을 집어넣고 싶은 파벨이었다.

"모두들 빨리 나와. 배고파! 밥 먹으러 가자!"

마지막으로 목욕을 끝낸 다이아나가 준비를 끝내자마자 복도에서 외쳤다. 대공가 영애인 만큼 최고 품질의 가죽옷으로 몸을 감싸고 있다. 갑옷과 로브를 벗으면 좀 여성스런 몸매로 바뀌지 않을까 싶었지만, 기대와는 달리 오히려 옷에 감춰져 있던 근육질이 뚜렷이 드러나며 더욱 남성화되어 있었다. 그에 비해 황급히 방에서 뛰어나온 라디아나 파벨은 로브로 몸은 물론이고 얼굴까지도 가리고 있었다. 그녀들의 미모는 보자마자 마법사라는 걸 금방 알 수 있었기에 스스로 알아서 조심하는 것이다.

"안에 갑옷 입었어?"

라디아의 물음에 파벨은 기어들어 가는 목소리로 대답했다.

"응."

"여기는 호텔 안인데 갑갑하게 갑옷은 왜 입어? 이럴 때 월터에게 그 사랑스런 몸매를 보여줘야 할 거 아냐. 기다리고 있을 테니까 빨리 벗고 나와."

"계속 놀리면 나 화낼 거야!"

파벨이 분개한 척 해보지만, 그녀의 소심함을 라디아가 모를 리 없었다. 아마 한동안은 안에 입은 가죽옷으로 놀려댈 게 뻔했다.

"크크, 다음에 둘이서만 오붓이 즐길 수 있는 시간을 줄 수 있도록 노력해 볼게. 오늘은 사막을 횡단한 후 기념비적인 첫 식사니까 모두 함께 먹자고."

뒤따라가던 다이아나가 라디아에게 속삭이듯 물었다.

"둘이서만 오붓한 시간이라니, 그거 무슨 말이야?"

"아, 그런 게 있어. 셀리나는 몰라도 돼. 그건 그렇고 뭐, 맛있는 게 있으려나?"

"나는 맥주! 더울 때는 시원한 맥주가 최고지!"

그리고 그 뒤를 조마조마한 마음으로 따라가고 있는 파벨.

'아, 정말…….'

감히 신경질을 내진 못했지만, 그래도 다행이라면 이 자리에 월터가 없다는 것. 만약 월터 앞에서 라디아가 저런 소리를 하면 어떻게 해야 하지? 파벨로서는 고민스럽지 않을 수 없었다.

모두 함께하는 식사라고는 해도 같이 온 상인들과 용병들은 포함되지 않았다. 그들은 다이아나 월터의 진정한 신분을 아직 모르는 상태였다. 둘의 첫 격돌 때 두 사람이 보통 실력자가 아니라는 것을 알아보긴 했지만 거기까지였다. 두 사람의 신분 때문이라도 그들과는 일정한 거리를 유지할 수밖에 없었던 것이다.

오랜만에 제대로 된 식사를 하게 되었기에 모두 기대감에 부풀어 있었다. 기름진 음식과 향기로운 술을 잔뜩 시켜놓고 포식을 즐기기 시작했다. 사막을 건너오면서 먹은 것이라고는 바짝 마른 빵조각과 육포 조각, 그리고 말린 대추야자 열매가 전부였다. 그러니 제대로 된 음식을 먹고 싶어 안달이 날 수밖에 없었던 상황이었다.

"기가 막히군. 최고야. 이렇게 맛있을 수가……."

월터의 과장된 호들갑에 라디아가 새침한 어조로 반박했다.

"냉정하게 음식 맛을 평가한다면 그리 대단한 건 아니야. 지금까지 워낙 부실하게 먹었기에 이게 맛있게 느껴지는 것일 뿐이지."

"누가 들으면 사막 건너기 전에는 정말 맛있는 음식들만 먹고 살았는 줄 알겠다. 이거 꽤 맛있네."

그에 반해 다이아나는 식사가 꽤 마음에 든다는 듯 커다란 고깃덩이를 우적우적 씹어먹은 후, 맥주를 한 번에 들이켰다. 그러던 다이아나는 파벨을 힐끔 쳐다본 후 우려 섞인 질문을 던졌다. 다른 사람들과는 달리 그녀는 식사가 입에 맞지 않은 듯 깨작거리고 있었기 때문이다.

"파벨은 음식이 입에 안 맞아?"

음식은 맛있었다. 하지만 작금의 상황이…, 그것도 특히 라디아 때문에 식욕이 뚝 떨어진 상태였다. 하지만 그렇다고 곧이곧대로 말할 수는 없었기에 파벨은 월터의 눈치를 살짝 살피며 고개를 저었다.

"아, 아니. 맛있어."

"맛있다면서 그것밖에 안 먹어?"

"충분히 먹었어. 배불러."

"그렇게 새 모이만큼 적게 먹으니까 체력이 없는 거야. 봐, 라디아도 마법사인데 잘 먹잖아. 엄마가 그랬어. 여자는 근육이라고. 잘 먹어야 근육도 붙는 거야."

"마법사가 근육 키워서 뭐하게? 마법사라면 역시 두뇌지. 두뇌를 원활하게 움직이려면 에너지가 많이 필요하다는 건 상식이야. 그래서 우수한 마법사가 되려면 잘 먹어야 하는 거야."

설마 공작부인이 그런 무식한 말을 했으려고? 하지만 곧 주변국 요주의 인물 중 하나인 치레아 공작부인의 특징을 떠올릴 수 있었다. 오크 저리 가라 할 정도의 우람한 덩치…, 그렇다면 다이아나의 말은 거짓이 아닐 것이다. 순전히 그쪽 집안의 개인적

편견이라는 생각 밖에 들지 않았지만.

파벨은 아무런 대꾸도 하지 않고 식당 안을 휙 둘러보았다. 국경 마을에서 제일 큰 식당이라고 들었던 만큼, 꽤나 넓었고 손님도 많았다. 파벨이 아무리 살펴봐도 걱정스러운 얼굴로 쑤군거리는 사람은 하나도 보이지 않았다. 모두 식사를 즐기는 활기찬 얼굴로, 예상했던 전쟁의 기운이라고는 손톱만큼도 감지할 수 없었다.

'잘못 온 거 아닐까?'

그 개고생을 하면서 건너온 사막이다. 그런데 초장 분위기부터 우려를 느끼지 않을 수 없었다. 파벨은 자신의 느낌이 잘못된 것이기를 마음속으로 간절히 빌었다. 그렇지 않다면 여기까지 오느라 그 고생을 한 게 완전히 허사가 될 테니까.

처음에는 바짝 긴장해서 의심 어린 눈길로 이곳저곳을 정탐했지만, 아무리 봐도 의심스러운 점을 찾아낼 수가 없었다. 보내는 족족 첩자들이 행방불명된 곳이었건만, 서쪽 대륙의 분위기는 너무나도 평온했다.

"아무래도 잘못 짚은 거 같아."

월터의 말에 다이아나는 인상을 찡그렸다.

"잘못 짚었다니…, 그런 결론을 내린 이유를 알 수 있을까?"

"이런 말 하면 어떻게 생각할지 모르겠지만, 느낌이 그래. 느낌이."

월터가 이런 특수작전에 대한 경험이 많다는 것을 알고 있었지만, 조사한 시간이 너무 짧았기에 다이아나는 선뜻 그의 의견에 동조하기 힘들었다.

"느낌은 무슨? 겨우 2주일 정도밖에 정탐하지 않았는데 무슨 느낌 타령이야. 최소한 한 달은 조사해보고 그런 소리를 해야지. 게다가 우리는 아직 왕도 쪽은 둘러보지도 않은 상태잖아. 내일 바로 왕도로 떠나자고."

그때 지금껏 아무런 말도 없었던 파벨이 끼어들었다. 그동안 함께 지낸 것만 해도 벌써 2개월이 다 되어갔다. 덕분에 심약한 그녀 역시 자신의 의견을 타진할 수 있을 정도로 반말에 익숙해져 있었다.

"난 월터의 의견에 동감이야."

다이아나 일행은 첫 만남에 보여줬던 파벨의 어리숙한 모습에 월터와 같은 뛰어난 기사가 왜 저런 멍청한 계집을 데리고 다니나? 하는 의문을 지니고 있었다. 하지만 함께하는 시간이 흐를수록 그들은 월터가 파벨을 데리고 온 게 단지 마법 실력 때문이 아니라는 걸 알 수 있었다.

숫기 없는 파벨이 어렵게 말을 꺼낸 거라는 걸 잘 알고 있는 다이아나는 부드럽게 미소 지으며 물었다.

"설마, 파벨도 느낌이라고 얼버무릴 생각은 아니겠지? 그러면 나 진짜 실망할 거야."

살짝 비꼬며 놀리는 듯한 다이아나의 말투에 소심한 파벨은 어깨를 잔뜩 움츠렸다. 하지만 그게 아니라는 듯 그녀는 필사적으로 소리쳤다.

"아, 아닙니다. 레이디 다이아나."

"레이디 다이아나라고 부르지 말랬지?"

"죄, 죄송해요. 셀리나 님."

"존칭인 「요」나 「님」도 다 빼고. 이러면 함께 작전을 수행하기 힘들겠는데. 월터, 얘는 그냥 돌려보내지?"

"미, 미안, 셀리나."

다이아나의 얼굴에 희미한 미소가 떠오른다.

"그래. 그렇게 말하면 돼. 계속 말해 봐."

"아, 알다시피 내 전공은 정보 분석이야. 정보부에 입사한 이래 지금껏 그것만 해왔어."

그녀의 소심한 성격 탓에 정보 분석과 통신 외에 다른 일을 맡길 수가 없었기에 취해진 조치였지만, 그 덕분에 그녀는 정보 분석에 있어서만큼은 상당한 수준의 실력을 갖추게 되었다. 안 그래도 두뇌가 뛰어난 사람만이 마법사가 될 수 있는 만큼, 그녀의 분석력은 월터와 같은 사람 수십 명이 투입된다 해도 따라갈 수가 없는 수준이었다.

"외국에서 숨어들어오는 첩자들을 이렇게까지 확실하게 없애고 있는 걸 보면 뭔가 큰일을 벌이려고 한다는 건 알 수 있겠지? 그리고 그런 일이라면 전쟁 외에 뭐가 있을까? 이런 건 몇 군데만 집중적으로 조사해 보면 돼. 이곳의 용병길드, 몇몇 유력 상인들, 그리고 요충지에 위치한 성채나 요새에 주둔 중인 병력 상황……."

사막에 접해있는 국가들 중에서 동쪽 대륙으로의 침공을 획

책할 만큼 강대한 나라는 하나도 없었다. 있다면 그만한 능력을 지닌 대국이 사막에 접해있는 어떤 나라와 손을 잡은 거라고 봐야 할 것이다. 한 나라가 혼자 몰래 군사력을 비축하는 거라면 몰라도 여러 나라가 연합하게 되면 비밀유지는 몇 배나 어려워진다. 거기에 자국의 대규모 병력을 사막에 접해있는 다른 나라로 이동시키는 것이라면 비밀유지는 거의 불가능하다고 봐야 했다. 소국에서 대국의 대병력이 자국을 그냥 통과해 지나간다는 말을 믿어줄 리가 없기 때문이다. 당연히 뭔가 불협화음이 터져 나와야 정상인데, 이곳에는 그 어떤 위기감도 느껴지지 않고 있었다.

자신의 추론을 말한 파벨은 천천히, 하지만 힘있게 고개를 들어 다이아나를 바라보며 결론을 말했다.

"여기는 절대로 아니야."

그 말에 다이아나는 고개를 갸웃하며 물었다.

"여기가 아니라면 도대체 어디를 살펴보자는 거지?"

다이아나와 눈이 마주치자 파벨은 다시금 고개를 푹 숙이며 자신없는 어조로 중얼거렸다.

"도, 도시국가 연합⋯⋯."

다이아나는 힐끗 라디아 콜린스의 눈치를 살핀 후 입을 열었다. 똑똑한 그녀의 생각도 자신과 같은지 확인할 필요가 있었던 것이다. 마법사인 그녀가 자신보다 훨씬 머리가 잘 돌아간다는 건 다이아나도 인정하고 있었으니까.

"도시국가 연합을 살펴보자는 건 말이 안 된다고 생각하는데?

거기는 알카사스는 커녕, 무역로를 제압할 군사력조차 없어."

월터도 다이아나의 의견에 동감이었다. 그는 여기는 아니라고 판단했지만, 그렇다고 범인이 도시국가 연합일 거라고는 생각조차 하지 않았다.

"셀리나의 말이 맞아. 도시국가 연합 따위가 아무리 돈이 많다고 해도 대제국과 비등한 군사력을 키운다는 건 말도 안 되지."

두 사람의 반대 의견에도 파벨은 기어들어 가는 목소리였지만 자신의 생각을 굽히지 않았다.

"그래도 살펴볼 만한 곳은 거기뿐이라고 생각해."

"그렇게까지 생각하는 이유는?"

쏘아붙이듯 튀어나온 다이아나의 질문에 파벨은 한동안 대답하지 못했다. 하지만 마냥 대답을 하지 않고 버틸 수는 없었기에 그녀는 조심스러운 목소리로 대답했다.

"거기에는 항구가 있기 때문이야."

항구라는 말에 가장 먼저 반응한 건 라디아였다. 그녀는 주먹을 꽉 움켜쥐며 외쳤다.

"그래! 항구를 생각하지 못했네. 항구를 통해서라면 대규모 병력은 물론이고, 그들이 필요로 하는 막대한 양의 전쟁 물자를 손쉽게 수송할 수 있지. 그것도 주변에 그 어떤 흔적도 남기지 않고 말이야."

하지만 월터는 파벨의 의견에 찬성할 수가 없었다.

"그건 말도 안 되는 추측이야, 파벨. 남쪽 바다는 드래곤이 설치는 탓에 병력 이동이 아예 불가능해."

월터의 반박에 대신 대답해 준 것은 라디아였다.

"월터의 말도 맞긴 해. 하지만 그건 서쪽 대륙의 국가가 도시국가를 침공하기 위해 병력을 움직일 때의 일이지. 만약 그 침공 세력이 도시국가들이라면 어떻게 될 것 같아?"

그 말에 월터는 고개를 갸웃하며 되물었다. 거기까지는 생각해 보지 않았기 때문이다.

"그게 무슨 말이지?"

"도시국가들이 주가 되고, 서쪽의 몇몇 나라들이 그들을 도와 지원군을 파견해주는 경우를 말하는 거야. 이렇게 되면 드래곤이 간섭할 가능성이 없어지지. 그들은 도시국가들과 한편이니까."

떨떠름한 표정으로 라디아의 말을 듣고 있던 월터가 고개를 살짝 가로저으며 말했다.

"그럴듯하긴 한데, 라디아가 미처 생각하지 못한 게 몇 가지 있어. 우선 드래곤 탓에 알카사스가 마음껏 군사력을 투입할 수 없는 건 사실이야. 하지만 무역로를 통째로 뺏기게 된 상황에서도 가만히 있을 거라고 생각해? 도시국가들이 아무리 많은 부를 축적했다고 해도 알카사스에 비할 수는 없어. 그들이 드래곤에게 1톤의 황금을 줬다면, 알카사스는 그 열 배, 아니 백배라도 건네줄 능력을 가지고 있거든."

잠시 말을 멈춘 월터는 자신의 생각을 정리한 뒤 다시 입을 열었다.

"드래곤만 눈감아준다면 알카사스의 전력은 도시국가 따위는 하루아침에 잿더미로 만들어버릴 수 있어. 설혹 도시국가 연합이 어떻게 줄타기를 잘해서 무역로를 삼키는 데 성공했다고 해도 끌어들인 외세에 역으로 잡아먹힐 가능성이 다분하지. 알카사스를 제압할 정도의 능력을 지닌 외세를 도시국가 연합이 통제할 수 있다는 건 말도 안 되거든. 그건 도시국가의 지도자들도 잘 알고 있는 사실이야."

"그래서 월터는 도시국가 연합이 이 일과 무관할 거라고 생각하고 있는 거로군."

월터는 고개를 끄덕였지만 다이아나는 그렇지 않았다.

"월터의 말도 일리는 있지만, 도시국가들 외에 딱히 의심이 가는 국가도 없는 만큼 지금은 파벨의 의견대로 도시국가를 살펴보도록 하자."

다이아나의 제안에 라디아도 찬성했다.

"나도 파벨의 의견에 전적으로 찬성이야."

"월터의 생각은 어때?"

모두의 시선이 월터에게로 쏠렸다. 분명 도시국가로 가는 게 헛걸음일 거라고 생각하긴 했지만, 다이아나까지 이렇게 나오니 월터로서도 더 이상 반대를 하기도 그랬다. 게다가 다른 뚜렷한 대안도 없었고 말이다. 월터는 씁쓸한 미소를 지으며 퉁명스럽게 말했다.

"삼 대 일이니 어쩔 수 없지. 그래, 도시국가로 가자, 가!"

또다시 마왕이 강림한 건가?

36

티투스 대사막의 암운

월터 일행은 지금껏 다이아나를 따라 함께 이동하고 있던 상인들과 헤어졌다. 그들과 함께 이동하는 게 별 득이 없다고 판단했기 때문이다. 하루라도 빨리 도시국가에 도착해서 분위기를 살펴보고 싶은데, 상인들과 함께 이동해서는 시간이 너무 많이 걸리게 된다.

월터 일행은 준비를 마치자마자, 곧바로 도시국가 연합을 향해 출발했다. 마음이 급하긴 했지만, 사막을 통과할 때와 달리 이번에는 경로상에 있는 모든 오아시스 성읍들에 들리기로 했다. 전에는 물과 식량을 보충할 때 외에는 오아시스 성읍에 들리지도 않았으며, 설혹 들렸다 하더라도 보충이 끝나는 즉시 출발했었다. 그 때문에 사막 부족들의 분위기가 어떤지 전혀 알 수가 없었다.

자신들이 뭘 놓치고 있는지 깨달은 이상, 똑같은 실수를 되풀이할 수는 없다. 그랬기에 아직 식량과 물이 충분한데도 불구하고 사막 위에 조성되어 있는 성읍이 보이자마자 월터 일행은 그쪽으로 달려갔다. 사막 중심부에 비해 물과 풀이 풍부한 지역인 만큼, 무역로에 위치해 있는 성읍에 비할 수는 없었지만 그래도 규모가 꽤 커 보였다.

성벽 밖에 외지인을 위한 숙소가 지어져 있는 것도 보였다. 다른 나라와 달리 여행객들을 위한 숙소가 성밖에 지어져 있는 이유는, 가급적 외지인을 성안으로 들이고 싶지 않기 때문이다. 상단인 줄 알았는데, 나중에 알고 보니 도적떼일 수도 있지 않는가. 그렇기에 이렇듯 숙소를 밖에 지어두고, 성벽 안으로 들어오고 싶은 사람이나 가축은 그 숫자만큼의 통행세를 받았다. 그리고 특별한 일이 없는 한 성 안으로 들어온 외지인은 어두워지기 전에 다시 성 밖으로 나가야만 했다.

여행객들 입장에서도 성 밖이긴 해도 시원한 잠자리를 제공받을 수 있었기에 그다지 불만은 없었다. 특별한 일이 없는 한, 사막을 횡단하는 여행객들은 뜨거운 햇볕을 피해 밤에 이동하고 낮에 쉰다. 구덩이를 파던지, 천막을 치던지 해서 노숙을 하는 것에 비한다면 이건 호화로운 잠자리라고 봐야 했다. 그리고 필요하면 성안에 들어가서 물품을 구입할 수도 있는 데다, 만약 위급한 일이 생기면 성안으로 들어가 주민들과 함께 싸우거나, 설혹 그들이 받아주지 않는다고 하더라도 성을 의지해서 싸우면 된다. 그 정도만 해도 충분히 이익인 것이다.

이전에 사막을 통과했을 때는 상인들만 보급을 위해 성 안으로 들어갔을 뿐, 월터 일행은 성 밖 숙소에서 휴식을 취했었다. 그 때문에 성내의 분위기가 어떤지 살펴볼 수가 없었다. 하지만 이번에는 일부러 성 안으로 들어갔다.

파벨이 원주민들의 말을 할 줄 알았기에, 그녀에게 안내를 맡졌다. 성문은 커다란 마차가 들어갈 때만 큰 대문을 열고, 평상시에는 옆에 있는 작은 쪽문만을 열어둔다. 쪽문을 통과하면서 보니, 성벽 두께가 4미터는 족히 되었다. 이 정도라면 비록 진흙 벽돌로 만들긴 했지만, 어지간한 몬스터의 공격쯤은 충분히 버틸 수 있을 것으로 보였다.

밖에서 봤을 때는 몰랐는데, 안으로 들어와 보니 지금껏 그들이 봐왔던 성읍과는 완전히 다른 형태라는 것을 알 수 있었다. 모든 건물이 성벽에 바짝 붙어 지어져 있다. 이건 성벽을 강화하는 효과도 있을뿐더러, 이로 인해 중앙에 생긴 넓은 광장에 가축들을 보관할 수 있었기에 이런 형태로 성을 건설한 것 같았다. 지금껏 보지 못했던 색다른 주거 형식에 모두가 호기심 어린 눈길로 주위를 둘러본다.

그들 일행은 현지 상인을 찾아 식량과 물품들을 구입한 뒤 은근슬쩍 주변 분위기는 어떤지 물어봤다.

"급한 일정이 아니시라면 몬스터의 준동이 좀 잦아진 후에 떠나시길 권합니다. 요즘 들어 워낙 몬스터들의 습격이 심해져서……."

상인의 말로는 며칠 전에도 양떼를 끌고 나갔던 사람 하나가 돌아오지 못했다는 것이다. 양떼를 몰고 나간 주변을 샅샅이 뒤졌지만, 결국 그 사람을 찾지 못했다고 한다. 대신 그가 끌고 나갔던 숫자의 1/3 정도의 양떼만을 찾았을 뿐이다. 여기저기 흩어져 있는 양떼, 그리고 남아있는 흔적으로 미뤄보아 바위도마뱀의 습격을 받은 것 같다고 했다.

움직이지 않고 가만히 있으면 마치 바위처럼 보인다고 해서 바위도마뱀이라 불리는 이 무시무시한 몬스터는 엄청난 덩치를 지닌 괴수였다. 마을 하나 정도는 간단히 먹어 치울 정도다. 그런 괴수가 성읍 주위에 나타났는데도 아직 사람 하나 실종된 피해만으로 끝났다는 건 정말 천행이라고 할 수 있었다.

"여기는 사막 변두린데도 바위도마뱀 같은 몬스터가 출몰하는 모양이죠?"

"예전에는 그렇지 않았죠. 그런데 요 근래는 간혹 나타나고 있기에 모두들 경계에 만전을 기하고 있는 중 입니다."

그나마 다행인 건 사막지역의 몬스터는 수십, 수백씩 떼를 지어 습격해 오지는 않는다는 점이다. 식량 부족으로 인해 무리를 늘리는 데 한계가 있기 때문이다.

"그래도 어쩔 수 없습니다. 납품해야 할 기일이 촉박해서 말이죠."

"아무리 그래도 목숨만 하겠습니까?"

월터는 상인에게 고마움을 표시한 뒤, 또 다른 현지인 몇 명과 대화를 나눠보았다. 그런데 그들이 하는 말은 거의 비슷했다. 모두 급한 일이 아니라면 어느 정도 상황이 안정된 후에 사막을 건너라는 거였다. 그 외에는 월터 일행의 흥미를 끌 만한 정보는 없었다.

*　　*　　*

페가수스 용병단과 함께 행군하던 아르티어스는 문득 이상한 기운을 느낀 뒤 고개를 갸웃하며 사막 저쪽 지평선을 향해 시선을 던졌다. 느껴져서는 안 될 기운을 느낀 것이다. 부정(不淨)한 기운. 예전에 대마왕 크로네티오가 지배하던 크라레스에서 느껴지던 기운하고는 또 다르다. 크로네티오의 기운이 보다 사악하고 패도적이었다면, 사막 저편에서 느껴지는 기운은 뭔가 암울하면서도 끈적한 불쾌감을 더하고 있었다.

'또다시 마왕이 강림(降臨)한 건가?' 하는 생각도 들었지만, 아르티어스는 곧바로 고개를 가로저었다. 마왕급이 지상에 강림한다는 게 그리 쉬운 게 아니라는 것을 잘 알기 때문이다. 대마왕급이었던 크로네티오가 강림하는 데 성공한 지 얼마나 됐다고 또 다른 마왕이 강림할 수가 있겠는가. 확률적으로도 말이 안 되는 것이다. 그리고 이곳 티투스 대사막은 드래곤 중에서도 최강이라는 실버 일족의 입김이 강한 지역이다. 설혹 마왕이 몰래 강림하는 데 성공했다손 치더라도, 실버 일족이 그놈을 그냥 놔둘 리가 없었다.

'그렇다면 이건 뭐지? 늪지대도 아니고, 사막지대에서 이런 부정한 기운이 생긴다는 얘기는 지금껏 들어본 적이 없는데······.'

아르티어스는 슬쩍 고개를 돌려 신관의 눈치를 살폈다. 이런 부정한 기운을 파악하는 건 신관의 전문 분야였기 때문이다. 하지만 용병단에 소속된 신관들의 등급이 낮아서 그런지, 자신이 느낀 부정한 기운을 감지한 신관은 없는 듯 보였다.

아르티어스는 곧바로 브로마네스를 호출했다.

"통신 괜찮냐?"

「아, 괜찮아. 이 시간에 통신이라니…, 무슨 일인데 그래?」

"너, 남쪽에서 이상한 기운 느끼지 못했냐? 아주 끈적하면서도 불쾌하기 짝이 없는…….."

걱정스런 아르티어스에 비해 브로마네스는 별것 아니라는 듯 쾌활하게 대답했다.

「난 또 뭐라고. 아마 사막폭풍에 동물들이 떼 몰살이라도 당한 거겠지. 원래 그런 죽음의 기운은 이런 사막하고 잘 어울리는 거잖아」

"그렇긴 한데……. 하지만 늪지대도 아니고, 이렇게 건조한 사막에서 장기(瘴氣)라니, 말이 안 되잖아?"

「쯧쯧, 자네가 걱정할 거 없다네, 친구. 저 남쪽 바다는 실버 놈들의 영역이야. 뭔가 이상한 게 생겼다면 그놈들이 가만히 놔뒀겠나? 딴 건 몰라도 자신들의 영역을 침범당하는 건 절대로 못 참는, 속 좁은 놈들인데 말이지」

"그건 그렇지만……."

「아, 바위도마뱀이다. 흐흐, 호비트 몸이다 보니 제법 사냥할 맛이 나겠는데? 엄청 크네! 친구, 나중에 얘기하세. 내가 지금 바빠서……」

'에구, 멍청한 놈. 이제 갓 유희에 나선 어린놈도 아니면서, 바위도마뱀 따위에 저렇게 정신을 못 차리다니…….'

속으로 투덜거리기는 했지만, 아르티어스는 브로마네스의 의견이 맞다고 생각했다. 사실, 자신도 그렇게 생각하고 있었으니까. 하지만 그러면서도 찜찜한 마음은 가시지를 않았다.

*   *   *

"타이탄을 수령해 왔습니다, 조장님."

창고에 보관되어 있던 훈련용 저급 타이탄을 부조장인 에릭 라이너가 수령해 온 모양이다.

"타이탄의 등급은?"

"카투사요. 그것밖에 없답니다."

"젠장, 좀 괜찮은 타이탄으로 배정해 달라고 그렇게 신신당부했거늘……."

라이놀 페리가 짜증을 내는 건, 보급창에 있는 타이탄들 중에서 카투사급이 가장 덩치가 작은 것이었기 때문이다. 검에 뜻을 둔 사내치고 타이탄에 로망이 없는 사람은 없다. 그걸 잘 알고 있기에 라이놀은 라이에게 타이탄에 탑승할 수 있는 기회를 주어, 은혜를 베풀려고 했던 것이다. 이왕 은혜를 베풀 거면 보다 강한 인상을 심어주는 게 좋을 것 같아 최대한 큰 걸 달라고 보급창 관리에게 부탁해 놨었다. 그런데 그사이 어떤 놈인지 먼저 가져가 버린 모양이다.

"어쩔 수 없지. 꺼내놔 봐."

조장 라이놀과 부조장 에릭이 대화하는 것을 옆에서 듣고 있던 라이는 궁금함을 참지 못하고 선배 조원인 알렌에게 물었다. 알렌이 323정찰조에서 가장 지위가 낮은 조원이었기에 모르는 게 있으면 그에게 도움을 청하고 있었다.

"알렌 선배, 타이탄도 빌려올 수 있습니까?"

"당연하지. 기사단의 모든 기사들에게 타이탄을 다 지급할 수는 없으니, 이런 식으로 돌려가며 훈련을 시키는 거야. 사실 타이탄 훈련은 말로 가르쳐 줄 수 있는 것도 아니고 말이야."

알렌은 신성 아르곤 제국을 제외한 대부분의 국가에서 이런 방식으로 타이탄 훈련을 시킨다고 했다. 아르곤의 경우는 타이탄이 워낙 귀하기에 창고에 보관해 둘 만한 여분이 없었다. 그래서 아예 교도기사단(教導騎士團)이라는 걸 조직한 뒤 그곳에 저급 타이탄을 집중 배치해 아직 타이탄을 배정받지 못한 고참 성기사들을 교육시킨다고 한다.

"나와라!"

에릭의 명령에 따라 갑자기 공간이 갈라지며 거대한 금속거인이 모습을 드러냈다. 등장부터가 라이의 상상을 초월하는 것이었다. 저런 거대한 강철구조물이 허공에서 갑자기 튀어나올 거라고는 상상조차 하지 못했다.

난생처음 보는 타이탄은 엄청난 위압감을 라이에게 안겨줬다. 어지간한 집 높이의 타이탄은 고개를 한껏 뒤로 젖혀야 두부(頭部)가 보일 정도로 컸으며, 두꺼운 갑주로 중무장한 두툼한 덩치로 인해 훨씬 더욱 크게 느껴졌다. 몸통이 엄청 굵고 두꺼운 데 비해 다리는 짧고 팔이 좀 길다. 완벽한 고릴라형 체형이다. 오른손에는 검을, 왼손에는 커다란 원형 방패를 쥐고 있었는데 방금 만들어진 것처럼 깨끗했고 작은 흠집조차 없이 반

들거린다.

갑작스럽게 나타난 타이탄에 두 눈이 휘둥그레져서는 입을 떡 벌리고 있는 라이를 보며 라이놀은 씨익 미소 지었다. 라이의 표정을 보니 굳이 더 큰 타이탄을 빌려올 필요까지는 없었던 것 같았으니까.

"어때? 타이탄을 처음 보는 감상은?"

"정말 굉장합니다. 이렇게 멋있는 건 처음 봤어요."

"그렇게 홀린 듯 바라보는데 미안한 말이지만, 이건 정말 오래된 퇴물 타이탄이야. 보급창에 보관되어 있는 것들 중에서 가장 등급이 낮은 녀석이지."

퇴물 타이탄이라는 말에 라이는 믿을 수가 없었다.

"이게 퇴물이라고요?"

"그래. 이 카투사급 타이탄은 사백 년쯤 전에 생산된 거야."

"와아~, 사백 년 전? 어떻게 그럴 수가 있죠? 완전 새것처럼 보이는데……."

"그건 당연하지. 타이탄은 자가수복이 가능해. 타이탄의 생명의 핵심은 좌석 밑에 위치해 있는 마법엔진 엑스시온이야. 엑스시온은 깨어나는 그 순간 본체의 형태를 기억한다고 해. 그렇기에 아무리 세월이 흘러도, 또 전장에서 타이탄의 일부분이 파손되더라도 엑스시온만 멀쩡하다면 처음 만들었던 그 모습으로 돌아갈 수가 있는 거지."

"세상에……."

"타이탄은 지금에 이르기까지 수많은 형태로 만들어지고 발전해 왔지. 카투사급은 초기 형태의 타이탄 중 하나야. 출력이 0.3 정도 밖에 안 되지만, 덩치가 아주 작고 가볍게 만들어져 있기에 꽤 빠른 속도를 낼 수 있지. 그 때문에 폐기되지 않고 살아남아 훈련용으로 사용되고 있는 거지만 말이야."

라이는 어이가 없었다. 거의 4미터는 족히 되어 보이는데……

"이게…, 덩치가 작은 거라고요?"

"출력 1.0, 어깨까지의 높이 5미터, 무장을 뺀 본체 무게 80톤을 기본형으로 인정하기 시작한 게 이미 200년도 더 됐어. 각 국가가 자랑하는 고성능 타이탄은 그보다 훨씬 더 커. 근위 타이탄인 카오스급은 어깨높이 5.5미터, 출력 1.7, 전투중량이 100톤이나 되는 괴물이라고 들었지. 그런 카오스에 비하면 카투사는 난쟁이나 다름없지."

라이놀의 설명에 라이는 고개를 갸웃하며 물었다.

"다른 건 대충 알아듣겠는데, 출력이라는 건 무슨 말씀이신지 잘……?"

"아, 예전에는 엑스시온이 증폭해낼 수 있는 순수한 출력으로 그 성능을 표시했던 적도 있었다고 해. 하지만 마법사도 아닌 사람들이 평균 출력 몇천만 기간트라, 순간 출력 몇백억 기간트라니 해봐야 알아들을 수 있을 리 없잖아. 그래서 엑스시온의 표준 출력이란 걸 정의한 거지. 방금 전에 말했던 어깨높이 5미터, 무게 80톤의 타이탄을 탑승자가 움직일 수 있는 동급의 속도까지 가속할 수 있는 출력을 내는 걸 1.0으로 하자고 말이야. 그 이후로 모두들 그러려니 하면서 이 단위를 쓰고 있는 중이야. 마법에 대해서 전혀 몰라도 대충 알아들을 수 있거든. 1.0 출력이면서 무게가 100톤이라면 느리겠구나. 그 반대로 70톤이면 빠르겠네 하는 식으로. 알겠냐?"

"예. 그건 이해가 갑니다. 그런데, 저 덩치가 탑승자하고 비슷한 속도로 움직인다고요?"

라이는 경악했다. 마나를 운용할 수 있게 된 후, 그가 움직일 수 있는 속도는 엄청나게 빨라졌다. 그런 엄청난 속도를 저 강철덩어리가 낼 수 있다니. 정말 상상이 가지를 않았다.

"그 정도 속도도 내지 못해서야 어떻게 타이탄이 전장의 최종 병기 소리를 들을 수 있겠나? 타이탄의 표면을 잘 봐봐. 희미하긴 하지만 뭔가 울퉁불퉁한 그림을 그려놓은 것 같은 게 보이지?"

"예."

"그게 대마법주문(對魔法呪文)이거든. 엑스시온과 연동되어 타이탄을 마법으로부터 지켜주기에 마법으로는 타이탄을 파괴할 수가 없게 되는 거지. 타이탄은 오로지 타이탄으로밖에 상대할 수 없어. 그 때문에 성능이 떨어지는 저런 타이탄들은 보다 높은 성능의 타이탄이 개발될 때마다 몽땅 다 녹여서 재생산될 수밖에 없는 거고 말이야. 타이탄 한 기에 들어가는 귀금속 양이 워낙에 엄청나다 보니, 재활용을 안 할래야 안 할 수가 없거든."

라이는 수긍할 수밖에 없었다. 타이탄 안에 얼마나 많은 귀금속이 들어가는지는 알지 못한다. 하지만 겉에 보이는 저 쇳덩이만 녹여도 수없이 많은 무기와 갑옷을 만들 수 있을 거라는 건

안다.

"그럴 수밖에 없겠네요."

"그런 이유 때문에 이런 저급 타이탄은 세상에 거의 남아있지 않지. 문제는 우리들 같이 개인용 타이탄을 지급받지 못한 기사들에게 있어. 타이탄과의 계약은 그리 쉽게 계약과 해지를 번복할 수 있는 게 아니야. 그렇다 보니 다른 사람의 타이탄을 빌려서 쓸 수도 없고, 저런 저급 타이탄은 아무나 주종계약을 맺어주긴 하는데 급이 떨어진다고 몽땅 다 용광로 속으로 들어가 버리고……. 그나마 우리나라나 되니까 저런 타이탄을 다수 창고 안에 보관해 두고 훈련용으로 쓰는 거야."

"그렇군요."

"저 녀석을 포함해서 총 17기가 창고에 보관되어 있긴 하지만, 훈련을 하려면 여간 경쟁이 치열한 게 아니야. 제도 주변에 있는 모든 기사단이 공용으로 쓰는 거니까 말이지. 내가 너 때문에 저 녀석 빌려 온다고 꽤나 고생했으니 감사하게 생각하라구."

라이놀은 라이의 어깨를 툭 치며 말했다.

"설명은 여기까지 하고, 직접 탑승을 해보자. 그게 이해가 빠를 테니까."

고개를 돌린 라이놀은 에릭에게 지시했다.

"주종관계를 해제해."

그러자 에릭은 타이탄을 향해 말했다.

"쟈디렌, 주종관계를 해제하고 싶다."

"……."

라이는 기대감을 안고 귀를 바짝 곤두세웠지만 들리는 건 아무것도 없었다. 하기야 저런 강철덩어리가 말을 한다는 게 말이 되지 않는 것이다. 한순간 기대한 자신이 멍청하게만 느껴졌다. 바로 그때, 라이놀의 목소리가 들려왔다.

"라이, 이번에는 자네가 쟈디렌에게 말해봐. 주종계약을 맺고 싶다고 말이야."

"제가 말입니까?"

"당연하지. 이제 슬슬 자네한테도 타이탄에 대한 교육이 필요한 시점이 아닐까 해서 빌려 온 거야. 자, 어서 해봐."

라이놀의 말에 라이는 감격하지 않을 수 없었다. 자신을 위해서 이렇게까지 신경을 써주다니. 그런 마음이 있었기에 라이는 상관의 지시에 따라 강철 인형에 대고 말을 걸 수 있었다. 물론 속으로는 쇳덩어리에 대고 이게 뭐 하는 짓인가 싶긴 했지만.

"쟈디렌, 너하고 주종계약을 맺고 싶다."

전혀 기대하지 않았지만, 놀랍게도 이번에는 강철인형으로부터 대답이 들려왔다.

「이제부터 그대와 나는 태고적부터 내려오는 그렘의 맹약에 따라 주종이 되었다. 내 이름은 쟈디렌이다. 그대의 이름은?」

사람의 목소리와는 다른 독특한 음색이었는데, 꽤나 큰 소리였다. 방금 전에 에릭과 나누는 목소리를 듣지 못했다는 게 믿어지지 않을 정도로 굉장히 큰. 그렇다면 타이탄의 목소리는 계약을 맺는 당사자인 자신의 귀에만 들리는 것일 거라고 라이는 생각했다. 감정이 배제된 거친 쇳소리와 같은 목소리였지만, 저 강철인형이 말을 했다는 것 그거 하나만으로도 그저 감격해하는 라이였다.

"내 이름은 라이, 라이 위너스야. 잘 부탁해."

계약을 위한 이름을 말하면서 라이는 이곳 기사단에서 새로운 신분증을 만들 때 자신의 진명으로 한 게 정말 다행이라고 생각했다. 만약 라이 로티넨이나, 아니면 촌장 아들 이름으로 했다면 어쩔 뻔했겠는가.

하지만 곧이어 그게 아닐지도 모른다는 생각이 문득 들었다. 방금 전에 타이탄이 말했던 말의 어순이 좀 이상했다는 게 떠올랐던 것이다. 타이탄은 먼저 주종관계가 성립되었다는 걸 선포했다. 그런 다음 자신의 이름을 알려주고, 주인이 될 사람의 이름을 물었다. 어쩌면 이름 따위는 주종계약에 있어서 아무런 상관이 없는 것인지도 모른다.

주종관계를 맺자 라이놀이 옆에서 말했다.

"타이탄과 계약을 맺은 후에는 공간의 저편에서 기다리고 있으라고 했다가 필요할 때만 불러내서 사용할 수 있지. 그건 정말 편리해. 그게 아니라면 이 엄청난 덩치를 운반하는 것도 보통 일이 아닐 테니 말이야. 저렇게 작아 보여도 중량은 엄청 무겁거든? 마차 같은 걸로는 어림도 없지."

"정말 신기하네요. 그런데, 이런 대단한 타이탄과의 계약치고는 너무 어설픈 거 아닙니까? 겨우 말 몇 마디로 계약이 이뤄진다니 허탈하기도 하고……."

라이의 말에 라이놀은 큰 소리로 웃음을 터트리며 말했다.

"하하핫, 원래 타이탄과의 주종계약이라는 게 이렇게 쉬운 건 아니야. 고성능 타이탄일수록 자아가 강해서 말을 안 듣거든. 그래서 스스로 주인을 고르지 못하도록 미스릴을 입혀 시야를 막아버리지. 하지만 이런 저급 타이탄은 자아가 약해서 미스릴을 입히지 않아도 어지간하면 사람의 명령을 다 받아 줘. 더군다나 이 녀석은 사백 년 전에 만든 뒤로 지금까지 수도 없이 많은 계약을 맺고 또 해제해 왔지. 그래서 계약의 최소 요건만 갖추고 있다면 하루에 몇십 번이라도 계약과 해제를 반복해 주는 거야. 으레 그렇거니 하면서 말이야."

"최소 요건이 뭡니까?"

"마나를 다룰 수 있는 자, 이해가 되냐?"

"아……."

"자네가 나중에 제대로 된 타이탄을 지급받게 될지는 모르겠지만, 그 타이탄도 이럴 거라는 생각은 하지 마. 계약은 장난이 아니니까 말이야."

"명심하도록 하겠습니다."

"자, 이제 탑승해 봐야지. 쟈디렌보고 머리를 열라고 해."

"쟈디렌, 머리를 열어봐."

라이놀의 말 대로 명령을 내리자마자 철커덩하며 타이탄의 머리 부분이 뒤로 젖혀졌다. 사람의 머리를 저렇게 뒤로 확 꺾으면 살아있을 수가 없겠지만, 타이탄은 아무렇지도 않은 모양이다. 하기야 대화를 할 수 있고 움직인다고 해서 생명체는 아니었지만 말이다.

"뭐 하고 있어? 라이, 어서 올라가서 앉아봐."

라이는 펄쩍 뛰어올라 쟈디렌의 어깨 위로 올라갔다. 과연, 꺾여진 머리 안쪽에는 의자가 놓여있는 작은 공간이 있었다. 아마 여기에 앉는 모양이다. 위에 올라가서 보니 탑승자가 얼마나 강력하게 보호되는지 알 수 있었다. 좌석은 목 아래에 위치해 있고, 커다랗게 솟아올라 있는 좌우 어깨, 그리고 앞뒤로 장갑판이 좌석을 감싸고 있었다. 정말 안전해 보인다.

하지만 너무 좁았다. 더구나 뒤로 젖혀져 있던 머리까지 제 위치로 돌아온다면 그야말로 빛 한 점 새어 들어오지 않는 완벽한 어둠이 될 텐데, 저 안에 앉아서 버틸 수가 있을까? 걱정이 되긴 했지만, 라이는 조심스럽게 자리에 앉았다. 어둠에 대한 공포보다 타이탄을 조종한다는 유혹이 그만큼 강했던 탓이다.

라이가 좌석에 앉자 머리 부분이 스르륵 움직이더니 철컹하며 원상태로 돌아왔다. 머리가 원상태로 되는 순간 코앞도 분간하기 힘든 암흑이 될 거라 생각했지만, 그게 아니었다. 오히려 눈앞이 밝아지며 주위가 훤히 보인다. 곧이어 라이는 시야의 각도가 바뀌었다는 것을 눈치챌 수 있었다. 지금 자신이 보고 있는 것은 자신의 시야가 아니라 타이탄의 시야였던 것이다. 동료들이 저 아래쪽에 서 있는 건 신기한 느낌이었다. 그가 고개를 돌림에 따라 시야가 옆쪽으로 천천히 움직이기 시작했다. 아마 타이탄의 머리 역시 라이의 행동과 똑같이 옆쪽으로 천천히 회전하고 있는 것이리라.

이때 밖에서 라이놀의 음성이 들려왔다.

"라이! 머리 바로 하고 아래쪽을 내려다봐. 우리들이 보여?"

"예."

"주종관계가 맺어진 후부터 타이탄이 보는 걸 자네가 볼 수 있고, 타이탄이 느끼는 걸 자네가 느낄 수 있어. 그리고 타이탄을 조종해서 어지간한 움직임은 다 실현해낼 수 있지. 일단 오늘은 시승이니까 간단한 움직임부터 시작해보자. 자, 먼저 손부터 움직여 봐. 천천히!"

좌석 앞쪽에 손잡이 같은 게 있어 잡아 보긴 했지만, 그건 그냥 몸 중심을 잡기 위한 손잡이일 뿐이었다. 아무리 이리저리 힘을 줘봐야 꼼짝도 하지 않는다.

"어떻게 움직이죠?"

"지금 타이탄과 자네는 정신으로 연결되어 있는 거야. 타이탄의 손을 움직인다고 생각해봐. 천천히……."

시키는 대로 해보자 타이탄의 손이 움직이고 있다는 듯한 느낌이 들었다. 곧이어 시야에 천천히 움직이고 있는 타이탄의 손이 보였다. 순간 자신이 이 거대한 타이탄을 조종하고 있다는 사실에 라이는 흥분을 감추지 못했다.

"우, 움직입니다. 움직여!"

"잘했다. 그렇게 하는 거야. 이번에는 걸어봐. 천천히…, 한발, 한발 움직이는 거야. 천천히……."

첫술에 배부를 수는 없다. 라이가 그날 타이탄을 타고 조작한 가장 고난이도의 움직임은 달리기였다. 마음 같아서는 잘할 수 있을 것 같았는데 몇 발자국 채 뛰지도 못하고 다리가 꼬이며 자빠져 버렸다. 천천히 움직일 때는 몰랐는데, 일단 달리기 시작하자 타이탄의 균형이 왼쪽으로 확 기우는 걸 어떻게 할 수가 없었던 것이다.

"이거 뭔가 이상해요? 달리니까 타이탄이 왼쪽으로 기우는 것이……."

너무 오래돼서 고장이 났거나 혹, 불량품이 아니냐는 의문에 라이놀은 별것 아니라는 듯 대답해 주었다.

"핫핫, 잘 생각해봐. 타이탄의 무장은 좌우가 달라. 왼쪽은 무거운 방패, 오른쪽은 가벼운 검이지. 특히 이 녀석은 장갑 두께가 얇은 걸 보충하기 위해 더욱 크고 무거운 방패를 들고 있거든. 그래서 균형 잡기가 좀 어려울 거야."

탑승할 때 봤던 전·후면 장갑판의 두께를 생각하면 기절할 정도로 두꺼웠는데, 그게 얇은 거였다니. 도저히 믿기 힘든 애기였다.

"그럼 어떻게 조종하면 되는 겁니까?"

라이놀은 피식 웃은 뒤 쟈디렌을 올려다보며 입을 열었다.

"사람이 타이탄의 거체를 전적으로 컨트롤한다는 건 거의 불가능한 일이야. 이때 필요한 게 바로 쟈디렌의 존재지. 쟈디렌은 자아가 약해. 그런 만큼 주인의 뜻대로 그대로 따르려고 하는 습성이 있어. 자네가 겨우 그 정도밖에 속도를 내지 않았는데도 자빠진 건 그 때문이야. 쟈디렌에게 보다 폭넓은 자유를 줘봐. 몸을 스스로 움직이도록 하고, 그 움직임의 방향만을 네가 제어하는 거야. 자기 몸은 누구보다 쟈디렌 자신이 잘 알고 있을 테니까 말이야."

"오호, 그렇게 조종하는 거였군요."

"아니, 그건 쟈디렌 같은 저급 타이탄이 가진 특수성이야. 타이탄의 성능이 올라갈수록 그 자아도 강해진다고 했지? 상위급 타이탄들 중에는 주인의 명령을 듣지 않는 것들도 있다고 하더군. 주인이 지시하지도 않았는데 제 마음대로 움직인다는 거야."

"그런 경우는 어떻게 하죠?"

아직 자신만의 타이탄을 지급받지도 못한 라이놀이 그걸 알 리가 없다. 하지만 그는 슬쩍 말을 돌려 대답했다. 라이가 자신을 얕보게 만들 수는 없었으니까.

"뭐, 그걸 지금 알아봤자 무슨 소용이 있겠냐? 내가 하고 싶은 말은, 타이탄의 조종은 타이탄과 주인과의 교감이라는 거야. 모든 걸 주인이 다 컨트롤 하려고 해도 안 되고, 타이탄에 끌려가도 안 된다는 거지. 앞으로 쟈디렌 말고도 다른 여러 타이탄들을 탑승해 보겠지만, 그것만 잊지 않는다면 타이탄 조종의 요령을 빠른 시간 내에 터득할 수 있을 거야."

"조언 감사드립니다."

"뭘. 혹시라도 전쟁이 벌어지게 되면 우린 서로의 등을 맡겨야 될 사인데, 아는 건 모두 다 가르쳐 줘야지. 결국 나중에 나 좋자고 하는 거야. 동료들의 실력이 좋아질수록 내가 살아남을 확률이 높아지는 거니까. 혹, 나중에 자네 후임이 들어오게 될지도 모르는데, 그때는 자네도 잘 가르쳐 주도록 해. 그게 자네가 선배들에게 아낌없이 가르침 받은 것에 대한 보답이야. 알겠냐?"

"명심하겠습니다, 조장님."

이렇게 모든 걸 아낌없이 가르쳐주는 동료들의 존재에 라이는 새삼 감격하지 않을 수 없었다. 라이의 검술을 훔쳐 배우려는 라이놀의 음흉한 속셈도 모르고…….

하지만 그 덕분에 라이는 기사로서 필요한 덕목들을 수월하게 배워나갈 수 있었다.

언데드 출현

36

티투스 대사막의 암운

월터 일행이 도시국가들로 가기 위해 사막을 다시금 횡단하기 시작한 후, 다섯 번째 성읍에 접근하고 있을 때였다. 해가 뜬 지 얼마 지나지 않았기에 아직 대지가 뜨겁게 달아오르지는 않은 상태였다. 더 더워지기 전에 여행자 숙소에 자리를 잡아야 했기에 월터 일행은 발길을 서두르고 있었다.

그런 그들의 시야에 십여 명의 사람들이 모여 모래땅을 파고 있는 게 보였다. 남자들은 땅을 파고 있었고, 여자들은 하얀 천에 감긴 뭔가를 끌어안고 오열하고 있었다. 형태로 봤을 때 시체 같아 보였다. 그것도 다 큰 어른의 시체였다.

점차 거리가 가까워지고 있을 때, 월터 일행은 이해하기 힘든 장면을 목격할 수 있었다. 땅을 다 판 사내들 중 한 명이 시체를 땅에 묻기 전에 도끼를 들고 거침없이 시체의 목을 잘랐던 것이다. 하지만 고인을 능욕하는 이런 미친 짓에도 주위에 있는 사람들 중에서 사내의 행동을 제지하는 사람은 단 한 명도 없었다. 슬피 울며 침통한 표정을 하고는 있었지만, 모두 당연한 장례 절차를 보고 있는 듯한 반응들이었다.

"어떻게 저럴 수가 있지?"

도저히 그냥 지나치지 못하고 월터는 낙타에서 내려 그들에게 따지듯 물었다.

　"도대체 시체의 목은 왜 자르는 거요? 아무리 그 사람이 잘못했다고 해도, 이미 죽은 고인인데 목까지 자르는 건 너무 심하지 않소?"

　그런데 파벨이 월터의 말을 통역하여 그들에게 묻자마자 시체를 끌어안고 울던 여자들 중 몇몇이 괴성을 지르며 자리에서 벌떡 일어나 악을 쓰며 달려들었다. 달려드는 사람들의 두 눈은 분노로 인해 시뻘겋게 충혈이 되어 있었다.

　그 거친 분위기에 심약한 파벨은 재빨리 뒤로 내뺐고, 그녀들의 분노를 월터 혼자 떠안아야 했다. 연약한 여인들에게 무력을 쓸 수도 없고, 왜 이러는지 알고 싶었지만 말이 전혀 통하지 않았다. 월터가 곤혹스런 표정으로 악에 받친 여자들에게 둘러싸여 이러지도 저러지도 못하고 있을 때, 파벨의 목소리가 뒤에서 들려왔다.

　"죽은 남편의 목을 자르는 것도 억울한데, 왜 그런 말을 하냐며 따지고 있습니다."

　당황한 파벨이 자신도 모르게 존댓말을 쓰고 있었지만, 황당하기 짝이 없는 작금의 상황에 월터는 그걸 인식조차 하지 못하고 있었다.

　"그렇게 억울하다면서 목은 왜 자르는 건데?"

　월터가 고개를 파벨 쪽으로 돌리며 의아하다는 듯 묻자, 그녀는 유창한 사막 부족의 말로 여인들에게 질문을 던졌다. 잠시 후, 여인들과의 대화를 끝낸 파벨은 머뭇거리며 월터에게 설명했다.

"믿기 힘들지만…, 이렇게 하지 않으면 시체가 다시 살아난다고 하네요."

월터는 이해할 수가 없었다.

"시체가 다시 살아난다고? 살아나면 좋은 거잖아."

하지만 파벨이 말한 살아난다는 건 정말 살아나는 게 아니었던 모양이다. 파벨이 재빨리 월터의 의구심에 대한 답변을 해주었다.

"정말 살아나는 게 아니고, 언데드가 된다는 얘기 같습니다."

월터는 어이가 없었다. 그런 말도 안 되는 얘기는 처음 들었으니까.

"언데드? 훗, 그럴 리가…….. 시체가 언데드가 되어 살아나는 지역이 있다는 얘기는 들었지만, 그런 곳은 대부분 늪지대 아냐? 어디서 말도 안 되는 미신이 들어온 모양이군."

미신이라 치부하며 가볍게 넘기려는 월터를 향해 파벨이 고개를 가로저으며 진지한 표정으로 말했다.

"아뇨. 미신이 아니라 정말 언데드가 된다고 합니다. 지금껏 정보 분석을 해오면서 티투스 대사막에서 언데드가 나오는 지역이 있다는 보고서는 단 한 건도 본 적이 없었습니다. 그래서 이곳 주민들의 말을 어디까지 믿어야 할지 곤혹스럽지만 말이죠."

그 말에 월터는 고개를 갸웃하며 다시 물었다.

"미신이 아니라고? 그럼 땅에 묻은 시체가 정말 언데드가 되어 돌아다니는 걸 본 사람이 있다는 거야?"

"예. 목을 자르지 않고 그냥 묻으면 한 달도 채 안 돼서 무덤을 뚫고 나온다네요. 그리고 지나가는 사람이나 짐승을 무차별적으로 공격한다고……."

"사실이라고?"

잠시 생각하던 월터는 곧 파벨에게 명령을 내렸다.

"이분들에게 죄송하다고 사과하고, 이것 좀 물어봐. 시체를 그냥 묻으면 언데드가 되는 게 저 옛날부터 그랬던 건지, 아니면 요 근래 그런 현상이 시작된 건지 말이야."

"두어 달 전부터 이런 괴이한 현상이 시작됐답니다. 그전에는 이런 일이 전혀 없었다네요."

월터는 낙타에 앉은 채 뒤에서 기다리고 있던 라디아 쪽으로 시선을 돌려 물었다. 마법 쪽은 파벨보다 라디아가 월등하게 뛰어났으니까.

"라디아, 탐지마법으로 주변을 좀 살펴봐. 뭔가 걸리는 게 있는지 말이야."

파벨과 월터의 얘기를 듣고 있던 라디아는 말이 나오기도 전에 이미 주변을 탐지마법으로 훑었었다. 하지만 이상한 건 하나도 발견하지 못했었다. 라디아는 난처하다는 듯 어깨를 으쓱하며 대답했다.

"글쎄……. 이미 주변을 꼼꼼히 살펴봤는데 이상한 건 전혀 보이지 않아. 게다가 이런 건 신관 쪽이 전문 분야라서 말이야."

이럴 줄 알았다면 신관도 한 명 데려왔으면 좋았을 텐데, 너무 때늦은 후회를 하는 월터였다.

"혹시 이 근처에서 신관을 고용할 만한 데는 없을까?"

사막을 지나치며 지금껏 그들이 접한 성읍들은 말이 좋아 성읍이지, 아주 작은 정착촌 정도 규모의 촌락이었다. 그런 작은 촌락에 정식 신관이 있을 리가 없었다.

"아마 무역로상에 있는 정도 규모의 큰 성읍이 아니라면 이 근처에서 신관을 찾기란 거의 불가능할 거야. 모험가 파티와 우연히 만난다면 또 모르겠지만."

"공간이동도 되지 않는 이런 불모의 대지에 모험가 파티가 들어올 리가 없잖아."

월터는 잠시 생각을 하다 다이아나에게로 고개를 돌려 물었다.

"어떻게 할래? 무역로 쪽에 있는 커다란 성읍이라면 신관을 구할 수도 있을 텐데."

"그냥 가자. 그쪽으로 간다고 해서 제대로 된 신관을 만난다는 보장도 없고, 기껏 신관을 데리고 왔는데 별거 아니라면 너무 시간이 지체되잖아?"

다이아나가 이런 결정을 내린 건 일행의 막강한 전투력을 믿었기 때문이다. 타이탄을 소유한 오너급 그래듀에이트가 둘, 그리고 마법사가 둘이다. 부정한 대지에서 태어난다는 언데드 몬스터의 대명사인 좀비나 스켈레톤 따위가 그녀에게 심적 압박감을 줄 리가 없었던 것이다.

월터 일행이 사막 횡단을 시작한 뒤 여덟 번째 만난 성읍. 지금껏 해왔던 것처럼 그들은 성 밖에 위치한 외지인을 위한 숙소에 짐을 푼 다음 성문 쪽으로 걸어갔다. 소모된 물자를 보충하고, 성내 분위기를 탐문해 보기 위해서였다. 그런데 이상하게도 성문은 굳게 잠겨있었고, 경비병도 보이지 않았다.

"이보쇼! 누구 없소? 경비병!"

월터는 물론이고 파벨이 사막 부족의 언어로 경비병을 불러 봤지만, 성벽 위쪽에서는 아무런 인기척도 느껴지지 않았다. 정말 이상했다. 이미 해가 뜬지 오래라 주위는 뜨거운 열기로 가득 차 있긴 했지만, 아직까지는 활동할 만한 시간이었다. 게다가 아무리 뜨거운 정오라 해도 성벽 주위를 경계하기 위한 경비병 한두 명은 반드시 있었다.

"사람이 없는 빈 성인가?"

사막 부족은 기본적으로 유목을 통해 식량을 자급자족한다. 때문에 한 지역에서 오래 머물지를 않았다. 아무리 풀이 수북이 자라 있다 해도 가축들을 풀어 놓으면 한 달도 채 지나기도 전에 주변은 풀 한 포기 찾기 힘들 정도가 되어버리기에, 사막 여기저기에 이런 성읍을 몇 개씩이나 지어놓고 계속 옮겨 다니며 생활한다.

그렇기에 주민이 없는 텅 빈 성읍에 들어가는 경우도 많았다. 이런 경우 여행자는 성 밖에 위치한 숙소에서 묵고, 떠날 때 적당히 돈을 놓고 가는 게 관례였다. 하지만 월터의 감이 그를 성벽 위로 올라가게 했다. 얼마 전에 봤던 그냥 파묻으면 언데드가 된다고 해서 시체의 목을 자르던 사람들의 기억이 떠올랐기 때문이다. 월터는 가볍게 뛰어오르는 것만으로도 성벽 위로 올라갈 수 있었다.

성벽 위로 올라간 월터의 두 눈이 순식간에 차분하게 가라앉았다. 성 안쪽에 수도 없이 쓰러져 있는 가축들의 사체들을 봤기 때문이다. 뜨거운 열기에 사체들은 미라처럼 바짝 말라붙어가고 있었지만 죽은 지 얼마 안 돼서 인지 성벽 안은 사체가 썩어가는 냄새로 가득 차 있었다. 바람 방향이 월터의 앞쪽이 아닌 등 쪽에서 불어오고 있었기에 사체가 썩어가는 냄새를 성벽 아래에서 맡지 못했던 것이다.

월터가 말없이 가만히 서 있자, 아래에서 기다리고 있던 파벨이 큰소리로 물었다.

"왜 그러고 서 있어? 뭔가 있어?"

월터는 대답 대신 아래로 내려가 살짝 파벨을 껴안고 다시금 성벽 위로 펄쩍 뛰어올랐다.

"꺄악! 뭐, 뭐 하시는 거예요?"

깜짝 놀란 파벨이 새된 비명을 채 지르기도 전에 그녀는 월터와 함께 성벽 위로 올라와 있었다. 그리고 그녀는 볼 수 있었다. 수많은 사체들이 즐비하게 쓰러져있는 참혹한 광경을. 성안에 살아 움직이는 생명체는 단 하나도 없었다.

"설명하는 것보다 직접 보여주는 게 이해가 빠를 거 같아서……."

"이, 이건 뭐죠? 어떻게 이런 끔찍한……."

"여기서 잠시 기다리고 있어."

이때, 아래쪽에 있던 다이아나도 뭔가 이상하다는 걸 느꼈는지 성벽 위로 올라왔다. 그리고 곧 성안의 참혹한 광경을 보자마자 그녀 역시 월터의 뒤를 따라 성 안쪽으로 뛰어내렸다.

"잠깐! 같이 가, 월터!"

월터의 이름을 부르며 땅바닥에 채 내려서기도 전에 다이아나는 뭔가 잘못됐다는 걸 깨달았다. 지금껏 부패되어 가고 있던 가축들의 사체들이 일제히 몸을 일으키는 게 보였던 것이다. 일어선 가축들의 사체에서 시체 썩는 냄새가 진동을 했다. 어떤 사체는 부패가 너무 진행되어 눈알이 빠져 텅 빈 눈구덩이만 있기도 했고, 또 어떤 사체는 다리가 두어 개 떨어져 나가 일어서지 못하고 땅바닥을 꿈틀꿈틀 기어 다니는 모습도 보였다. 가축들의 사체 종류는 다양했다. 양들과 염소, 낙타, 말……. 사막 부족들이 키우던 모든 가축들의 사체가 꿈틀거리며 일어나는가 싶더니 다음 순간, 월터와 다이아나를 향해 달려들기 시작했다. 사체라는 게 믿어지지 않을 정도로 빠른 속도였다.

그 순간, 월터의 검이 부드럽게 검집을 빠져나왔다. 화려한 칼부림과 함께 피떡이 되어 반대편으로 터져나가듯 흩어지는 가축의 사체들! 그와 함께 가죽 속에 농축되어 있던 악취가 터져 나오며 지금껏 맡아보지 못했던 끔찍스런 악취가 코를 찌른다.

"컥!!"

월터를 돕기 위해 칼을 뽑으려던 다이아나는 급히 숨을 멈추고 재빨리 성벽 위로 도망쳐 버렸다. 너무 지독한 악취 때문에 사체들을 분쇄할 마음이 뚝 떨어졌기 때문이다. 물론 월터가 이 정도 사체들 정도로 곤란해지지 않을 걸 잘 알고 있었기 때문이기도 했고.

"우욱!!"

참혹한 광경과 지독한 악취에 파벨은 성벽 위에서 연신 구역질을 하고 있었지만, 다른 두 사람은 망연한 표정으로 성안을 내려다보고 있었다. 오로지 월터 혼자만이 성벽 아래에 남아 달려드는 언데드들을 분쇄하고 있었다.

"월터! 잠깐만! 차라리 성문을 열어두는 건 어때?"

한참 칼부림을 하고 있던 월터는 라디아의 말에 성벽 위로 도약해 올라와 물었다.

"성문을 열어주자니, 그건 무슨 말이야?"

가축들의 사체들은 월터가 갑자기 자신들의 앞에서 사라지자 일행들이 서 있는 성벽 아래쪽으로 모여들었다. 10여 미터 떨어진 곳에 성벽 위로 올라갈 수 있는 계단이 있었지만, 사체들은 계단 쪽으로는 갈 생각도 하지 못하고 그저 월터 일행이 서 있는 성벽 바로 밑쪽에서 우왕좌왕하고 있을 뿐이었다. 사체들의 썩어 문드러진 눈으로 월터 일행을 보고 공격하는 것이 아닌, 그들의 생명의 기운에 반응해 공격해 왔었던 모양이다. 생명의 기운은 부정한 기운만큼이나 언데드들이 아주 좋아하는 양식이었으니까.

그때쯤 되자 성안에 있는 집에서 하나둘씩 사람들의 시체들이 어기적거리며 걸어 나와 가축 사체와 합류하기 시작했다. 이곳에서 살던 사람들 역시 이 끔찍한 지옥에서 탈출하지 못하고,

집 속으로 도망쳐 숨어있다가 죽임을 당한 것이리라. 사람의 시체…, 좀비라 불리는 그들 역시 월터 일행이 서 있는 성벽 아래에서 가축들의 사체들처럼 우왕좌왕하고 있는 걸 보면, 지성은 없는 모양이다.

한참 언데드들을 바라보던 라디아가 월터를 향해 입을 열었다.

"아무리 생각해도 이건 자연스러운 현상이 아니야. 건조한 사막은 부정한 기운이 모이기에 그리 좋은 환경이 아니거든. 그걸 알아낼 수 있는 방법은, 저것들을 성 밖으로 풀어놓는 거지."

"풀어놓다니?"

"성문을 활짝 열어놓으면 자신들의 양식이 되는 부정한 기운이 더욱 짙은 곳을 찾아갈 거야. 만약 이곳에서 자연적으로 발생한 거라면 여기에 남겠지만, 그게 아니라면 부정한 기운이 더욱 강한 곳을 향해 이동을 시작하겠지."

"그럼 라디아는 부정한 기운의 근원이 여기가 아니라고 생각하는 거야?"

"당연하지. 얼마 전에 지나쳤던 성읍을 생각해 봐. 그곳에서는 시체가 다시 살아난다며 목을 자르고 있었잖아. 그곳에 비해 여기는 완전히 시체판이고 말이야. 이 괴이한 현상이 점점 더 심해지고 있다는 증거 아닐까?"

라디아는 고개를 돌려 남쪽을 보며 손가락으로 가리킨 뒤 계속 말을 이었다.

"내 생각으로는 아마 성문을 열어주면 시체들이 저쪽을 향해 이동할 가능성이 커."

언데드들을 싹 다 소탕한 다음 성안을 조사해 볼까 생각했던 월터였지만, 라디아의 말을 듣고 생각을 바꿨다.

한참을 구역질하던 파벨은 자신 혼자 겁에 질려 못난 꼴을 보였다고 생각했는지 입가를 대충 닦은 후 짐짓 태연한 표정을 지으려 애썼다. 하지만 그녀의 마음과는 달리 그녀의 온몸은 가늘게 떨리고 있었다. 그녀 딴에는 최대한 숨기려고 했겠지만, 월터의 이목을 속일 수는 없었다.

파벨을 힐끗 바라본 월터는 다이아나에게 말했다.

"일단 충분히 휴식부터 취한 후에 성문을 열기로 하자. 저놈들이 얼마나 멀리 갈지 알 수가 없으니 말이야."

여기까지 말하던 월터는 뭔가 떠올랐다는 듯 급히 말을 덧붙였다.

"참, 저런 언데드들이 활동하기 좋아하는 시간대가 따로 있나? 언데드들은 음침하고 습기 찬 그런 환경을 좋아한다는 얘기는 들었던 거 같은데……."

"그런 건 없는 걸로 알고 있어. 그리고 음침하고 습기 찬 환경이라는 것도, 그런 곳이 부정한 기운이 모이기 쉬운 곳이기에 그런 것이고. 부정한 기운만 있다면, 여기처럼 열사의 사막이라도 언데드들에게는 아무런 문제가 되지 않아."

"흠, 그렇다면 라디아는 이 참극의 원인이 뭐라고 생각해? 설마 마왕이라도 강림하려는 건가?"

아니라는 듯 천천히 고개를 젓던 라디아는 씁쓸한 미소를 지으며 입을 열었다.

"설마 그럴 리가……. 그것보다는 누군가가 몹쓸 장난을 치고 있다고 보는 게 옳겠지. 강력한 신성력(神聖力)을 지닌 아티펙트(Artifact)를 통해 광대한 성역(聖域)을 인위적으로 만들 수 있다는 얘길 들은 적이 있어."

라디아의 말에 월터는 말도 안 된다는 듯 의문을 제기했다.

"신성력? 이런 말도 안 되는 부정한 기운이?"

월터의 의문에 파벨이 옆에서 슬쩍 끼어들었다.

"근본을 따지고 들어가면 백마법과 흑마법 역시 한 갈래에서 갈라진 거예요."

"또! 또! 존댓말!"

다이아나의 지적에 파벨은 찔끔해 하며 황급히 고개를 숙여 사과했다.

"죄, 죄송……. 아, 아니 미안해."

"파벨은 우리가 함께 다니기로 한 조건을 자꾸 잊어버리는 거 같아. 조심해. 그건 그렇고 계속 말해 봐."

"백마법과 흑마법은 둘 다 신적 존재로부터 그 능력을 받아 권능을 행사하는 거야. 한쪽은 신, 또 한쪽은 마신. 대상만 다를 뿐이지 신으로부터 능력을 받아 사용한다는 건 똑같아. 그런 이유 때문에 두 마법은 우리들이 사용하는 일반적인 마법과는 그 성격이 완전히 다른 거야. 그들이 사용하는 마법은 마나를 이용하는 게 아니라, 신의 권능을 사용하는 것이거든."

"그, 그랬군……. 몰랐어."

월터는 그제야 알 수 있었다. 그 때문에 신성 아르곤 제국의 성기사가 그토록 막강한 전투력을 지니고 있음에도 불구하고 타이탄에만 탑승하면 젬병이었던 거구나. 그리고 아르곤에서 마법의 정점이라고 불리는 타이탄을 제작하지 못하는 이유도.

"그러니까 백마법으로 가능하다고 하면 흑마법으로도 가능할 거라는 얘기지?"

"이렇게 광범위한 영역에 걸쳐 성역으로 만들려면 얼마나 엄청난 아티펙트가 필요한 걸까?"

"꼭 한 개라는 법은 없지. 어쨌거나 이 얘기는 그만하자. 나도 그쪽으로는 더 이상 아는 것도 없고 말이야."

"그래, 우선 식사부터 하자고. 이번 추적이 얼마나 오래 계속될지 알 수가 없으니, 든든하게 먹어놓고 시작해야지."

하루 동안 푹 휴식을 취한 월터 일행은 든든하게 식사까지 마친 후에야 행동을 시작했다. 오후 4시쯤이었기에 뜨거운 열기는 한풀 꺾인 시간이다. 모두들 멀찌감치 떨어져 대기하고 있는 상황에서 월터 혼자 성으로 달려가 성문을 활짝 열었다.

성문을 열자마자 월터도 일행과 합류하기 위해 내빼버렸기에, 언데드들은 생명의 기척을 찾아 뿔뿔이 흩어져 수색을 시작했다. 한동안 돌아다녔음에도 생명체의 기운을 감지할 수가 없자, 수색을 포기한 언데드들이 성 밖으로 빠져나와 동쪽을 향해 천천히 이동하기 시작했다.

라디아의 말대로 자신들의 양식인 부정한 기운이 강한 곳을 찾아가는 모양이었다. 그런데, 언데드들이 향하고 있는 방향은 그들의 예상과 달리 동쪽이었다. 도시국가가 있는 동남쪽으로 갈 거라 예상했었는데…….

"어라? 동쪽으로 가네."

"그렇다면 이 짓을 한 범인은 도시국가가 아니라는 소리네. 시체들이 알카사스 쪽으로 가는 거 보니, 범인은 알카사스가 틀림없어."

월터의 말에 파벨이 고개를 가로저으며 말했다.

"저것들이 동쪽으로 간다고 해서 알카사스가 범인이라는 증거는 될 수가 없어. 사막을 언데드 소굴로 만들어 놓으면 더 이상 사막을 통한 무역은 불가능해져. 그렇게 되면 그 이익은 고스란히 도시국가들이 차지하게 되지 않겠어? 그런 이유로 나는 도시국가가 이 사태의 범인일 거라 생각해."

그러자 라디아가 이의를 제기하고 나섰다.

"그렇게 단순하게 생각할 문제는 아니라고 봐. 만약 사막이 언데드 소굴이 되면 도시국가들도 무사할 수가 없거든. 그리고 그들이 이런 짓을 했다는 걸 드래곤들이 알게 되면 되레 드래곤들에게 멸망당할 수도 있어. 아니면 버림받거나."

라디아의 주장에 파벨도 수긍하지 않을 수 없었다. 그녀의 말은 충분히 일리가 있었으니까.

"맞아, 드래곤은 사악한 것을 싫어하니까."

인간들로서는 도저히 대적이 불가능한 마왕 강림을 지금껏 모두 해결한 것은 드래곤들이었다. 결과적으로는 그렇게 됐지만, 드래곤이 사악한 것을 싫어해서 그렇게 된 것만은 아니다.

하지만 드래곤과 마왕이 싸우게 된 정확한 원인을 알지 못하다 보니 드래곤은 사악한 것을 싫어한다고 사람들은 추측할 수밖에 없었다.

모두 그렇게 생각하고 있을 때, 다이아나만 고개를 갸웃거리고 있었다. 엄마와 함께 드래곤에게 영문도 모르고 묵사발이 되도록 두들겨 맞았던 그 끔찍한 기억. 그리고 아빠와 엄마가 나누는 아르티어스라는 드래곤에 대한 추억담(?)을 우연히 엿듣기도 했었는데, 그건 공명정대하고 위대한 이라는 단어와는 아예 거리가 먼 존재였었다.

하지만 다이아나는 이 사실을 여기에서 말할 수는 없었다. 지금은 동료지만 월터는 코린트 제국의 근위기사다. 적국의 기사에게 자신들의 수호룡(?)에 얽힌 뒷얘기를 들려줄 생각은 추호도 없었다. 타국에서는 모두들 치레아 공국이 드래곤의 수호를 받는 줄 알고 감히 건드릴 생각조차 하지 않고 있었으니까.

"라디아의 말이 맞아. 아직 명확한 증거가 있는 것도 아니니까 섣부른 예단은 금물이야. 괜히 선입견을 가져봐야 좋을 건 하나도 없어."

그런 다이아나의 말에 월터가 반박했다.

"섣부른 예단이 아니야, 셀리나. 기후 조건으로 봤을 때, 언데드가 발생하기에 가장 힘들다고 할 수 있는 사막에서 언데드가 대량으로 발생하고 있잖아. 만약 라디아의 말대로 이게 아티펙트로 인한 거라면, 그런 무시무시한 권능을 지닌 아티펙트의 가치 또한 엄청난 것이겠지? 그런 아티펙트를 한두 개도 아닌 대량으로 사용할 수 있는 재력을 가진 나라는 이 근처에서 알카사스밖에 없어."

물론, 이건 월터의 개인적인 감정이 듬뿍 실린 의견이었다. 그는 처음부터 알카사스와는 감정이 안좋았으니까.

"흐음…, 월터의 말대로 알카사스가 가장 의심스럽긴 하지. 이동 방향도 그렇고……."

여기까지 말하던 다이아나는 다시 라디아에게로 시선을 돌려 물었다.

"알카사스 정도면 이런 아티펙트를 대량으로 생산할 수 있을까?"

라디아는 고개를 가로저으며 말했다.

"어제도 말했지만 이긴 마법과는 계통이 아예 달라. 하지만 알카사스의 풍부한 재력이라면 어딘가에서 구입해 올 수는 있겠지."

"이런 아티펙트를 만들 수 있는 국가는?"

"동쪽 대륙에서는 아르곤 제국……."

라디아의 말에 월터가 이의를 제기하고 나섰다.

"잠깐! 신성 아르곤 제국은 흑마법이 아니라 백마법이잖아."

"그건 나도 잘 알아. 아르곤 제국이 얼마나 흑마법을 증오하고 있는지 말이야. 하지만 역으로 생각하면 흑마법에 대해 가장 많은 지식과 정보를 보유하고 있는 나라도 아르곤이야."

그제서야 라디아가 하고자 하는 말의 의도를 깨닫고 월터는 고개를 주억거렸다.

"호오, 그러니까 그 지식을 이용해서 이런 아티펙트를 제작하는 것도 가능할지도 모른다는 소리지?"

"맞아. 그동안 축적된 방대한 지식으로 만들던지, 아니면 흑마법사들을 잡아다가 만들던지."

잠시 생각을 정리하던 라디아는 계속 말을 이었다.

"동쪽 대륙에는 아르곤 제국 말고는 이 정도 아티펙트를 제작할 능력을 지닌 사람이나 나라가 없어. 마도대전 이후로 흑마법사들을 철저하게 없애버렸으니까. 하지만 서쪽 대륙은 얘기가 다르지. 내 생각에는 서쪽 대륙에서 이 아티펙트를 만들었을 가능성이 가장 커. 그리고 이런 아티펙트의 가격은 엄청나게 고가일 테니, 그걸 사들여서 여기에 사용한 건 아주 재정이 넉넉한 나라일 거라는 것도 유추해 볼 수 있겠지. 아니면 서쪽 대륙에서 엿 먹어라 하는 심보로 이런 사단을 벌인 것일 수도 있고."

"어쨌거나 계속 따라가 보자. 시체들이 어디로 가는 건지, 저것들의 뒤를 쫓다 보면 뭔가 단서를 찾을 수 있지 않겠어? 그놈의 아티펙트인지 뭔지……."

월터 일행은 언데드들이 자신의 기척을 감지할 수 없을 정도로 멀찌감치 거리를 벌린 상태로 그 뒤를 쫓았다. 공격할 때는 제법 재빠른 움직임을 보였던 언데드들이었지만, 이동할 때는 아주 느릿하게 천천히 움직였다.

"보면 볼수록 신기하네. 언데드가 어떤 건지 얘기는 들었지만, 어떻게 저런 상태로 움직일 수가 있는 거지? 부패 상태를 보면 근육은 오래전에 제 기능을 상실했을 텐데 말이야."

파벨의 의문에 라디아가 대답해줬다. 다른 사람들은 언데드에 대해서 거의 그렇다 하더라 정도밖에 아는 게 없었으니까.

"부정한 기운(대개 흑마법)에 오염된 시체 혹은 뼈가 언데드가 되잖아? 근육이나 살점이 붙어있는 경우에는 좀비, 뼈만 남아있는 경우에는 스켈레톤이라고 부르지만 어쨌든 둘 다 언데드야. 결론은 언데드에게는 근육이 있든 없든 아무런 상관이 없어. 저들이 움직일 수 있는 힘의 원천은 생명체로부터 뺏은 생명력과 부정한 기운이거든."

"그래서 가만히 있다가 우리들이 나타나자 움직이기 시작한 거구나? 우리들의 생명력을 뺏으려고."

"그런 거지. 하지만 우리들이 사라졌으니, 저들은 또 다른 힘의 원천인 부정한 기운을 찾아 움직이고 있는 거야."

"아까 성읍에는 부정한 기운이 없었을까?"

"있었으니 저것들이 생존하고 있었던 거겠지. 하지만 저들은 본능적으로 더욱 많은 부정한 기운을 원해. 아마 저들이 가고 있는 저쪽 방향에 뭔가가 있을 거야. 저들을 죽지도 살지도 못하게 만든 뭔가가……."

파벨은 뜨거운 열기를 내뿜고 있는 태양을 힐끗 바라본 다음 중얼거렸다.

"최대한 빨리 찾을 수 있으면 좋겠네. 저 느릿느릿한 굼벵이 같은 것들을 쫓기 위해 이 뜨거운 태양 빛에 온몸이 익어가는 건 정말 싫어."

월터의 기지로 하루 푹 쉬었다는 게 그나마 다행이었다. 그렇지 않았다면 지금쯤 모두 밀려드는 잠과 싸우며 시체들의 뒤를 쫓고 있었을 테니까. 하지만 언데드들의 저 느릿한 움직임으로 봤을 때, 이 미행이 얼마나 오랫동안 계속될지 알 수가 없었다.

베이라 성 기습 작전

36

티투스 대사막의 암운

페가수스 용병단은 낮에는 구덩이를 파고 들어가 쉬고, 밤에만 이동했다. 뜨거운 태양 빛을 피해 체력을 보존하기 위한 목적도 있었지만, 은밀하게 이동하기 위해서였다. 홉킨스는 지도를 잘 살펴보고, 성읍 근처로는 아예 접근조차 하지 않았다. 만약 원주민과 접촉하게 되면 자신들의 행적이 발각되지 않도록 무조건 죽여버리라는 명령까지 부하들에게 하달해 둔 상태였다.

  다행이라면, 사막 성읍들은 서로 꽤 넓은 거리를 두고 떨어져 건설되어 있었다는 점이다. 주변에서 거둬들일 수 있는 자원의 양도 빈약할뿐더러, 성읍은 필연적으로 물을 얻을 수 있는 위치에 건설해야 하기에 그렇게 된 것이다. 그 덕분에 페가수스 용병단은 성읍과 성읍 사이를 가로지르며 사막 깊숙이 숨어들어 갈 수가 있었다.

  베이라 성은 과거 알카사스 부족연합에서 방어거점으로 만든 성들 중 하나로, 진흙벽돌로 만들어진 허접스럽기 짝이 없는 전형적인 사막 성읍들과 달리 석벽으로 제대로 축조된 성이었다. 그나마 다행인 건 알카사스 부족연합이 이 일대에서 철수할 때, 성에 설치되어 있던 마법진을 해체해 버렸다는 점이었다. 만약 마법진이 아직까지 보존되어 있었다면 홉킨스는 절대로 이런 무모한 작전을 감행하지 않았으리라. 마법진으로 보호되는 막강한 성벽은 타이탄을 동원하지 않는다면 뚫고 들어가는 게 거의 불가능했기 때문이다.

베이라 성 인근에 도착한 홉킨스는 부하들에게 휴식을 취하도록 지시한 후, 휘하 대대장들과 마법사들만을 거느리고 정찰을 나섰다. 그가 이번 작전에 지원받은 마법사는 모두 여섯 명이다. 그 때문에 자신의 직속으로 한 명을 두고, 나머지는 각 대대장들에게 붙여 두고 있었다. 통신기로 쓰기 위해서.

아직 자신들에게 위험이 없다고 생각하고 마음 푹~ 놓고 있을 때 기습하면 손쉽게 성을 점령할 수 있을 거라는 홉킨스의 기대와는 달리 베이라 성의 경계 상태는 삼엄했다. 어떤 놈이 성주인지는 모르겠지만 정말 경계심이 많은 성격인 모양이다. 커다란 성문은 굳게 닫혀있었고, 옆에 있는 작은 쪽문만이 열려 있어 그곳으로만 사람과 가축들이 드나들고 있다. 높게 솟은 망루에는 꽤 많은 경비병들이 배치되어 주변을 살펴보고 있었다. 이것 하나만 봐도 성문을 향해 공격해 들어오는 적들을 향해 화력을 집중할 수 있도록 배치되어 있는 보루(堡壘)에 얼마나 많은 병력이 들어있을지 쉽게 짐작할 수가 있었다. 이렇듯 삼엄한 경계 태세로 봤을 때 보루가 비어있을 가능성은 전혀 없다고 봐야 했다.

"썩을! 주변이 이렇게 탁 트여있는데, 누가 쳐들어온다고 경계 태세가 이렇게 좋아?"

사실, 베이라 성의 경계 태세가 강화되어 있는 건 알카사스와는 전혀 무관했다. 최근 들어 사막 쪽에서 문제가 많이 발생하고 있다 보니 그 때문에 경계가 강화되어 있었던 것이다. 하지만 그런 사실을 홉킨스 일행이 알 리가 없다 보니, 자신들 때문이라고 오해할 수밖에 없었다.

　베이라 성을 이리저리 살펴보던 수석대장 스미스가 입을 열었다.

　"저런 상태라면 기습은 불가능합니다, 연대장님."

　홉킨스는 인상을 찡그리지 않을 수 없었다. 이곳으로 오기 전에 수립한 작전은 적들이 방심하고 있을 때 기습하여 성문에다 아이템을 설치한 뒤 폭파시켜 문을 뚫고 들어갈 생각이었다. 물론 그 와중에 성벽 위에서 쏴대는 공격에 기습하는 부하들이 고스란히 노출된다는 위험이 있긴 했지만, 적이 방심하고 있다면 그리 큰 피해 없이 점령이 가능할 거라고 예상했던 것이다.

　하지만 자신의 예상과는 경계 태세가 너무 달랐다. 저 정도로 경계가 철저하다면, 아무리 전격적으로 기습을 감행한다고 해도 개활지를 건너 성문 앞에 도착하기도 전에 전멸당할 가능성이 컸다. 설혹, 막대한 피해를 감수하고서라도 작전을 성공시켜 성문을 뚫고 들어간다고 해도 더 이상의 전투는 불가능할 게 뻔했다. 페가수스 용병단의 병력은 고작 천 명 남짓, 성문 하나 점령하겠다고 무리하다 병력 손실이 커지면 오히려 이쪽이 베이라 성의 반격에 전멸당할 가능성이 컸다.

　"대상(隊商)으로 위장해서 접근하면 어떻겠습니까?"

한참을 고심하던 미하엘이 문득 좋은 생각이 떠올랐다는 듯 계책 하나를 제안해 봤지만 다른 대대장들이 고개를 가로저었다.

"우리들의 행색을 봐라. 과연 상인으로 위장이 가능한 몰골들인지……?"

"뭔가 팔 만한 상품으로 위장할 만한 물건도 없잖아."

"천 명이나 되는 중무장한 떼거리가 나타났는데, 너 같으면 상인이라고 믿겠냐?"

대대장들의 말을 듣고 있던 홉킨스의 시선이 좋은 생각이 없냐는 듯 마법사들로 향했다. 마법사들의 두뇌가 뛰어나다는 것은 누구나가 다 알고 있는 사실. 그리고 마법사들인 만큼 뭔가 획기적인 방법이나 마법으로 이 난관을 돌파해 나갈 수 있는 방법을 제시하지 않을까 기대한 것이다. 홉킨스는 자신의 직속마법사인 펜달을 향해 입을 열었다.

"펜달, 뭔가 좋은 방법이 없을까?"

펜달은 홉킨스보다 열 살쯤 나이가 많은 마법사였다. 이번 작전에 투입된 마법사들 중에서 그가 가장 나이가 많았기에 홉킨스의 직속 통신기로 선택되었다. 경험 많고 노련한 마법사인 만큼 홉킨스는 펜달에게 이런저런 조언을 청하고 있었다.

"아주 튼튼하게 잘 축성해 놓은 성곽이야. 유일한 단점이라면 방어 마법진이 작동하지 않는다는 거지. 내가 알기로는 공성병기는 가져오지 않은 걸로 아는데, 뭔가 준비해온 게 있나?"

이동하는 과정에서 커다란 공성병기를 보지 못했기에 묻는 것이다. 펜달의 질문에 홉킨스는 씨익 미소 지으며 대답했다.

"이번 작전을 위해 단장님께 말해서 특별히 웜 킬러(Worm Killer)를 받아왔지."

웜 킬러는 샌드 웜(Sand Worm)이나 록 웜(Rock Worm) 같은 초대형 몬스터를 사냥하기 위해 특별히 제작된 폭발형 마법 아이템이다. 웜 종류의 몬스터는 외갑이 금속성으로 워낙 단단해서 전투도끼로 찍어도 흠집조차 내기 힘들었다. 거기에다가 웜 종류는 땅속으로 파고 들어가 숨을 수도 있었기에 집중공격을 가하는 것도 쉽지 않았다. 그렇기 때문에 개발된 게 바로 웜 킬러였다. 웜에게 먹일 수만 있다면, 강력한 폭발력으로 웜을 확실하게 처치할 수 있었다. 제아무리 튼튼한 금속성 외피를 몸에 두르고 있다 해도 몸 안에서 터져나오는 폭발에 버틸 수는 없을 테니까.

홉킨스가 웜 킬러를 가져온 이유는 뻔했다. 그 강력한 폭발력을 이용해 성문을 파괴하고 들어가겠다는 것이리라.

"흠, 적에게 들키지 않고 성문 앞까지 접근할 수 있는 방법이 있느냐가 관건이로군."

"바로 그거야. 뭔가 방법이 없겠나?"

펜달을 비롯한 마법사들은 난감한 듯 서로의 눈치만 살폈다.

베이라 성 주변은 탁 트인 평지다. 사막지역에서 흔히 볼 수 있는 키 작은 관목들과 억센 풀들이 듬성듬성 자라고 있을 뿐이다. 성 위로 높게 솟아있는 전망탑에서 바라보면 10킬로미터 밖의 움직임까지도 훤히 보일 것이다. 그런 상황에서 한두 명도 아니고 천 명이 움직이는 걸 숨겨야 하는데, 통신기로나 쓰이고 있는 저급 마법사들의 능력으로 그런 게 가능할 리가 없다.

물론 천 명이 동시에 움직이지 않고 극소수의 공격조만 투입한다면 침투, 폭파가 가능할지도 모른다. 하지만 그래서는 본대가 도착하기도 전에 파괴된 성문을 적들이 복구하게 된다. 그게 문제인 것이다.

모두 서로의 눈치를 살피며 고심하고 있을 때, 유일하게 그렇지 않은 마법사가 한 명 있었다. 그는 대책 회의에는 관심이 없는 듯 그저 사막 저편에 시선을 고정시킨 채 뭔가 생각에 잠겨 있었다. 눈에 확 띄는 붉은 머리카락, 단장에게서 얘기를 들었던 바로 그 마법사였다. 가급적 그를 쓰지 말라는 신신당부와 함께.

하지만 지금 이런 상황에서조차 그를 외면하기에는 힘들었다. 혹시나 하는 마음에 홉킨스는 그를 불렀다.

"자네, 랄프 디겔이라고 했나?"

그러자 천천히 시선을 돌려 홉킨스를 바라보는 사내, 마치 조각을 한 듯한 아름다운 얼굴이다.

"저를 부르셨습니까?"

"자네 표정을 보니 뭔가 방법이 있어 보이는군."

여유로운 표정의 랄프 디겔을 보자 어쩌면 뭔가 방법이 있을지도 모르겠다는 희망을 가지고 홉킨스는 기대 어린 눈빛을 보냈다. 하지만 아르티어스는 어리둥절한 표정으로 대꾸했다.

"예? 무슨 말씀이십니까? 잠시 딴생각을 하고 있던 차라……."

영문을 모르겠다는 듯한 아르티어스의 대답에 홉킨스는 하마터면 발작할 뻔했다. 감히 지금처럼 중요한 회의 중에 딴생각이라니! 딴 놈 같았으면 가죽을 벗겨 뜨거운 사막 위에 던져놨겠지만, 그는 애써 참았다. 단장의 당부가 떠오른 탓이다.

홉킨스는 화를 억누르며 방금 전에 했던 얘기를 반복해 아르티어스에게 들려줬다. 그리고 분노어린 눈빛으로 아르티어스를 쏘아보며 으르렁거렸다.

"자네라면 분명 뭔가 방법이 있을 거라고 믿네. 그렇지 않고서야 이런 중요한 회의 중에 딴생각을 하고 있을 리가 없겠지. 안 그런가?"

당장 제대로 된 대책을 내놓지 않는다면 홉킨스가 그냥 넘어갈 리 없다는 것을 좌중의 모든 사람이 알 수 있는 분위기였다. 하지만 분노한 홉킨스 앞에서도 디겔은 태연하기 짝이 없었다. 정말 뭔가 대책이 있는 걸까?

아르티어스는 별거 아니라는 듯 여유롭게 붉은 머리카락을 뒤로 쓱 넘기며 홉킨스를 향해 말했다.

"뭐, 그렇게 어려운 일도 아닙니다."

아르티어스의 태연한 말투에 속이 뒤집힌 건 다른 마법사들이었다. 그들도 디겔이 대지마법 쪽 전문이라는 소문은 이미 들어서 알고 있었던 상태였다. 대지마법은 다른 마법사들이 쳐다보지도 않는 분야였다. 그런 되먹지도 않은 마법으로 고블린 킬러라는 명성을 얻고 있는 것만 해도 속이 뒤틀리는데, 그 조그만 명성을 믿고 저렇게 오만하게 나오다니. 이렇게 되면 여기 있는 지휘관들이 자신들을 어떻게 생각하겠는가.

펜달이 다른 모든 마법사를 대표해서 아르티어스를 향해 이죽거렸다.

"흥! 자네는 그까짓 알량한 대지마법으로 저 단단한 성벽을 부술 수 있다는 건가?"

아르티어스는 빙그레 웃으며 대답했다.

"내 능력으로 성벽을 부술 수는 없지요. 그것도 저렇게 튼튼한 성벽은 말이죠."

아르티어스의 말에 뭔가 느낀 듯 홉킨스는 고개를 갸웃하며 물었다. 부술 수는 없다고 했지만, 뭔가 방법이 있다는 듯한 말투였기 때문이다.

"그럼 성벽까지 들키지 않고 지하 터널이라도 팔 수 있다는 건가?"

"아닙니다. 이럴 때는 대지마법보다 환영(幻影)마법이 쓸만하죠. 그걸로 경계병들의 시야를 가리면 되니까요."

환영마법은 대지마법보다도 더 인기가 없는 마법이었다. 남들을 속일 수 있을 정도로 제대로 된 환영을 만들기도 어려웠고, 그 정도 시간과 노력을 기울여 얻어낼 수 있는 결과물이 너무나도 신통찮았기 때문이다. 차라리 그 시간에 딴 마법을 익히는 쪽이 훨씬 나았다.

"자네, 말이 되는 소리를 하게! 병사들이 한두 명도 아니고, 무려 천 명이란 말이야."

아르티어스를 매섭게 꾸짖은 펜달은 홉킨스에게로 시선을 돌려 거침없이 단언했다.

"저건 말도 안 되는 헛소리야."

하지만 홉킨스는 기대 어린 눈빛으로 아르티어스를 바라보며 다시 물었다. 지금까지 방법이 있다며 대안을 말한 마법사는 아르티어스가 유일했으니까.

"환영마법으로 그게 가능하긴 한가? 펜달의 말대로 천 명씩이나 되는 대병력을 감춰야 하는데?"

"훤한 대낮이라면 당연히 불가능하겠지만, 야음을 틈타 움직인다면 그리 고난도의 환영마법이 아니더라도 경계병들의 눈을 속일 수가 있습니다. 물론, 성벽에서 사오십 미터 근처까지 접근한다면 혹 발각될지도 모르겠지만, 그 정도까지 가까이 다가갈 수만 있어도 충분하지 않겠습니까?"

아르티어스의 말에 충분히 가능성을 엿본 홉킨스의 분노는 이미 깨끗이 사라져 버리고 없었다. 아르티어스는 회의 중에 딴짓을 해도 될 만큼의 유능한 마법사였으니까. 홉킨스는 아르티어스의 두 손을 덥석 붙잡으며 애써 부드러운 목소리로 말했다.

"무, 물론이지. 그 정도까지 가까이 다가갈 수만 있어도 충분해. 부탁하네. 자네 어깨에 이번 작전의 성패가 달려있으니 말일세."

"참. 대원들에게 가급적 금속성 빛이 노출되지 않도록 해주십시오. 검정 천으로 몸을 감고, 병장기는 그을음을 묻혀 빛이 반사되지 않도록 하고 말입니다. 환영마법은 적의 시야만 혼란시킬 수 있을 뿐, 소리는 어떻게 하지 못합니다. 그러니 소리가 날 만한 것들은 최대한 막아야 성공할 수 있습니다."

"핫핫, 걱정하지 말게. 내가 지금껏 야습 한두 번 해본 게 아니니, 그런 건 신경 쓰지 않도록 확실하게 준비하지. 그럼 자네만 믿겠네. 이봐, 뭐 하고들 있나! 빨리빨리 대원들에게 방금 들은 대로 철저하게 준비를 시켜!"

그러자 약이 바짝 오른 펜달은 아르티어스에게 으르렁거렸다.

"만약 실패하기만 해봐. 이 바닥에는 아예 발도 붙이지 못하도록 만들어 주마."

아르티어스는 맞받아치는 대신 어깨만 으쓱한 다음 홉킨스 연대장 일행을 뒤따라 걸어가 버렸다. 저런 송사리하고는 싸울 의욕조차 일어나지 않았으니까.

야음을 틈탄 기습이긴 했지만, 오늘 밤은 야습하기에 그리 썩 좋은 환경은 아니었다. 두 개의 달 중에 큰 달이 밤하늘에 떠 있었기 때문이다. 그 때문에 홉킨스는 위장에 더욱 만전을 기하라고 부하들에게 지시했다.

"시작해!"

홉킨스의 지시에 따라 아르티어스가 마법을 구사하여 용병들의 앞을 어두운 사막의 환영으로 가려 버렸다. 마법으로 가릴 수 있는 면적에 한계가 있기에 될 수 있으면 종대를 유지하여, 환영마법 밖으로 나가지 않도록 주의하라고 했다. 용병들에게는 저급 환영마법이라고 말했지만, 실제로 아르티어스가 사용한 건 5싸이클급이었다. 이 정도라면 성 앞 10미터까지 접근해 들어가도 경계병들이 이쪽의 움직임을 파악하기 힘들 것이다.

"됐습니다."

홉킨스는 긴장 어린 시선으로 저 멀리 보이는 성벽 위를 바라봤다. 성벽 위 여기저기에는 횃불이 밝혀져 있었고, 수많은 병사들이 예리한 눈빛으로 주위를 경계하고 있었다. 아무리 밤중이라고 하지만 달빛까지 훤히 비추고 있는 상황이라 이 많은 병사가 움직이기 시작하면 곧바로 경계병들의 시야에 잡힐 것이다.

홉킨스의 눈앞에 펼쳐져 있는 흑갈색의 조잡한 환상. 이 환상이 성벽 위의 경비병들의 눈에는 어떻게 보일지 홉킨스로서는 짐작하기조차 힘들었다. 이것만 믿고 전진해도 될까? 하는 고민이 되기도 했지만 지금으로서는 디겔의 능력을 믿는 수밖에 다른 도리가 없었다. 마음을 굳힌 홉킨스는 손을 번쩍 들었다가 앞으로 쭉 내뻗으며 낮지만 절도 있는 목소리로 명령했다.

"진격!"

그의 명령에 따라 각 대대장들이 부하들을 이끌며 앞으로 나섰다.

"각 중대 전진! 최대한 소음을 줄여라. 각 중대장들은 환영 밖으로 대원들이 나가지 않도록 잘 살펴봐라!"

환영마법의 중심축인 아르티어스가 앞으로 천천히 걸어감에 따라 환영도 앞으로 서서히 이동하기 시작했다. 용병들은 그 환영 뒤에 숨어 숨조차 죽이고 전진을 시작했다.

성벽 위에 경계병들이 득실거렸기에 만약 발각이라도 되는 순간 전멸할 수도 있는 상황이었다. 당연히 아무리 환영마법으로 앞을 가리고 간다고는 하지만 이건 보통 용기를 가지지 않고서는 불가능한 일이었다. 그나마 다행인 건 성 주변이 모래 사막인 만큼, 발소리가 날 걱정이 없어 좋았다.

환영마법으로 이게 과연 가능할까 하는 일말의 의구심 때문에 용병들은 모두 방패로 자신의 앞을 철저히 가리며 걸었다. 발각됨과 동시에 성 위에서 우박처럼 화살비가 쏟아지게 될 거라는 걸 모두 다 잘 알고 있었기 때문이다.

긴장을 감추지 못하고 천천히 접근하다 보니 어느덧 100여 미터 앞까지 다가섰다. 용병들 모두 바짝 긴장한 탓인지 온몸에 식은땀이 흥건했다. 성벽 위 여기저기에 횃불이 밝혀져 있었기에, 경계를 서고 있는 적병들의 표정까지도 훤히 보였다. 그들의 움직임으로 봤을 때, 아직 이쪽의 존재를 전혀 눈치채지 못하고 있는 게 확실했다.

100미터 정도의 거리라면 돌격해 들어가도 충분하다. 하지만 홉킨스는 섣부른 돌격 명령을 내리지 않았다. 여기서 돌격해 봐야 곧바로 성벽에 가로막히게 되기에 그 부분을 해결하지 않고서는 돌격은 자살행위나 다름없기 때문이다. 홉킨스는 긴장감에 바짝 마른 입술을 혀로 핥으며 더욱 거리를 좁혀나갔다. 아르티어스가 50여 미터까지는 괜찮다고 했으니, 좀 더 가까이 접근하는 게 좋겠다고 생각한 것이다.

한발 그리고 또 한발……. 어느 순간 홉킨스의 손이 위로 번쩍 들렸다. 그 수신호에 따라 부하들이 일제히 걸음을 멈추고 부대별로 돌격 진형을 갖추었다. 달빛이 밝은 상황에서 이토록 성벽 가까운 거리까지 접근할 수 있을 것이라고는 기대도 하지 않았기에, 아르티어스를 바라보는 홉킨스의 시선은 뜨거울 수밖에 없었다. 지금까지 알려진 아르티어스의 마법적 능력만으로도 홉킨스가 수립할 수 있는 작전의 폭은 더욱 넓어지게 된다.

'크흐흣, 앞으로 가능하면 옆에 꼭 끼고 다녀야겠군. 뺀질뺀질하게 생긴 것과는 달리 제법 재능이 있어. 에구, 귀여운 놈.'

홉킨스는 시선을 돌려 최선두에서 자신의 수신호를 기다리고 있는 공격조를 바라봤다. 공격조를 이끄는 건, 가장 위험한 이번 임무를 자원한 신참 중대장이었다. 얼마 전에 붉은전갈 용병단의 연대장을 벴다고 하는 놀라운 무용의 소유자였기에, 그가 눈여겨보고 있는 부하들 중 하나였다.

홉킨스는 손으로 그 중대장을 가리킨 후 성문을 향해 손을 쭉 뻗었다. 시작하라는 신호다.

공격을 개시하라는 신호를 받은 브로마네스는 부하들을 이끌고 천천히 앞으로 진격하기 시작했다. 그는 자신의 부하들 중 경험이 풍부한 네 명만을 성문 파괴 임무에 차출시켰다. 은밀하게 접근해야 하는 만큼, 부하들 전원을 데리고 갈 수 없었기 때문이다.

아르티어스의 실력을 뻔히 알고 있는 브로마네스였기에 그의 움직임은 거침이 없었다. 하지만 성벽 위쪽에서 경비병들이 삼엄한 경계 태세를 갖추고 있는 상황에서 브로마네스의 뒤를 따르고 있는 부하들은 죽을 맛이었다. 이렇게 거리가 가까운데, 경비병들이 아직 자신들의 움직임을 모르고 있다는 게 믿어지지 않았던 것이다.

부하들은 식은땀을 흘리며 조심스럽게 한발 한발 브로마네스의 뒤를 따랐다. 어차피 적들은 성벽 위에서 내려다보고 있는 상황이었기에 포복을 해서 움직이는 건 전혀 도움이 되지 않는다. 차라리 서서 천천히 움직이는 쪽이 오히려 적들의 시야에 잡히는 면적이 적다.

성벽과의 거리가 가까우니만큼, 적들이 이쪽의 움직임을 포착하기만 한다면 바로 죽은 목숨이다. 그런 상황에서 전혀 긴장하지 않고 거침없이 걸어가는 브로마네스의 담대함에 뒤따르는 부하들 모두 혀를 내두르고 있었다. 하지만 그건 아르티어스의 마법 실력을 몰랐기에 할 수 있는 오해였다. 아르티어스가 펼친 환영마법은 소리만 내지 않는다면 성벽 10미터 정도까지는 접근해도 적들이 눈치챌 수 없을 만큼 완벽한 마법이었던 것이나.

모두의 손에 땀이 흥건하게 배일 정도로 긴장해서 바라보는 가운데, 공격조는 성문 앞 20미터 앞까지 접근했다. 좀 더 성벽 가까이 접근했으면 좋겠지만, 저급 환영마법으로 그 이상 가겠다고 우기는 건 아르티어스의 입장이 곤란해질 수도 있었다. 사실 지금 이 정도 거리까지 온 것만 해도 저급 환영마법으로는 너무 과할 정도였다. 브로마네스가 방패를 천천히 머리 위로 올리자 뒤따르던 부하들도 긴장감에 침을 꿀꺽 삼키며 방패를 들어 머리 위로 올렸다. 이제 곧이어 돌격 명령이 떨어질 것이니까.

"돌격!"

이제부터는 적이 눈치채기 전에 성문 앞에 바짝 달라붙는 것만이 살길이었다. 명령이 떨어지자 부하들은 머리 위로 방패를

든 채 브로마네스의 뒤를 따라 성문을 향해 미친 듯이 내달렸다.

"이게 무슨 소리지? 앗! 저, 저거 뭐야?"

"누군가 성문 앞에 있다!"

"누구냐? 정체를 밝혀라!"

성벽 위 경계병들이 뒤늦게 이들의 움직임을 눈치챈 모양이다. 하지만 그들이 볼 수 있었던 건 환영마법에 감춰진 윤곽인데다, 어둠 속이라 제대로 형체를 알아보기 힘들었다. 그들이 적의 공격이라는 것을 확신한 건 브로마네스와 그 부하들이 성문 바로 코앞까지 접근한 이후였다.

성문 위에 설치해 놓은 쇠종이 요란한 경보음을 울리기 시작했다.

땡땡땡땡땡.

"적이다!"

"쏴라!"

콰콰콰쾅!

경비병들이 접근해 오는 적들을 향해 다급히 화살을 날리기도 전에 엄청난 폭발음이 울리며 성문이 산산조각 터져나갔다. 베이라 성 경비병들 입장에서는 날벼락도 이런 날벼락이 없었다. 그야말로 완벽한 기습! 성문이 박살 나자마자 마치 땅 밑에서 솟아오르기라도 한 듯 수많은 적들이 뚫린 성문을 향해 달려들어오기 시작했다.

연대의 최선두에 서 있던 미하엘이 칼을 뽑아 들고 휘하 대대원들을 향해 외쳤다.

"대대 돌격!"

"우와아아!!"

35대대를 선두로 해서 페가수스 용병단원들은 모두 성안으로 돌격해 들어가기 시작했다. 그리고 그들의 가장 선두에는 공명심에 눈이 먼 브로마네스가 있었다. 그는 자신의 애검을 마구 휘두르며 호탕하게 광소를 터뜨렸다.

"크하핫, 다 죽었어!!"

"적이다!"

"누가 공격해 온 것이냐?"

외성(外城) 쪽 경비병들이 부르짖은 적이라는 소리를 듣자마자 내성(內城) 경비를 담당하고 있던 병사들은 규정대로 재빨리 내성 성문부터 바로 닫았다. 내성 안에 거주하고 있는 성주와 그 가족들을 지키는 게 최우선이었기 때문이다. 외성벽이 일반인들을 외적이나 몬스터로부터 보호하기 위한 방벽이라면, 내성벽은 성내의 핵심 인사들을 보호하기 위한 방벽이다. 외성벽에 비해 훨씬 더 두께와 강도가 뛰어났고, 정예병력이 배치되어 있어 점령하기가 한층 까다롭다.

홉킨스로부터 지시를 받은 미하엘은 휘하 대대를 이끌고 미친 듯이 내성을 향해 돌격했다. 선두에서 브로마네스가 놀라운 무용을 발휘하며 뚫고 나갔지만, 아쉽게도 내성 성문은 이미 굳게 닫혀버린 후였다.

"젠장!"

35대대 병력만으로 공성전은 아예 불가능했다. 게다가 공성 장비조차 하나도 없었으니 말이다. 그랬기에 미하엘은 내성을 공격하는 시늉도 해보지 못하고 성벽 위에서 쏟아지는 화살을 피해 안전한 곳으로 부하들을 후퇴시킬 수밖에 도리가 없었다. 대신 내성의 병력이 밖으로 쏟아져 나올 걸 대비해서 튼튼하게 바리케이트를 쌓고 방어전에 돌입했다.

35대대가 내성 입구를 확실히 틀어막고 있는 동안, 다른 대대들은 흩어져 외성에 주둔하고 있던 적병들을 소탕해 나갔다. 외성에는 거의 3천에 달하는 병력이 있었지만, 전혀 상상치도 못한 급작스런 야습에 제대로 무기조차 들지 못하고 뛰쳐나오다 제대로 저항다운 저항조차 못 해보고 하나둘씩 각개 격파당해 버렸다.

일부 주민들 중에서 용병들을 향해 무기들 들고 적의를 드러내는 자들도 몇몇 있긴 했지만, 용병들은 그들을 철저하게 짓밟아버렸다. 그들의 행동을 어설프게 처리했다가 자칫 주민들 전체가 일어선다면 큰일이었기에, 아예 저항할 엄두도 내지 못하도록 처음부터 잔인하게 짓밟아버렸던 것이다.

알카사스 왕국의 10대 용병단에 꼽히는 만큼, 페가수스 용병단원들의 전투력은 놀라웠다. 베이라 성의 외성 주둔군을 싹 쓸어버리는 데 그리 오랜 시간이 걸리지도 않았다. 홉킨스는 해가 채 뜨기도 전에 외성을 완전히 제압해 버렸고, 급한 대로 자신의 직속인 스미스의 22대대만을 이끌고 미하엘이 있는 내성 쪽으로 달려왔다.

일단 내성에서 적병들이 나오지 못하도록 철저한 방어 태세를 갖추고 있던 35대대의 미하엘 대대장을 치하한 후 내성 쪽을 자세히 살펴본 홉킨스는 혀를 내둘렀다. 예상보다 훨씬 더 튼튼하게 지어져 있었기 때문이다.

"안에 적병이 얼마나 있는지는 알아냈나?"

홉킨스의 질문에 미하엘이 즉각 대답했다.

"포로들을 심문해 본 결과, 내성 주둔군은 약 2천 명 정도 된다고 합니다."

"2천이라……."

지금처럼 전격적인 기습이라면 몰라도, 정면대결로는 천하의 페가수스 용병단이라고 할지라도 점령은 거의 불가능했다. 공성장비도 전혀 없고, 병력의 수도 적병이 2배 이상 많다. 게다가 적들은 내성벽에 의지하여 싸울 수 있으니 몇 배나 불리한 상황이다.

하지만 홉킨스는 전혀 걱정이 되지 않는지 태연한 표정이었다. 원래 이번 전투에서 용병단이 맡은 임무가 바로 베이라 성의 성주를 압박해 도시국가 연합에 구원을 요청하도록 만드는 것이었으니까. 굳이 내성을 점령한다고 피를 흘릴 이유가 없는 것이다.

홉킨스는 미하엘과 스미스를 보고 지시했다.

"일단 여기를 단단히 틀어막고 있어라. 그러면 다른 대대가 교대하러 올 거야. 그들에게 수비 임무를 넘긴 뒤 자네들도 알아서 한몫 두둑이 챙기도록 하게. 이런 기회는 두 번 다시 오기 힘들다는 거 명심하고."

금은보화가 가득 쌓여있을 내성을 털지 못하는 게 안타까울 따름이었지만, 점령하지 못했으니 어쩔 수 없었다. 미련은 빨리 털어버리고, 해야 할 일부터 해야 했다. 철수하라는 변경백 쪽의 명령이 언제 떨어질지 알 수가 없었으니 말이다.

"으흐흐! 지금 당장 부호들의 저택부터 수색하기 시작하라고 해! 빨리!"

『〈묵향〉 37권에 계속』